모차르트와 떠나는
이탈리아 여행

피터 드러커 전문가 이재규 교수가 들려주는

모차르트와 떠나는
이탈리아 여행

이재규 지음

21세기북스

차 례

제2장　두 번째 이탈리아 여행　1771.8.13~12.15

머리말

필자는 어느 날 피아니스트 김주영 씨가 진행하는 〈해설이 있는 음악회〉에 갔다. 그는 방금 모차르트의 〈바이올린 소나타, K. 304〉를 함께 연주한 바이올리니스트 민유경 양에게 이렇게 질문했다.

"모차르트 음악을 어떻게 생각하십니까?"

민유경 양은 잠시 머뭇거리더니 이렇게 대답했다.

"모차르트를 '듣는 사람들'은 모차르트는 어떻게 해서 저런 음악을 '작곡할 수 있었을까?'라고 감탄하는 것 같아요. 반대로 모차르트를 연주하는 저 같은 사람은 '도대체 모차르트는 어떤 사람이었을까?'라는 생각을 자주 하는 것 같습니다."

모차르트 음악을 좋아하는 사람들은 모차르트가 하늘나라에서 내려와 약 30년 동안 천상의 선율을 오선지에 척척 옮겨 적고는 다시 하늘나라로 올라간 천재라는 인상을 갖고 있다. 틀린 것이 아니다. 신학자 칼 바르트는 이렇게 말할 정도였으니까.

"모차르트를 천재로 여기는 것은 본질을 제대로 본 것입니다. 모차르트는 음악의 모든 기법을 배우고 그것을 끊임없이 연습해 음악기법으로 청중을 짜증스럽게 하지 않았으며, 음표 하나도 귀에 거슬리는 경우가 없습니다. 따라서 우리는 언제나 반복해서 모차르트의 음악을 즐길 수 있습니다."

또 칼 바르트는 모차르트를 '하느님의 아들'이라는 높은 존재로 묘사했다.

"만약 내가 죽어 하늘나라에 간다면 우선 하느님께 경배 드리고 다음에는 모차르트를 만나 안부를 묻고 싶습니다. (중략) 그리고 나는 모차르트의 음악이 연주되는 것을 즐겨 듣습니다. 그것이 젊은 모차르트이건 나이든 모차르트이건 상관없이 오직 모차르트만을 듣습니다."

실존주의 철학의 토대를 마련한 19세기 덴마크 철학자 쇠렌 키에르케고르는 모차르트의 음악을 기독교적 윤리성으로까지 묘사했다. 그는 베를린 유학 시절 모차르트의 〈돈 조반니〉에 열광했는데, 1843년 자신의 저서 《이것이냐 저것이냐》에서 〈돈 조반니〉가 최고의 예술 작품이라 주장하며 심지어 이렇게 말했다.

"성당의 성물 관리자에서부터 추기경에 이르기까지 모든 성직자들을 부추겨서, 세상의 모든 위대한 사람들 가운데 모차르트를 최고의 인물로 인정해야 한다. 만약 그렇지 않으면 나는 기독교에서 탈퇴하여 오직 모차르트만을 최고로 또 유일하게 숭배하는 신흥 종교를 만들 것이다."

그러나 인간 모차르트에 관한 많은 것들은 거의 왜곡되었거나 허구이다. 모차르트는 증류수처럼 불순물 없이 투명하고 전혀 흠이 없는 인간이 아니다. 그가 정상적인 음악 교육과 훈련을 받지 못했음에도 천상의 영감을 받아 작곡을 했다거나, 머리에 떠오르는 악상을 쉽게 악보에다 옮겼다거나, 작곡을 자신의 내적 만족이나 후대를 위해 했다거나 하는 것은 모차르트의 천재성을 부각시키기 위해 과장된 것이다. 그리고 모차

르트는 가난했다거나, 영화 〈아마데우스〉에서 보는 것과 같이 천박했다
거나 하는 것 또한 허구이다. 글을 읽지 못했던 칭기즈 칸은 신하들의 간
언은 물론이고, 몽골 제국에 주재하는 각국의 대사, 몽골이 해외에 파견
한 외교관과 간첩, 그리고 실크로드를 통행하는 상인들의 이야기에도 귀
를 기울였다. 칭기즈 칸이 실크로드 캐러반을 보호한 것은 그런 이유 때
문이었다. 나중에 칭기즈 칸은 이렇게 말했다.

"귀가 나를 만들었다."

《실낙원》의 저자 존 밀턴은 조명시설이 좋지 않은 17세기에 밤낮으
로 너무 많은 책을 읽어 나중에 실명하게 된다. 하지만 딸들의 도움으로
《실락원》을 저술했다. 밀턴은 이렇게 말했을지도 모르겠다.

"눈이 나를 만들었다."

이 책은 무엇이 "모차르트를 만들었는가?"라는 질문에 대답하기 위한
것이다. 모차르트는 매우 훌륭한 음악교육을 받았고, 한 시민으로서 좋
은 훈육을 습득했으며, 타고난 재능도 컸지만 끊임없이 연습과 훈련을
했다. 그리고 모차르트의 성공에는 부친 레오폴트의 전략이 주효했다.
모차르트의 부친 레오폴트는 당시 최고의 지식인이었고, 야심 많은 계몽
주의 음악가였다. 레오폴트는 아들과 함께 여행하면서 모차르트에게 세
상을 보여주었고, 그를 철저하게 가르쳤다. 레오폴트의 전략은 바로 여행
이었다. 모차르트는 35년 11개월(1756. 1. 27~1791. 12. 5), 즉 13,097일을

살았는데, 그 가운데 10년도 더 되는 3,720일 동안 유럽 10개국, 그리고 204개 도시를 여행했다. 1769년 12월 13일을 시작으로 1773년 3월 13일까지 세 차례에 걸쳐 이탈리아의 도시 51개를 여행했다. 모차르트가 당시 유럽에서 가보지 않은 국가는 예카테리나 2세가 다스리던 러시아와 에스파냐 정도였다. 모차르트는 전업 작곡가 겸 연주자로서 자신의 음악을 팔러 다녔고, 배움을 위해 스승과 선배 작곡가들을 찾아가 만났다. 따라서 모차르트에게 "무엇이 당신을 만들었습니까?"라고 질문하면, 그는 "나를 만든 것은 여행이었습니다."라고 대답했을 가능성이 가장 높다.

필자는 이 책에 나오는 주요 장소를 직접 순례했다. 솔직히 말해 그런 핑계로 이탈리아를 여러 차례 여행하면서 그림도 그리고 사진도 찍었다. 즐거웠다. 모차르트와 이탈리아에 관심이 있는 독자에게 이 책이 조금이라도 도움이 되기를 바란다. 이 책은 로버트 스페스링(Robert Spaethling)의 《모차르트의 편지, 모차르트의 인생》(Norton, 2000)을 많이 참고했다. 이 책을 만드는 데 自康産業그룹의 민남규 회장과 드로잉 동호회를 이끌어 온 CRESYN의 이종배 회장의 격려와 재정적 후원이 큰 힘이 되었다. 좋은 책을 만들어 준 21세기북스 출판사 김영곤 사장과 편집인에게 고마운 뜻을 남긴다.

2010년 3월

이재규

1770년 6월 26일 교황 클레멘스 14세로부터 수여받은 황금박차 십자훈장을 단 모차르트(1777년 마르티니 신부가 지방의 화가에게 의뢰하여 제작한 것임)

프란츠 슈베르트는 19살 때인 1816년, 모차르트의 〈플루트 사중주곡 D장조〉 (K. 285)를 듣고 자신의 일기장에 이렇게 적었다.

"오늘은 밝고 빛나는 아름다운 날로서, 내 일생동안 잊을 수 없을 날이다. 모차르트 음악의 매혹적인 음향은 지금도 멀리서 들려오는 듯하다. 내 영혼에 새겨진 아름다운 영상은 언제 어떤 상황에 있을지라도 지워지지 않을 것이며, 언제까지나 우리들의 나날에 쾌적한 자극을 줄 것이다. 아, 불멸의 모차르트여."

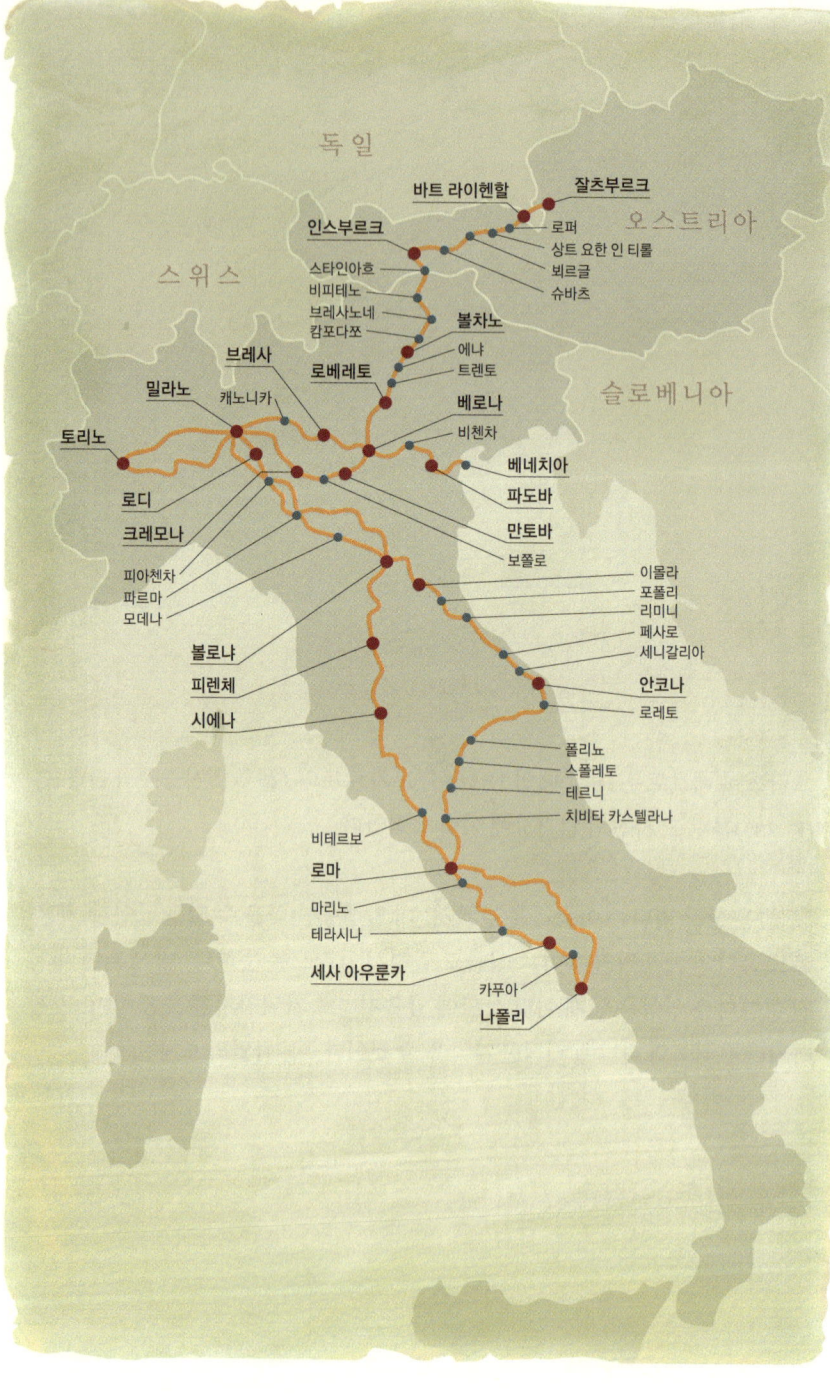

독일

바트 라이헨할
잘츠부르크
인스부르크
오스트리아
로퍼
상트 요한 인 티롤
스타인아흐
뵈르글
비피테노
슈바츠
브레사노네
볼차노
캄포다쪼
에냐
로베레토
트렌토
베로나
비첸차
베네치아
파도바
만토바
보쫄로

스위스

브레사
밀라노
캐노니카
토리노
로디
크레모나
피아첸차
파르마
모데나
볼로냐
피렌체
시에나

슬로베니아

이몰라
포폴리
리미니
페사로
세니갈리아
안코나
로레토

폴리뇨
스폴레토
테르니
치비타 카스텔라나

비테르보
로마
마리노
테라시나
세사 아우룬카
카푸아
나폴리

1

첫 번째 이탈리아 여행
1769. 12. 13 - 1771. 3. 28

1769년 1월 5일, 잘츠부르크

1769년 1월 5일, 볼프강 아마데우스 모차르트는 열세 살 생일을 며칠 앞두고 추위를 뼛속까지 느끼며 가족과 함께 고향 잘츠부르크 게트라이데가세 9번지(Getreidegasse, 9) 집으로 되돌아왔다. 신성로마제국 산하 대주교 관구의 작은 도시국가 잘츠부르크는 온화한 성품의 영주 슈라텐바흐 대주교가 14년째 평화롭게 다스리고 있었다. 잘츠부르크 궁정 바이올리니스트인 레오폴트 모차르트는 매일 궁전 음악부로 출근했다. 어머니 안나는 집안일에 분주했고, 누이 난네를은 어머니를 도우며 간혹 귀족의 자제들에게 피아노 레슨을 했다.

그러나 1년 3개월 동안 큰 도시 빈에 맛을 들인 모차르트에게 잘츠부르크는 너무 좁았고, 쉽사리 제자리를 찾기 어려웠다. 게다가 거의 마무리 단계에 들어갔던 최초의 오페라 부파 〈바보 아가씨〉(La Finta Semplice, K. 51)를 빈에서 공연하지 못한 것 때문에 몹시 우울했다. 물론 〈바보 아가씨〉 대신에 1막짜리 징슈필 〈바스티앙과 바스티앙느〉(Bastien und Bastienne, K. 50)를 안톤 메스머로부터 주문받아 완성하고는 그의 저택에서 공연도 무사히 끝냈다. 하지만 신성로마제국 황제 요제프 2세가 언질을 주어 시작한 〈바보 아가씨〉가 성공했다면 모차르트에게 빈 궁정작곡가가 되는 행운의 길이 열렸을지도 모를 일이었다.

이제 겨우 13살이었지만 모차르트는 〈바보 아가씨〉의 실패와 〈바스티앙과 바스티앙느〉의 공연을 통해 음악은 작품만 좋으면 되는 것이 아니라는 사실을 배웠다. 하나의 오페라가 성공하기 위해서는 작곡가의 능력, 가수의 수준, 무대 장치 등도 중요하지만 흥행사의 역량, 언론활용, 그리고 공연무대 확보를 위해 엄청난 돈과 로비활동 등의 전략이 중요하

위 왼쪽부터 아버지 레오폴트, 어머니 안나, 아래 왼쪽부터 누이 난네를, 어린시절의 모차르트

여행자 노트

1740년대부터 잘츠부르크에서 활동하고 있던 이탈리아 출신 화가 피에트로 로렌조니는 빈에서 돌아온 모차르트 가족의 초상화를 그렸는데, 연회복을 입은 모차르트, 정장을 입은 난네를, 책을 들고 있는 레오폴트, 레이스를 짜는 모습의 안나 마리아의 초상화는 지금도 남아 있어 모차르트 연구에 매우 유익하다.

다는 사실을 알았다. 요컨대 오페라는 음악이 아니라 정치였던 것이다.

하지만 본래 쾌활한 성격의 모차르트는 부모나 난네를보다 좀 오래 걸리기는 했지만 곧 평상심으로 돌아왔다. 크고 작은 연주회에 참가하고, 주일이면 미사에 참례하고, 또래 친구들과 어울려 놀았다. 부친의 교육과 여행 덕분에 이탈리아어, 프랑스어, 영어까지 구사하게 된 모차르트는 유럽 각국 작가들의 책도 탐독했다. 이러한 소양은 후일 모차르트가 오라토리오, 칸타타, 독일 징슈필, 이탈리아식 오페라를 작곡하는 데 크게 작용한다. 소나타를 비롯한 독일 작곡가들의 작품, 대위법, 오페라 세리아와 오페라 부파, 그리고 여러 선배 작곡가들의 작곡기법도 공부했다.

겨울 추위가 물러나기 시작하는 4월 초 모차르트에게 좋은 일이 하나 생겼다. 빈에서의 공연이 무산되어 모차르트가 늘 괴로워했던 오페라 〈바보 아가씨〉에 대해 슈라텐바흐 대주교가 관심을 보인 것이다. 모차르트는 남은 뒷부분을 열심히 마무리하여 5월 1일 잘츠부르크 궁전 극장에서 그것을 초연했다. 하지만 그것을 마지막으로 모차르트의 최초 오페라 부파 〈바보 아가씨〉는 오랫동안 잊혀졌다.

회색빛 바로크 도시 잘츠부르크도 10월에 들어서면 완연한 가을빛이다. 하늘도 높아진다. 비가 내릴 때마다 가을빛은 한층 더해졌으며, 맑은 날이면 석양빛 속에서 억새들의 물결이 하얗게 빛났다. 그런 10월 초 레오폴트는, 게트라이데가세 아파트의 주인이자 금융업을 하면서 모차르트 부자를 후원하고 있는 하겐아우어의 아들 카예탄이 신부가 되는 것을 축하하기 위해, 모차르트에게 미사곡 하나를 작곡하도록 했다. 베네딕트 수도원에 입회한 카예탄은 모차르트보다 열 살 위로, 모차르트가 형처럼

위 | 잘츠부르크 궁전
아래 | 잘츠부르크 로레토 성당

따르는 사람이었다. 모차르트는 미사곡 〈K. 66〉을 작곡하고는, 10월 15일 카예탄이 '도미니쿠스'라는 사제 세례명으로 첫 미사를 올릴 때 이 곡을 바쳤다. 이 때문에 이 미사곡은 나중에 일명 〈도미니쿠스 미사〉로 불리게 된다.

그런 신앙심 덕분인지 모차르트에게 좋은 일이 하나 또 생겼다. 10월 27일 슈라텐바흐 대주교가 비록 무보수이긴 했지만, 모차르트를 잘츠부르크 궁전악단의 제3수석연주자로 임명한 것이다. 그 무렵 레오폴트는 모차르트가 어릴 때 반짝하다가 사라지는 천재가 아니라, 위대한 작곡가가 되도록 하기 위해서는 음악을 더 배워야 한다고 생각했다. 그리고 이미 마음을 정했다. 사실 당시 오페라 작곡가들에게 음악의 선진국 이탈리아는 반드시 유학을 해야 할 곳으로 여겨졌다. 헨델과 요한 크리스찬 바흐가 그랬던 것처럼 말이다.

1769년 11월 5일, 궁정 바이올리니스트 레오폴트 모차르트는 영주 슈라텐바흐 대주교에게 여행 허가서를 제출했다. 레오폴트는 그 전에도 종종 뮌헨, 파리, 런던, 그리고 빈 등지로 장기간 유급휴가를 받아 여행했을 뿐 아니라, 빈을 여행한 모차르트 가족이 돌아온 것도 지난 1월 5일, 그러니까 겨우 10개월 밖에 안 되었다. 따라서 여행 허가신청서를 쳐다보면서 대주교는 별로 내키지 않는 목소리로 물었다.

"또 여행을?"

"네, 폐하 윤허바랍니다."

"이번엔 어디로?"

"이탈리아입니다. 마리아 테레지아 여제의 차남 레오폴트 2세 대공이 다스리는 토스카나 공국과 3남 페르디난트 대공이 다스리는 밀라노 공국에서 초청이 왔습니다."

레오폴트가 여행할 토스카나 공국과 밀라노 공국은 지금은 북부 이탈리아이지만 모차르트 당시는 합스부르크 왕가가 다스리는 신성로마제국의 도시국가들이었다. 내키지 않아했던 대주교는 얼른 다른 속셈을 챙겼다.

"흠, 신동 모차르트에게 좋은 것은, 나 슈라텐바흐 대주교에게도 좋은 것은 사실이지."

3년 전의 일이다. 1763년 초, 슈라텐바흐 대주교는 궁정악단을 재조직했는데, 그 전 해 타계한 궁정악장 요한 에른스트 에베를린의 후임으로 이탈리아 음악가 주세페 프란체스코 롤리를 악장으로 임명하고, 레오

 여행자 노트

누구든 합스부르크의 역사를 들여다보면, 한 가지 상황이 그 반대의 상황을 낳는 경우가 끊임없이 이어졌기 때문에, 역사를 이해하는 한 가지 설명 양식인 헤겔식 변증법의 매력을 알게 된다. 예컨대 라틴어 대신 독일어를 합스부르크 통치 지역에 도입함으로써 제국의 행정에 효율을 기하려는 노력은, 그 반작용으로 헝가리와 체코의 문화적 민족주의를 낳았고. 그것은 뒤이어 그 민족들의 정치적 민족주의로 발전하였다.

슬라브 민족의 정치·경제적 민족주의는 차례로 독일 민족의 정치·경제적 민족주의를 낳게 했고, 그것이 이번에는 다시 반유대인 정책을 낳았으며, 그에 따른 유대 민족의 당연한 반응으로 시온주의가 등장하였다. 이러한 사태를 유발한 핵심적인 요인은 합스부르크 제국의 통치 왕조가 하우스마흐트라는 개념, 즉 합스부르크 왕가는 하느님이 사용하는 지상의 도구라는 이념을 확고부동하게 유지했다는 사실에 있다. 합스부르크의 하우스마흐트 이념은 군부와 국가 재정에 관한 황제의 절대적인 통제권에 집중되어 있었다.

폴트는 부악장에 임명했다. 악장 지위를 기대하고 있던 레오폴트는 실망하여 모차르트, 누이 난네를, 그리고 아내 안나와 함께 유럽 제국을 순회하는 3년간의 긴 유급 휴가를 청하여 허락을 받았다. 아무리 성품이 너그러운 슈라텐바흐 대주교였지만 그처럼 긴 여행 계획에 반대하지 않은 것은 신동 모차르트의 성공은 결국 신성로마제국 내에서 잘츠부르크의 위상을 더 높여 줄 것으로 판단했기 때문이었다.

1767년 1월, 대주교는 3년 반 가까운 여행을 하고 돌아온 모차르트가 얼마나 성장했는지 궁금했다. 겨우 11살 나이의 모차르트는 〈봉헌송〉(Offertory in C, Scandi coeli limina, K. 34)을 작곡하여 대주교 앞에서 연주했다. 그러자 대주교는 모차르트의 천재성을 직접 확인하기 위해 십계명의 제1계명을 주제로 하는 종교극을 작곡하도록 지시했다. 대주교는 모차르트의 작품이 레오폴트가 대신 쓴 것이라는 소문이 빈에서 나돌았다는 사실을 기억하고는, 의혹을 차단하기 위해 모차르트를 독방에 감금하고 작곡하도록 했다.

모차르트로서는 지금까지 듣고 배운 것을 종합적으로 모방하고 또 변용하여 '오라토리오를 작곡하면서 오라토리오를 배우는 좋은 기회'로 이용했다. 달리 말하면 모차르트는 작곡을 하면서 작곡을 배웠던 것이다. 많은 CEO들이 새로운 일을 하면서 일을 배우듯이 말이다. 완료된 〈첫째 계명의 의무〉(Die Schuldigkeit des ersten Gebots, K. 35)에 만족한 대주교는 모차르트에게 금메달과 12두카트를 하사했다.

〈첫째 계명의 의무〉의 작곡 경위에 대해서는 다른 가설이 있다. 잘츠부르크의 부유한 상인이자 시 참사회원으로서 나중에 잘츠부르크의 시장을 지낸 이그나츠 안톤 바이저가 마르코 복음 12장 30절(네 마음을 다하고, 목숨을 다하고, 생각을 다하고, 힘을 다하여 주님이신 너의 하느님을 사랑하라)을 바탕으로 쓴 자신의 대본에 곡을 붙여달라고 모차르트에게 주문했고, 모차르트는 제1부를 작곡하여 3월 12일 재의 수요일 대주교의 궁전 기사의 방에서 공연했고, 제2부는 그 유명한 요제프 하이든의 동생으로서 잘츠부르크 궁정작곡가로 있는 미하엘 하이든이 완료하여 3월 19일에, 그리고 제3부는 역시 궁정작곡가 겸 오르가니스트인 안톤 아들가서가 완료하여 3월 26일 공연했다는 것이다. 게다가 대본 작가의 이름이 악보에 단순히 J.A.W로 되어 있어, 한동안 대본 작가가 요한 아담 비란트 혹은 야콥 안톤 비머라는 설도 있었다.

첨언하면 이그나츠 안톤 바이저는 나중에 프라하에서 모차르트를 후원해준 소프라노 요제파 두세크의 외할아버지였다. 요제파는 체코의 작곡가 프란츠 크사버 두세크와 결혼하여 1777년 잘츠부르크를 방문했다. 모차르트는 그녀의 목소리에 맞추어 〈아, 난 알아차렸네, K. 272〉를 작곡했고, 그 후 두세크 부부와 모차르트 사이의 우정 관계는 오래 지속된다.

대주교가 레오폴트에게 물었다.

"기간은?"

레오폴트는 송구스럽다는 표정으로 양손을 비비며 작은 목소리로 대답했다.

"1년 반입니다."

대주교는 레오폴트를 쳐다보며 말했다.

"이번에도 그렇게 오래?"

모차르트는 오라토리오 〈첫째 계명의 의무〉의 성공 직후 그 해 5월 〈아폴로와 히아킨투스〉(Apollo et Hyacinthus, K. 38)를 잘츠부르크 대학극장에서 발표했다. 아무리 신동으로서 명성이 자자했지만 겨우 11살 소년에게 잘츠부르크 대학으로부터 오페라 주문이 들어왔다는 것은 놀라운 일이었다.

9월 11일에는 모차르트 가족은 빈 궁정으로부터 사전에 초대 받지도 않고 빈으로 갔다. 곧 있을 마리아 테레지아 여제의 9번째 딸 마리아 요제파 공주와 나폴리의 왕 페르디난도의 결혼식을 염두에 두고, 혹 작곡이나 연주기회가 올 것으로 막연한 기대만으로 간 것이었다. 레오폴트가 온 가족을 빈에 데려 간 세 번째 빈 여행은 결과적으로 큰 위험을 감수하는 것이었다. 1767년 한 해 내내 빈에는 천연두가 만연했다. 10월 15일 아침 예비신부 마리아 요제파 공주가 천연두로 사망했고, 황제로부터의 초청은 없었으며, 모차르트 가족이 묵고 있는 하숙집에서도 천연두 환자가 발생했다. 전염병은 레오폴트를 큰 곤경에 빠지게 했다.

게다가 1768년 연말 레오폴트는 대주교로부터 편지를 한 통 받았는데, 내용은 1769년 3월 31일부터 급료가 나가지 않는다는 것이었다. 하는 수 없이 모차르트 가족은 1769년 1월 5일, 1년 3개월 만에 잘츠부르크에 되돌아왔던 것이다. 그것이 가족 모두가 함께 떠나는 마지막 여행이었다.

레오폴트는 대주교께서 거절의 이유를 찾지 못하도록 계속 말했다.

"볼프강은 아직 배워야 할 것이 많습니다. 볼로냐에 둘러 마르티니 신부님을 만나 배움을 청할 예정입니다. 그리고 어린 볼프강이 바티칸 궁전을 둘러보면 신앙심도 커질 것이고, 또 나폴리의 음악가들도 만나고 돌아올 참입니다."

대주교는 여행신청서 뒤에 첨부된 빈의 궁정음악가 아돌프 하세의 추천서를 흘깃 보았다. 아돌프 하세는 신성로마제국의 여제 마리아 테레지아의 음악 개인교사이기도 했다. 대주교는 여행허가를 승인하면서 영 내키지 않는 목소리로 짧게 말했다.

"급료는 없소."

그 점은 이미 감안하고 있었기 때문에, 레오폴트는 깊이 머리 숙여 감사의 뜻을 표하면서 뒷걸음으로 대주교의 궁전 레지덴츠를 빠져나왔다. 신심깊은 레오폴트는 잘자흐 강 건너 미라벨 정원 맞은편, 파리스-로드론-슈트라세(Paris-Lodron-Strasse) 8번지 로레토 성당으로 가서 이번 여행이 성사되었음에 감사를 표시하고 또 무사히 여행을 다녀올 수 있도록 성모님께 기도를 드렸다. 그리고 이탈리아에 있는 로레토 성지도 꼭 들리

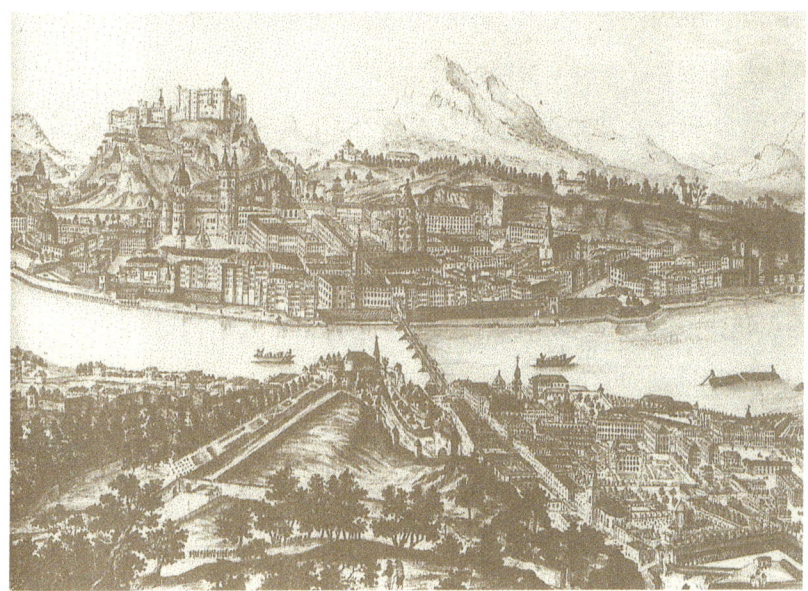

잘츠부르크의 옛 모습

겠다고 약속했다.

　이번 여행은 모차르트의 천재성을 알리고, 작곡 주문을 받고, 그리고 조반니 바티스타 마르티니 신부를 만나 다양한 장르의 음악을 모차르트에게 배워 주는 것이 주요 목적이었지만, 레오폴트는 잘츠부르크보다는 훨씬 큰 도시인 밀라노나 피렌체 혹은 로마나 나폴리에서 자신과 모차르트의 영구적 일자리를 구해보려는 속셈도 했다.

12월 13일, 바트 라이헨할, 로퍼

세찬 바람이 부는 겨울 아침. 오십 줄의 레오폴트 모차르트와 열세 살 아들 볼프강 모차르트는 각각 부인과 딸, 어머니와 누나를 포옹했다. 애완용 강아지도 배웅을 나왔다. 하녀들은 마차 뒷자리에 작은 판자, 잉크, 깃털 펜, 악보 등을 챙겨 넣었다.

　이번 여행은 1년 4개월이 걸리는 긴 여정인데다 급료가 끊겼고, 또 집에는 늘 하녀가 두 명 정도는 있었기 때문에 생활비를 감안하면 어쩔 수 없었다. 난네를은 집에 남아 동네꼬마들에게 음악 레슨을 해주면서 홀로 남은 어머니를 도와야 했다. 난네를도 뛰어난 재능을 타고 났지만 당시는 음악계에서도 남녀 차별이 심했다. 청중들은 두 남매의 연주가 끝나면 모차르트에게 더 큰 박수를 보냈다.

　그럼에도 불구하고 잘츠부르크의 몇몇 소녀들은 이탈리아로 음악유학을 떠나곤 했다. 따라서 만약 레오폴트의 재정이 더 넉넉해서 난네를을 음악가로 키웠더라면 난네를도 음악의 역사에 이름을 남길 수 있었을 테지만 이제 누이는 동생의 그림자에 묻히고 만다. 누이의 가슴에 그런

잘츠부르크의 모차르트 집

아쉬움은 오래 갔다. 아무리 남매 간의 우애가 남다를지라도 모차르트의 성공 뒤에는 자신의 희생이 컸다고 생각했는지 모른다.

마부가 채찍을 들고 마부석으로 올라갔다. 그리고 재촉했다.

"이제 떠나셔야 합니다."

모차르트 부자는 게트라이데가세 앞 하겐아우어 광장에서 인스부르크로 가는 역마차에 올라탔다. 마차가 다시 덜커덩거리기 시작했다. 처음에는 가족 모두가 함께 여행했는데, 이제는 아버지와 아들만 떠난다.

괴테는 '온 세계를 위한 위대한 학교'라고 부르며 유년 시절부터 이탈리아를 동경했다. 괴테가 이탈리아 여행길에 오른 것은 그의 37세 생일을 맞아 축하 파티가 한창 무르익던 1786년 9월 3일인데, 새벽녘이 되어 축하객들 곁을 살며시 빠져나온 괴테는 여행 가방과 오소리 가죽 배낭만

 여행자 노트

괴테는 당시 이탈리아 여행자들의 가장 큰 관심사였던 사교생활에 처음부터 관심이 없었기 때문에 광물과 식물의 관찰이나 연구에 몰두했고, 대부분의 시간을 현지의 화가들과 보내며 1천여 장을 스케치했다. 중세와 르네상스 화가들에게는 무관심했고, 부서진 고대의 조각상으로부터 하나의 완성품을 상상하는 일, 아무도 없는 원형 극장에서 민중의 모습을 그리는 일에 열중했다.

1년 9개월 동안 이탈리아 전역을 두루 여행하면서 눈과 마음을 열고 새로운 세계를 마음껏 호흡하였다. 흔히 이탈리아 여행을 통해 괴테가 고전주의 시대로 옮아갔다고 말한다. 괴테의 성숙을 도운 것은 특정 지역의 여행 자체가 아닌 머리를 식힐 시간이었는지 모른다. 괴테는 이탈리아 여행기를 1816년과 1817년 각각 〈이탈리아 여행 1부〉 및 〈이탈리아 여행 2부〉로 출간했다.(우리나라에서는 2003년 생각의 나무에서 박영구의 번역으로 출판했다.) 괴테는 '위대한 학교' 이탈리아에서 자신의 눈을 훈련시켰고, 예술 지식을 늘리기 위해서 의도적으로 미술가들과 친교를 맺었는데, 그 점은 모차르트에게도 그대로 적용된다.

간단히 꾸린 채 훌쩍 이탈리아로 떠났다.

"새벽 3시에 몰래 빠져나왔다. 그렇게 하지 않았더라면 사람들이 나를 떠나게 내버려두지 않았을 테니까."

게트라이데가세를 떠난 지 세 시간가량 달려 모차르트 부자는 소금 생산지로 유명한 바트 라이헨할(Bad Reichenhall)에 도착했다. 이곳은 일반

 여행자 노트

잘츠부르크에서 서쪽으로 20킬로미터 지점, 오스트리아와 독일 국경 사이에 있는 바트 라이헨할의 루퍼투스 온천장(Rupertus Therme)은 오늘날도 유럽에서 손꼽히는 대규모 온천장인데, 잘츠부르크를 여행하는 사람이라면 일부러 시간을 내어 한번 들를 가치가 있다. 잘츠부르크 역에서 시외버스로 한 시간 거리에 있다. 전통적인 바바리아 식 스파에서 이색적인 체험을 하게 된다.

그리고 바트 라이헨할 필하모닉 오케스트라가 주도하는 여름 음악축제인 알펜 클래식(Alpen KLASSIK)은 오늘날의 거장과 미래의 엘리트를 끌어들이고 있다.

바트 라이헨할의 루퍼투스 온천장 전경

적인 지도에는 나오지 않는 작은 도시이지만 1159년 설립된 역사가 오래된 도시이다. 레오폴트는 속으로 말했다.

"앞길이 멀어, 천천히 가도록 하자."

두 사람은 먼 길 떠나면서 원기를 돋울 양으로 이곳 소금 온천에서 반나절 동안 사우나를 즐겼다. 노천 온천에는 소금의 수호성인 루퍼트 성인의 치유효험을 듣고 유럽 각지에서 몰려든 많은 남녀 손님들이 아무 것도 걸치지 않고 탕 안에 몸을 잠그거나, 탕 바깥 눈 속에 몸을 식히고 있었다. 멀리 알프스의 연봉들이 구름을 비집고 얼굴을 내밀고 있었다. 추운 겨울 모차르트 부자는 저곳을 넘어야 했다.

모차르트는 이탈리아 왕복 여행길은 물론이고, 1783년 7월 31일 콘스탄체와 결혼한 후 아버지 레오폴트와 난네를 만나러 잘츠부르크를 방문했을 때도 이곳 온천에 콘스탄체를 데리고 가서 즐겼다. 어릴 때의 즐거운 추억을 떠올렸을 것이다.

모차르트 부자는 저녁 무렵 잘츠부르크에서 42킬로미터 떨어진 로퍼

로퍼

(Loper)에 도착했다. 두 사람은 과거 이곳의 재판관이었던 헬름라이히 추 브룬펠트의 저택이었던 호텔 포스트(Hotel Post)에 여장을 풀었다. 모차 르트 시절 이곳은 잘츠부르크에서 매일 역마차가 왕복 운행했다.

12월 14일, 뵈르글

첫날밤을 로퍼에서 편히 지낸 모차르트 부자는 12월 14일 아침 일찍 남 쪽으로 내려갔다. 상트 요한 인 티롤(St. Johann in Tyrol)에서 점심을 마치 고 뵈르글(Woergl)에 도착하여 역부근의 가스트호프 노이에 포스트 (Gasthof Neue Post)에서 하루 묵었다. 멀리 알프스 봉우리들이 보이는 티 롤의 경치는 그 전에 빈이나 파리로 가는 길에서 본 것과는 사뭇 다른 것 이었다. 그날 밤 모차르트는 레오폴트가 잘츠부르크로 붙이는 편지 말미 에 다음과 같이 썼다.

Allerliebste mama.
이번 여행은 즐거워서 가슴이 벅차요……. (중략) 엄마께 편지 를 쓰는 이유는 제가 예의를 아는 사람이고 또 엄마에게 매우 존 경한다는 사실을 알려 드리고 싶어서예요.
Wolfgang Mozart

그리고 누나에게

우리는 뵈르글에 잘 도착했어. 마차 안은 방처럼 따뜻해. (중략)
누나 목 아픈 건 좀 어때?…지금 배가 고파서 뭐 좀 먹으러 나갈
래. 그럼 이만.

추신: 하겐아우어 아저씨와 사모님과 자제분들에게도 안부 전
해줘. 아들가서 선생님께도.

모차르트는 어머니에게는 독일어로 편지를 썼다. Allerliebste mama
는 '가장 사랑하는 엄마'이고, 편지 말미에는 자신의 이름을 썼다. 누이
에게는 말투가 다분히 장난기로 가득하다. 그리고 예의를 갖추어 대해야
할 분들에게 문안 인사하는 것도 잊지 않았다. 아들가서는 앞서 말한 〈첫
째 계명의 의무〉 뒷부분을 쓴 부친의 친구 궁정음악가이다.

12월 15일, 인스부르크

다음날 12월 15일 두 사람은 아침 일찍 떠나 슈바츠(Schwaz)에서 점심을
먹고 또 계속 마차를 달렸다. 오후 5시 30분경 해가 이미 높은 산 뒤쪽으
로 넘어가 도시 전체에 어둠이 내려 앉은 시간에 모차르트 부자는 인스부
르크에 도착했다.
　모차르트 부자는 남의 눈을 의식하여, 헤어초크-프리드리히-슈트라
세 31번지(Herzog-Friedrich-Strasse, 31)에 있는, 이곳에서 가장 좋고 또 오

래된 흰 십자가 여관(Zum weissen Kreuz, White Cross Inn)에 투숙했다.

티롤의 주도 인스부르크는 알프스 한 가운데에 우뚝 선 도시인데, 남으로 샤를리제, 북으로는 노르트케테 등 알프스 산맥의 줄기를 병풍으로 삼고 있다. 그 너머 펼쳐지는 만년설로 인하여 한여름에도 스키를 즐길 수 있다. 남으로는 이탈리아, 북으로는 독일, 서쪽으로는 스위스의 취리히, 동쪽으로는 빈 등 유럽의 도시들을 이어주는 교통상의 이점도 이 도시가 번성하는 원인들 중 하나이다.

인스부르크는 13세기로부터 18세기까지 유럽을 통치한 합스부르크 왕가의 발자취가 곳곳에 서려 있다. 1485년 티롤계의 프레데릭 3세가 알브레히트 2세로부터 왕권을 인수, 합스부르크 왕가를 다스리기 시작하면서 권력의 중심지를 빈에서 이곳으로 옮겼다. 더욱이 그의 아들 막시밀리안 1세 황제는 이곳을 특별히 사랑하여 주로 여기서 정무를 집행하였다.

인스부르크는 사철 야외 스포츠와 레저로 유명한 곳이지만, 음악 수준도 매우 높다. 인스부르크 오페라하우스는 1650년경 세워진 것으로, 독

 여행자 노트

괴테가 인스부르크를 방문한 것은 1786년 9월 8일로, 가을로 접어들 무렵이었다. 괴테는 인스부르크의 풍광을 이렇게 묘사했다. "인스부르크는 높다란 바위와 산들 사이에 있는 널따랗고 풍요로운 골짜기 안에 수려하게 자리 잡고 있었다. 인스부르크에서부터 오르는 길은 점점 더 아름다워지는데, 어떤 묘사도 따르지 못할 정도이다."

1465년에 설립된 흰 십자가 여관은 지금도 그 자리에서 그 이름으로 영업을 하고 있으며, 1층에는 맥도날드가 성업 중이다. 흰 십자가 여관에서 나와 오른쪽으로 바로 보이는 건물이, 인스부르크에서는 꼭 보아야 하는 골데네 다쉘(Goldene Dachl), 즉 '황금 지붕' 건물이다.

위 | 인스부르크의 흰십자가 여관
아래 | 골데네 다쉴, 인스부르크

일어 사용 지역에서는 궁정 소속이 아닌 것으로는 최초로 건립된 오페라 하우스이다. 이때 주로 활동한 작곡가는 안토니오 체스티였다. 체스티는 이탈리아 아레초에서 태어나 메디치 궁전에서 봉직하다가 1652년 인스부르크 궁정에 왔다. 1666년 빈의 레오폴트 1세 궁정의 부악장으로 재직했고 1669년 베네치아에서 죽었다. 〈마술피리〉의 흥행사 에마누엘 쉬카네더도 이곳에서 2년간 가수와 연기자로 활동했다.

12월 16일 레오폴트는 요한 네포묵 스파우어 백작에게 연락했고 백작은 두 사람에게 마차를 보내주었다. 헤어초크-프리드리히-슈트라세는 마리아-테레지엔-슈트라세(Maria-Theresien-Strasse)로 이어지는데, 29번지가 스파우어 백작 저택이다. 모차르트는 스파우어 백작의 가족과 초대 인사들 앞에서 연주를 했다.

오후에 모차르트 부자는 티롤 정부의 총독 카시안 이그나츠 프라이헤를 엔젠베르크를 알현했다. 그리고 레오폴트가 잘츠부르크에서부터 알고 지냈던 친구 칼 야콥도 만났다.

12월 17일 오후 5시, 모차르트는 마리아-테레지엔-슈트라세 38번지에 있는 지방 정부 부시장 레오폴트 프란츠 큐니글 백작의 저택에서 공연했다. 사례로 12두카트를 받았는데, 당시 평범한 사람들의 주급이 1두카트였으므로 그것은 3개월치 봉급이었다. 이곳은 지금은 팔레 트랩(Palais Trapp)으로 이름이 바뀌었다. 레오폴트는 잘츠부르크의 아내에게 이렇게 편지를 썼다.

"다른 곳에서와 마찬가지로 이곳에서도 모차르트는 큰 박수를 받았소."

12월 19일, 인스부르크 개선문을 지나 남쪽으로

12월 19일 가는 눈발이 내리는 아침 일찍 모차르트 부자는 마리아-테레지엔-슈트라세가 레오폴트슈트라세로 이름이 바뀌는 곳에 있는 웅장한 개선문을 지나갔다. 모차르트가 레오폴트에게 물었다.

"아빠, 저것이 무엇이에요?"

레오폴트가 의미심장하게 말했다.

"앞으로 우리가 피렌체에서 만날 토스카나 대공 레오폴트 2세의 결혼을 축하하기 위해 지은 기념문이란다. 모차르트야, 너도 음악세계에서는 레오폴트 대공 정도로 높은 사람이 될 수 있어."

모차르트가 이곳에 오기 4년 전 1765년, 마리아 테레지아 여제는 차남 레오폴트 2세 토스카나 대공과 스페인의 공주 마리아 루이자와의 결혼을 축하하기 위해 "생과 행복"의 개선문을 건설했다. 그러나 건설 도중 마리아 테레지아 여제의 남편 프란츠 1세 황제가 사망하자 개선문의 북쪽에는 "죽음과 슬픔"을 주제로 한 부조를 추가로 만들었다.

모차르트는 어릴 때 쇤부른 궁전에서 아홉 살 위의 레오폴트 대공 앞에서 연주를 했다. 레오폴트 대공은 형 요제프 2세가 사망한 후 신성로마제국 황제가 되었고, 프란츠 2세 등 15명의 자녀를 두었다. 황제가 된 후에는 오페라 〈티토 황제의 자비〉를 주문했으며, 모차르트 사후에 규정을 고쳐서 모차르트의 미망인 콘스탄체에게 연금을 지급했다. 프란츠 2세는 부친의 뒤를 이어 신성로마제국의 황제가 되었으나 나폴레옹 전쟁에서의 패배로 인해 신성로마제국의 마지막 황제가 되었다.

인스부르크 개선문

마리아 테레지아 여제

마리아 테레지아 여제는 일반적으로 여자 황제로 불리지만 공식적으로는 합스부르크 왕가의 상속인이자 신성로마제국의 황제 프란츠 1세의 황후였다. 마리아 테레지아 여제는 신성로마제국의 실질적인 지도자였지만, 여자는 신성로마제국의 황제가 될 수 없다는 관습법인 살리카법에 따라 여제의 남편 프란츠 스테판이 1745년 신성로마제국의 황제가 되었다.

뛰어난 미모를 가진 마리아 테레지아는 빈에 유학 온, 알자스 북서쪽의 로트링겐 지방 공작의 아들 프란츠 스테판 폰 로트링겐과 사랑에 빠졌다. 마리아 테레지아 공주는 한때 프로이센의 프리드리히 2세 왕자와도 혼담이 오갔지만, 아버지 카를 6세 역시 프란츠가 마음에 들어 1736년 2월 12일 두 사람은 결혼식을 올렸다. 그 결혼은 연애결혼이기도 했지만 당시 로트링겐 공작령을 둘러싸고 일어난 프랑스와의 이해관계를 해결하기 위한 정치적 결합이기도 했다.

마리아 테레지아 여제는 중앙집권체제를 강화한 뒤 오스트리아의 사회제도를 개혁했다. 여제는 농노제를 폐지했고, 공무원 제도와 관료선발 제도를 개선하여 많은 인재를 등용했으며, 의무교육 제도를 도입하고 학교를 신설했다. 민법을 시행하고 기존 법률의 부당한 조항 및 잔혹한 형벌을 폐지했고, 덕분에 범죄율이 크게 줄어들었다. 군대 내의 연락 및 명령 체계를 개선하여 군의 기동성을 높였고 7년 전쟁에서 수차례 프로이센 군대를 격파할 수 있었다. 납세 제도를 개선하고 공공설비와 사회복지도 대폭 개선했다. 일련의 개혁조치는 오스트리아가 현대 국가로 들어설 수 있는 기반을 마련했기 때문에 고등교육을 받은 귀족과 우수한 음악가, 건축가, 화가 등이 앞 다투어 빈으로 몰려왔고, 빈은 유럽 최고의 도시로 발돋움했다.

마리아 테레지아 여제와 모차르트는 크게 보면 통치자와 일개 음악가 사이였지만, 두 사람 사이에는 애증이 엇갈렸다. 다 아는 대로 모차르트는 여섯 살 때 쇤부른 궁전에서 여제와 그 자식들 앞에서 연주를 했고 많은 칭찬을 받았다. 하지만 나중에 여제는 모차르트가 합스부르크 왕가 산하의 공국에서 일자리를 구하려고 할 때 거부했고 모차르트가 회원인 프리메이슨을 혐오했다. 모차르트는 프리메이슨 사상을 찬양하는 오페라 〈마술피리〉에서 마리아 테레지아를 악역 밤의 여왕 모델로 삼았다고 주장하는 사람도 있다.

마리아 테레지아 여제는 한 남편과 살면서 아들 넷, 딸 열둘을 두었다. 혼자 살면서 20여명이 넘는 정부를 거느린 러시아의 여제 예카테리나 2세는 눈을 감으면서 말했다.

"만일 젊었을 때 사랑할 수 있는 남편이 하나 있었다면 정숙하게 살았을텐데……."

이탈리아 북쪽 롬바르디아 평원은 합스부르크제국의 주요 영토였고 도로도 잘 정비되어 있었기 때문에 오스트리아와 이탈리아 사이 알프스의 관문 브렌네르 패스를 제외하면 모든 길을 마차를 탄 채로 편히 갈 수 있다. 하지만 눈 덮인 겨울 여행이었다. 마차바닥에는 짚을 깔았고 무릎에는 담요를 두 장 덮었지만 추위는 뼛속까지 느껴졌다.

12월 19일 오후. 두 사람은 인스부르크와 브렌네르 패스 중간에 위치한 작은 마을 스타인아흐(Steinach)에 도착했다. 아름다운 달밤이었다. 바람 없고 구름 없는 하늘은 거대한 유리처럼 거리와 바다를 덮어서 귀를 기울이면 하늘의 음악소리라도 들려올 것 같은 밤이었다. 조그만 마을 거리는 이미 잠들어 조용했다. 내일은 국경을 넘는다. 오스트리아 영토의 마지막 도시인 이곳에서 두 사람은 하루를 묵었다. 13세 소년이라면 피곤함과 병치레, 지루함, 그리고 심리적 압력 때문에 잦은 여행을 언짢아했을 터인데 모차르트는 여행을 즐겼다. 모차르트는, 예술가들이 자신의 분야에서 성숙해지려면 무엇보다도 여행이 필요함을 강하게 믿었다. 모차르트는 이렇게 말했다.

"여행을 하지 않는 사람은 속물이다."

12월 20일, 브렌네르 패스 혹은 파소 델 브레네로

모차르트는 아침 일찍 일어났다. 눈은 더 이상 내리지 않았지만 사방을 둘러보아도 눈뿐이었다. 앙상한 나뭇가지 끝에는 눈꽃이 폈다. 혹한의 계절에 모차르트 부자는 오스트리아와 이탈리아의 국경 도시 브렌네르 패스(Brenner Pass, Passo del Brennero)를 넘었다. 해발 1,370미터의 브렌네르 패스는 알프스를 넘는 통행길로서는 1년 내내 통행이 가능한 가장 낮은 곳이어서 북부 유럽과 이탈리아를 여행하는 사람들이 자주 이용하는 통행로이다.

브렌네르 패스가 교통의 요지라는 말은 통행객이 많다는 것을 의미하고, 통행객이 많다는 것은 숙박업소가 발달한다는 것을 의미한다. 그리고 또 하나, 산적과 도둑도 득시글거린다. 해서 이 지역의 귀족들과 티롤 백작들은 자신들과 여행자들을 보호하기 위해 티롤 양식으로, 고딕식으로, 혹은 바로크 로마네스크식으로 성을 많이 세웠다. 그런 것들이 지금 이곳은 지형학적으로도 역사적으로 중요한 지점이다. 1940년 3월 18일 히틀러와 무솔리니는, 두 나라 사이에 1년 전 맺은 제2차 세계대전 동맹조약(Pact of Steel, 1939. 5. 22)을 축하하기 위해 이곳에서 만났다. 그 후로도 두 사람은 브렌네르 마을에서 두 차례에 걸친 전시회담을 가졌다.

은 관광자원이 되고 있다.

　모차르트는 세 번에 걸친 이탈리아 여행에 51개 도시를 지나거나 체류하게 된다. 당시 이탈리아는 통일이 되기 훨씬 전이어서 로마 교황청 직할지, 오스트리아가 다스리는 밀라노와 피렌체 공국, 베네치아 공화국, 그리고 스페인이 다스리는 나폴리 등 5개의 도시국가와 프랑스가 다스리는 서북 지역 등 30개의 중요 도시와 수백 개의 소규모 도시로 나뉘어져 있었다.

　필자는 2001년 피터 드러커의 저서 〈이노베이터의 조건〉을 번역하면서 브렌네르 패스를 처음 접했다. 그 후 나는 이곳을 실제로 두 번 찾아간 적이 있다. 몇 구절을 그대로 인용한다.

　"심지어 가장 평탄한 들판에도 길이 처음으로 산꼭대기로 올라가는 길목이 있고, 그 다음에는 새로운 골짜기로 내려가는 고갯길들이 있다. 그런 고갯길들 대부분은 단지 지형상의 변화일 뿐으로, 골짜기 양쪽으로 기후, 언어, 혹은 문화에 있어서는 미미한 차이가 있거나 아니면 전혀 차이가 없다. 그러나 어떤 고갯길은 다르다. 그것들은 진정한 경계이다.

　흔히 그것들은 별달리 높은 곳도 아니고 장관이 펼쳐지는 곳도 아니다. 오스트리아 인스부르크 남쪽에 위치한 높이 1,370미터의 알프스 고갯길로서 오스트리아와 이탈리아 사이의 국경을 이루는 지리상 요충지

브렌네르 패스 성당

인 브렌네르 패스는 알프스로 향하는 여러 고갯길들 가운데 가장 나즈막하고 가장 평탄한 곳이다. 하지만 아주 옛날부터 이 고갯길은 지중해 문화와 북유럽 문화 사이에 가로놓여 있는 '경계선'(divide) 노릇을 했다.

역사도 마찬가지로 그런 경계를 갖고 있다. 그것 역시 별로 거창하지 않은 경향이 있고, 그 당시 사람들에게 거의 주목받지 못하는 경향이 있다. 하지만 일단 그런 경계를 건너고 나면, 사회적 정치적 풍경은 일변한다. 사회적 정치적 기후도 다르고, 사회적 정치적 언어도 마찬가지이다. 새로운 현실(new reality)이 시작되는 것이다."

모차르트가 브렌네르 패스를 지나가고 돌아온다는 것은, 드러커가 말한 '경계선', 즉 '음악적 경계선'(musical divide)의 의미를 갖고 있다. 정말이지 모차르트가 어릴 때 빈에 데뷔했을 때 그곳에서 곧 발탁되었더라면, 그리고 뮌헨이나 만하임에 정착했다면, 혹은 파리나 런던에서 궁정음악가가 되었다면 모차르트는 이탈리아 오페라, 즉 다폰테 3부작(〈피가로의 결혼〉, 〈여자는 다 그래〉, 〈돈 조반니〉)을 쓸 수 없었을 것이다. 음악사에서 모차르트가 브렌네르 패스를 지나 간 것은 로마 역사에서 시저가 루비콘 강을 건너간 것과 비유된다.

20일 모차르트 부자는 브렌네르 패스를 넘어 만나는 첫 마을 비피테노(Vipiteno)에서 점심을 먹었다. 오스트리아 사람들은 스테르찡(Sterzing)이라고 부르는 조그만 마을 비피테노는 지금도 독일계 주민과 이탈리아계 주민들이 75 : 25 정도로 섞여 살고 있다.

인스부르크를 떠나 지금까지는 오르막길이었으나 지금부터는 지중해성 기후를 느낄 수 있는 내리막길이 시작된다. 저녁 무렵 두 사람은 독일어로는 브릭센(Brixen)으로 불리는 브레사노네(Bresanone)에서 도착하여,

오늘날도 그대로 있는, '검은 독수리'라는 의미의 아킬라 네라(Aquila Nera) 여관에서 하루를 묵었다.

12월 21일, 볼차노 혹은 보젠

21일 두 사람은 아침 일찍 여장을 챙기고 남으로 갔다. 이번에는 독일어로는 아트츠방(Atzwang)으로 불리는 캄포다쬬(Campodazzo)라는 작은 마을에서 점심을 먹었다.

오후 늦게 볼차노(Bolzano, Bozen)에 도착한 모차르트 부자는, 피아차 델레 에르베(Piazza delle Erbe)에 있는 태양여관(Sun Inn)에 이틀간 머물렀다. 모차르트 부자는 밀라노로 바삐 내려가는 도중에도 자신들을 만나려 하는 사람들을 외면하지 않았다. 그들도 큰 고객이었으니까.

12월 22일 저녁 모차르트 부자는, 비아 데이 포르티치(Via dei Portici)

 여행자 노트

볼차노는 모차르트가 들렀던 도시이자 부조니 국제경연대회가 열리는 곳이다. 1949년 이곳의 클라우디오 몬테베르디 음악학교 교장 체자레 노르디오는 작곡가 겸 피아니스트 페루치오 부조니의 사망 25주년을 기념하는 음악경연대회를 개최했고 동시에 국제음악제도 성공적으로 추진하고 있다. 부조니는 모차르트를 두고 이런 말을 했다.

"모차르트는 지금까지 나타난 음악의 천재 중에서 가장 완벽하다. 그는 빛과 그림자를 조정한다. 그는 정열적이고 우주적이다. 그는 많은 말을 할 능력이 있지만, 그러나 결코 지나치게 말하지 않는다. 그는 소년처럼 젊고 노인처럼 현명하다."

볼차노
프란체스코 성당

에 있는 안톤 폰 구머 저택에 초대받았다. 12월 23일에는 스톡해머 가문의 바이올리니스트 안톤 쿠르츠바일이 탈퍼가세 2번지(Talfergasse 2)에 있는 자택에 모차르트 부자를 점심 식사에 초대하고 융숭히 대접했다. 스톡해머 저택은 지금 다른 사람이 살고 있지만, 저택 입구에 모차르트가 다녀갔음을 알리는 명패가 있다.

　오후 모차르트 부자는 종탑이 아름다운, 로마네스크식과 고딕식이 혼합된 볼차노 두오모와 1348년 건립된 프란체스코 성당(Church dei Franciscans)에서 조배를 하고 에냐로 향했다.

12월 23일, 에냐 혹은 노이마르크

온종일 달린 마차는 두 사람을 온통 크리스마스 장식으로 뒤덮인 작은 마을 에냐(Egna)에 데려다 주었다. 두 사람은 독일어로는 새로운 시장이라는 의미로 노이마르크트(Neumarkt)로 불리는 볼차노와 트렌토 중간에 끼여 있는 이 작은 마을에서 하루를 잤다. 12월 24일 그러니까 크리스마스이브 아침 일찍 두 사람은 트렌토로 떠났다.

　모차르트는 브렌네르 패스를 지나 남쪽으로 내려오면서 성당의 내외부 모습이 오스트리아에서 보던 것과는 다르다는 사실을 인식했다. 그도 그럴 것이 모차르트가 익숙한 도시 잘츠부르크와 빈은 바로크 도시의 원형이었고, 이탈리아 도시들은 고딕식 혹은 로마네스크식이었으니까. 해서 아버지에게 그 이유를 물었다.

　유식한 레오폴트는 안 그래도 입이 근질근질했는데 아들이 질문을 먼저 해오자 대견하다는 듯이 로마네스크식, 고딕식, 르네상스식, 그리고 바로크식 건축 양식에 대해 설명했다.

로마네스크, 고딕, 르네상스, 바로크 건축

건축 역사에 있어 로마네스크 건축 양식은 10세기 후반 시작하여 12세기에는 고딕 양식으로 발전한 유럽의 건축 양식이다. 로마네스크 건축의 특징은 육중함, 두꺼운 벽, 둥근 아치, 튼튼한 기둥, 궁륭, 큰 탑과 장식적인 아케이드이다. 건물은 명확히 정의된 형태로 규칙적 · 대칭적 평면으로 구성되며, 전체적인 외관은 단조롭다.

고딕 건축 양식은 로마네스크 이후 르네상스 이전, 그러니까 중세 시대 말에 번성한 건축 양식이다. 건축의 특징은 첨두 아치(pointed arch), 리브 볼트(rib vault), 그리고 플라잉 버트레스(flying buttress)이다. 건축 용어 '고딕'(gothic)은 야만족으로 불리는 고트족과 아무 관련이 없다. 이 단어는 1530년대 화가 겸 미술사가 조르조 바사리가 처음 사용했는데, 조잡하고 야만적인 문화를 묘사하기 위한 경멸적인 내용의 단어였다.

고딕 건축 양식을 대체한 르네상스 건축 양식은 기둥, 반원형 아치, 원통형 볼트, 돔 등 로마네스크 건축 양식이 다시 사용되었다. 건축 역사적으로 르네상스 건축 양식은 14세기 후반기부터 16세기까지의 건축 양식으로 브루넬레스키, 알베르티, 브라만테 등이 주도했다. 르네상스 운동과 더불어 이탈리아에서 시작된 르네상스 건축 양식은 피렌체에서 처음 발생되어 이탈리아 반도의 전역에 전파되었고 프랑스, 독일, 영국 등 유럽 여러 나라에 영향을 주었다.

바로크 건축 양식과 로코코 건축 양식은 17세기에서 18세기 중기까지의 유럽 건축 양식이다. 이 양식은 16세기말부터 교황청의 후원 아래 로마를 중심으로 전개되었고, 바티칸의 성베드로 대성당이 완성되면서 힘을 얻게 되었다. 미켈란젤로의 개성적이고 독창적인 작품들에서 이미 바로크적 경향이 존재한다고 보기도 한다. 반종교개혁 이후 생활의 풍요와 안정감을 표현하는 바로크 교회는 천장을 회화로 채색하여 사람들의 관심을 하늘로 향하게 했고, 교회의 신앙을 선전하는 건축 수단으로 사용되었다. 절대주의 군주들에 의해 성행한 바로크 궁전 건축은 국가의 권력을 과시했다. 바로크 건축은 건물의 역동성을 나타내기 위해 회화, 조각, 건물을 전체적으로 또 장식적으로 통합하여 환상적인 건축을 목표로 종합예술을 추구했다. 바로크 건축 양식은 두 방향으로 발전했는데, 이탈리아, 스페인, 포르투갈, 보헤미아, 오스트리아, 폴란드, 남부 독일 등 로마 가톨릭 권에서는 자유스럽고 복합적이며 한층 더 동적인 건축 형태를 추구했고, 영국, 네덜란드, 북유럽 프로테스탄트 지역에서는 억제되고 온건하고 조용하며, 기하학적이고 단순한 기념비적인 건물을 추구했다.

바로크 양식은 프랑스에서 루이 14세의 사망과 더불어 쇠퇴하고, 루이 15세의 등장과 함께 로코코 양식이 주로 프랑스에서 18세기 초부터 1770년까지 보급되었다. 건축의 특징은 곡선과 곡면을 화려하게 장식하는 것이었다. 바로크 양식은 대규모 건축물인데 비해, 로코코 양식은 개인 위주의 소규모 공간에 적용되었다.

트렌토(트리엔트) 공의회

트렌토(Trento, Trient)는 이탈리아 최북단, 알프스와 돌로미티 협곡 사이에 있는 트렌티노–알토 아디제(Trentino-Alto Adige, Trentino-Sudtirol)의 주도이다. 트렌티노–알토 아디제는 오스트리아와 국경을 접하고 있으며, 제1차 세계대전 이전에는 오스트리아–헝가리 이중제국에 속해 있었는데, 토지의 15퍼센트만 경작 가능하여 주로 과일과 와인용 포도를 생산한다.

모차르트와 괴테의 이탈리아 여행 시기는 계절이 달랐다. 모차르트가 트렌토를 지나간 것은 12월 24일인 한 겨울이었던 반면, 괴테는 9월 10일 늦여름이었다. 괴테는 트렌토로 가는 길을 이렇게 묘사했다.

> 마부는 잠이 들고, 말들은 항상 다니던 낯익은 길을 따라 전속력으로 내리달렸다. 그러다가 평지에 이르자 속력이 차츰 느려졌다. 마부는 잠에서 깨어 다시 말을 몰았다……. 그 부근에서 아디제 강은 다시 남쪽으로 꺾인다. 산기슭의 언덕들은 포도밭으로 경작되고 있었다. 길고 나지막한 언덕 위로 포도 덩굴이 자라고 청포도가 아주 멋들어지게 매달려, 가까운 땅의 열을 받아 익어가고 있었다.

브레네르 패스를 넘어 트렌토로 바삐 오는 동안 바깥 경치를 보느라 정신 없었지만 모차르트가 점차 북이탈리아 모습에 적응하게 되자 레오폴트는 모차르트가 알아야 할 것들을 본격적으로 들려주기 시작했다. 레오폴트는 모차르트에게 먼저 물어 말했다.

"모차르트야, 아빠가 아우구스부르크에서 김나지움을 졸업하고 왜 북쪽 도시로 가지 않고, 남쪽 잘츠부르크로 왔겠니?"

모차르트는 이미 알고 있었다는 듯이 대답했다.

"아빠는 프로테스탄트를 싫어하시잖아요."

당시 유럽은 가톨릭과 프로테스탄트가 공존하는 아우구스부르크를 중심으로 북쪽은 대체로 프로테스탄트가 번창했고, 남쪽으로는 가톨릭

이 주류를 이루고 있었다. 예수회 학교를 졸업했고 또 한 때 사제가 될 생각도 했던 레오폴트는 모차르트를 가톨릭 신자로 키웠다. 주일 미사를 빠트리지 않고 또 고백성사도 자주 보도록 했다. 항상 하느님을 먼저 생각하게 했고 영혼의 구원을 믿도록 했다. 그리고 두 가지 가톨릭 신앙, 즉 큰 죄를 저지르고 죽으면 지옥불을 면하지 못할 것이며, 그리고 하느님의 존재를 증명하는 근거로 기적이 일어난다고 가르쳤다. 그 결과 모차르트는 늘 이렇게 말했다.

"하느님 다음에는 아버지."

레오폴트의 설명이 이어졌다.

1517년 마르틴 루터가 기치를 든 종교개혁에 대해 가톨릭이 내부정화를 위해 조치한 한 가지 결과가 바로 트렌토 공의회이다. 바오로 3세 교황이 1545년 개회하여 1548년 정회된 이 공의회는 성서만이 신앙의 유일한 원천이 된다고 주장하는 개신교의 복음주의 사상을 이단으로 배척하고, 전통적인 해석에 따라 성서와 가톨릭의 전통 모두가 신앙의 원천임을 재확인하였다. 공의회는 가톨릭교회를 분열하려는 프로테스탄트 세력으로부터 교회를 보호하고 이단자들을 단죄하기 위한 것이었다. 따라서 반종교개혁의 목표는 더욱 가톨릭적이 되었고, 한층 더 단일화를 추구하는 노선으로 나아갈 수밖에 없었다. 트렌토 공의회는 새로운 미사 경본과 전례서의 간행을 선언하였고, 아주 세세한 부분까지 붉은 색으로 예절지시문을 표시했다.

이런 환경에서 지역 교회가 미사전례 개정을 위해 할 수 있는 일은 거의 없었다. 그러나 인간은 늘 새로운 것을 추구한다. 여기서 바로크 시대가 탄생한다. 미사전례 의식은 그대로 두는 대신에 종교음악은, 모차르트가 특히 좋아한 장엄한 미사곡, 모테트, 수난곡 등이 크게 발전하게 된

다. 오늘날 우리가 즐겨 듣는 종교음악과 미사곡들이 대부분 이 때 작곡
된 것이다. 또한 교회 건축술도 변해서 성당 내부를 장식하는 성인 성녀
의 조각상들이 점점 더 화려해졌고, 성당의 외관도 지상에서 천국을 보
는 듯한 느낌을 받도록 아름답게 지었다. 바로코와 로코코 예술을 창출
한 것이다.

종교개혁가 마르틴 루터는 가톨릭의 타락과 부패를 지탄했지만, 그 역
시 1525년 가톨릭 사제로서 암묵리에 금지된 결혼을 했다. 루터는 42세
였고, 신부는 16년 연하의 가톨릭 수녀 카타리나 폰 보라였다. 루터는 자
신이 결혼하는 목적이 늙으신 아버지에게 손주를 안겨드리기 위해서, 또
한 결혼을 머뭇거리는 사람들에게는 자신이 설교한 것을 몸소 실천하면
서 본을 보이기 위해서라고 하였다. 그리고 이렇게 말했다.
"나는 사랑에 빠졌다거나 욕정으로 불타는 것은 아니다. 그러나 나는
내 아내를 사랑한다. 와인과 여인과 노래를 사랑하지 않는 사람은 평생
토록 바보로 남을지어다."

12월 24일, 트렌토, 로베레토

두 사람은 트렌토에서 점심을 먹고, 로베레토를 향해 남쪽으로 내려갔
다. 모차르트 시대 로베레토는 언어가 독일어에서 이탈리아어로 바뀌는
경계선이었다. 여기까지는 독일어와 이탈리아어가 혼용되었다. 모차르
트도 아마 이때부터 토박이 이탈리아 마부를 만나게 되었을 것이며, 식
당이나 술집 주인도 독일어를 전혀 못했을 터이므로 모차르트는 이탈리

아어를 훈련하는 기회로 삼았을 것이다.

괴테도 이곳을 방문했다. 괴테가 트렌토를 방문한 것은 9월 11일이었는데, 다음과 같은 일화를 기록으로 남겼다.

> 가장 필요한 변소가 없어서 이곳 사람들은 자연 상태에 상당히 가까운 생활을 하고 있다. 내가 하인에게 용변을 볼 장소를 묻자 그는 대뜸 뜰을 가리켰다.
> "저기서 누십시오!"
> 괴테가 다시 물었다.
> "어디 말이오?"
> 그는 친절히 말했다.
> "어디든지 마음에 드시는 곳에다."

12월 24일 추운 겨울 저녁 로베레토(Rovereto)에 도착한 모차르트 부자는, 코르소 베티니 11번지(Corso Bettini, 11), 지금은 루카렐리 아이언 하우스(Lucarelli Irion House)로 불리는 호텔 알라 로자(Hotel Alla Rosa)에 여장을 풀었다. 여관 주인 베티니는 모차르트 부자에게 큰 호의를 베풀었고, 이후로도 두 사람은 이곳에서 신세를 진다.

12월 25일, 크리스마스

다음날 25일, 예수님이 탄생한 바로 그날, 13살의 모차르트는 팔라초 토데시(Palazzo Todeschi)에서 이탈리아에서 최초로 대중 공개연주를 했다.

일찍이 빈에서 모차르트의 연주를 들은 적이 있는 귀족 조반니 바티스타 토데시 남작이 마련한 자리였다. 메르체리에 14번지(Via Mercerie, 14)와 비아 타르타로티 7번지(Via Tartarotti, 7)가 만나는 곳에 있는 토데시 남작의 저택 입구에는 그런 사실을 알리는 기념패가 부착되어 있다. 지금은 모차르트 협회(Mozart Association) 건물이다.

26일 모차르트는 피아차 산 마르코(Piazza St. Marco)에 있는 산 마르코 성당(Church of San Marco)에서 연주했는데, 많은 청중들이 모차르트의 재능에 열광했다. 두 사람은 또 로베레토에서 조금 떨어진 마을 노가레도(Nogaredo)의 비아 콘티 로드론 1번지(Via Conti Lodron 1)에 있는 로드론 가문의 주요 거처 팔라초 로드론(Palazzo Lodron)에 들렀다. 잘츠부르크에서 활동 중인 로드론 백작은 레오폴트와는 친구 사이였고, 난네를과 모차르트는 로드론 백작의 딸들에게 피아노를 가르쳤다. 그리고 로드론 백작은 1776년 모차르트에게 세레나데 〈K. 247〉과 일명 "로드론 나흐트 뮤직"으로 불리는 〈K. 287〉을 주문한다.

노가레도의 로드론 저택은 예술적으로나 역사적으로 매우 의미 있는 건물이다. 1647년 이곳에서 마녀재판이 있었다. 오늘날 이 건물은 결혼식, 연주회, 그리고 문화행사가 개최되는데, 8~9월에 개최되는 로베레토 모차르트 음악축제 때는 〈K. 247〉과 〈K. 287〉을 주요 레퍼토리로 삼고 있다.

레오폴트가 1770년 1월 9일 쓴 편지에 따르면, 로베레토에서 모차르트가 처음으로 공개연주를 한데다, 뜻하지 않은 일도 경험했다. 레오폴트는 잘츠부르크에서 바이올린을 가르쳐 준 제자 니콜 크리스타니를 이곳에서 우연히 만났는데, 그는 로베레토의 행정 책임자로 근무하고 있었다. 로베레토는 정치적으로는 합스부르크가의 지배하에 있었고, 이탈리

로베레토에는 특기할 만한 한 장소가 하나 있다. 비알레
트렌토 42번지(Viale Trento 42)에 있는 브리디 정원
(Bridi Garden)이라는 이름을 가진 조그만 정원에는 그리
스 신전을 닮은 정자 템피오(Tempio)가 있는데, 그 안 쪽
궁륭에는 주세페 크라포나라가 그린 '천재 모차르트에게
월계관을 씌워주는 아폴로' 라는 벽화가 희미하게 남아있
다. 이 정원에는 또한 모차르트 사망 40주년을 기리며 만
든 동굴형 기념돌탑도 있다.

브리디 정원의 템피오

이곳의 소유주는 아니타 데 프로비저로서 전화(39 0464
413293)로 예약하고 방문이 가능하다. 입장료를 받지는 않는다. 필자는 2009년 1월 2일 이곳을 방
문했는데 마침 소유주인 아니타를 만나 설명을 들었다. 눈덮인 정원에 아담한 정자 템피오에서 필자
는 짧은 노래를 한 곡 불렀는데, 반향이 매우 좋았다. 좋은 경험을 했다.

아와 오스트리아 사이에 위치하여 상업이 번성했으며, 지식인과 예술가
들의 교류도 잦았다. 로베레토는 음악적으로는 크게 발달하지 않았지만,
이곳의 귀족들은 1750년 아카데미아 델리 아지아티를 설립하여 음악활
동을 후원하고 있었다. 주세페 안토니오 브리디가 만든 브리디 정원도
아마 그 무렵 설립된 것이 아닌가 추측된다.

12월 27일, 베로나(첫 번째)

아침 해가 밝아 오르자 두 사람은 로베레토의 두오모에 가서 잠시 조배를
하고 남쪽으로 향했다. 1769년 12월 27일, 그러니까 모차르트가 만 13

베로나로 가는 기차 속에서

여 행 자 노 트

필자는 2008년 12월 30일 베로나를 여행했다. 그리고 모차르트가 처음 여장을 푼 바로 그 두에 토리 호텔에서 하루를 묵었다. 카운터 뒷벽에 이탈리아어로 된 모차르트 관련 기념명패가 붙어 있었다.

In questo palazzo suggiorno nel gennio 1770 Wolfgang Amedeo Mozart sceso in italia tredicenne ad ofrire le prove del suo genio prodigioso Verona memore nel 11 centenario della Nascita

필자는 호텔리어 아가씨에게 그것을 영어로 번역해 달라고 했더니 친절하게 다음과 같이 써주었다.

In this palace stayed in January 1770 WAM, who came to Italy when he was 13 years old to play music and demonstrate his genuis. Verona city put this in his memory in the occasion of his 200birthday.

1770년 1월 이곳에 13살 나이의 모차르트가 체류했는데, 그는 베로나 시민들 앞에서 음악 연주를 했고 천재적 재능을 발휘했다. 모차르트의 탄생 200주년을 맞아 그날의 일을 이 패에 담아 여기에 부착한다.

위 | 두에 토리 호텔, 왼쪽
은 산 아나스타시아 대성당
가운데 | 베로나 원형 극장
아래 | 베로나 필라르모니
카 입구의 모차르트 카페

세 생일을 맞는 날, 모차르트 부자는 베로나에 도착했다. 세월이란 신기한 것이다. 인간의 의지와는 관계없이 큰 강물처럼 그저 흘러만 간다. 멈추게 할 수도 없고 길게 늘일 수도 없다. 새삼스러운 감개이지만 이것이 천지의 운행이라는 것일까? 레오폴트도 50줄이다. 혼자 중얼거렸다.

"시간은 여기 있고, 사라져 가는 것은 우리들이다."

두 사람은 피아차 산 아나스타시아 2번지(Piazza S. Anastasia, 2)에 있는, 지금도 베로나 최고의 호텔인, 두에 토리 호텔(Due Torri)에 투숙했다. 레오폴트가 어쩌면 아들의 생일을 축하한다는 뜻에서 그랬는지도 모른다.

아침 무렵, 모차르트 부자가 베로나 시내를 한바퀴 구경하고 돌아오니 지방 귀족들의 초청장이 여럿 와 있었다. 모차르트는 며칠 동안 차례로, 치비아 산 비탈레 29번지(Via S. Vitale 29)의 팔라초 알레그리(Palazzo Allegri), 코르소 카부르 2번지(Corso Cavour 2)의 팔라초 칼로티(Palazzo Carlotti), 비아 프란체스코 에밀레이 1번지(Via Francesco Emilei 1)의 팔라초 에밀레이(Palazzo Emilei), 피아차 베스코바도(Piazza Vescovado)에 있는 팔라초 베스코빌(Palazzo Vescovile), 그리고 피아차 비비아니 7번지(Piazza Viviani 7)의 팔라초 루지아티(Palazzo Lugiati) 등을 방문했다. 특히 부유한 상인 피에트로 루지아티는 모차르트 부자가 베로나에 체재하는 동안 많은 후원을 했다.

1770년 1월 5일, 공개연주회

해가 바뀌어 1770년 1월 5일 모차르트는 베로나 성 입구 비아 데이 무티라티(Via dei Mutilati, 4/1)에 있는 베로나 아카데미아 필라르모니카(Accademia Filarmonica)에서 공개연주회를 가졌다. 이때 루지아티는 화가 사베리오 델라 로자에게 의뢰하여 모차르트의 초상화를 그리도록 하고는 보유했다.

1월 7일에는, 스트라도네 산 톰마소(Stradone S. Tomaso)에 있는 산 톰마

사베리오 델라 로자가 그린 어린 시절의 모차르트

 여 행 자 노 트

필자는 비아 데이 무티라티 주소를 갖고 베로나 아카데미아 필라르모니카를 어렵사리 찾아갔다. 같은 주소의 건물 입구쪽은 모차르트 카페로 변해 있었고, 별로 넓지 않은 카페의 사방 벽에는 모차르트와 관련된 포스터가 붙어있었으며, 홀 안에는 사람들로 가득차 있었다. 나는 늦은 밤 느긋하게 에스프레소 한 잔을 마셨다.

야외 오페라로는 고대 로마의 유적인 카라칼라욕장 자리에서 개최되는 '카라칼라 야외 오페라' 가
유명하지만 길이 139m, 폭 110m, 최대 관중 25,000명을 수용하는 베로나 아레나(Verona Arena)
는 규모와 내용, 그리고 뛰어난 음향 효과와 독특한 분위기로 단연 최고이다. 1856년 로시니, 1859
년 도니체티의 오페라가 이곳에서 공연되었다.

1913년, 베르디 탄생 100주년을 기념하는 해에 몇몇 흥행사들이 모여 28,000명이 구경할 수 있는
고대 로마 유적지 베로나 아레나에서 〈아이다〉를 공연할 것을 구상했다. 당시 밀라노의 라 스칼라
가극장의 지휘자 툴리오 세라핀도 동참하여 그들은 사명감을 가지고 사업을 추진했다. 그 해 8월 10
일 격렬한 여름 태풍이 불었으나 저녁부터 기적적으로 하늘이 개었고 아름다운 달이 넓은 원형 극장
을 비추었다. 〈아이다〉 공연은 대성공이었고, 이어지는 공연마다 초만원이었다. 1930년 정식으로 아
레나 디 베로나 페스티벌(Arena di Verona Festival)을 조직하여 두 차례 세계대전 동안을 제외하
고 매년 공연이 개최되었다. 당대 최고 테너들이 출연했고, 특히 당시 무명이었던 마리아 칼라스가
이 공연에서 주목을 받았다.

소(San Tommaso) 성당에서 오르간 연주를 했다. 1월 8일 모차르트 부자는
지금은 야외 오페라로 유명한 베로나 야외극장을 구경했다. 1월 9일 베
로나 신문에는 모차르트에 관한 기사가 대서특필되었다.

모차르트 부자는 세 번의 이탈리아 여행 중 베로나를 모두 7번이나 방
문했는데, 이것은 모차르트가 이 도시를 좋아했을 뿐만 아니라 베로나
사람들이 모차르트를 그만큼 사랑했다는 의미이기도 했다.

1월 10일, 만토바

새해 1월 10일 아침, 정든 베로나를 떠난 모차르트 부자는 오후에 만토바

(Mantova)에 도착했다. 두 사람은 크로체 베르디(Croce Verdi) 여관에 짐을 제대로 풀기도 전에, 비아 아카데미아 47번지(Via Accademia, 47)에 있는 테아트로 아카데미코 델 비비에나(Teatro Accademico del Bibiena)로 가서 공연을 구경했다. 그리고 다음날부터는 연이은 초청 때문에 제대로 쉬지도 못했다.

베르디의 〈리골레토〉의 무대이기도 한 만토바는 전형적인 중세 도시로서 여러 토후 가문들이 다스렸는데, 그 중에서도 코라디 디 곤차가 가문이 유명하다. 소르델로 광장에는 곤차가 가문의 웅장한 궁전이 있다. 루도비코 2세는 르네상스 시대 대표적인 르네상스인 레오네 바티스타 알베르티와 화가 안드레아 만테냐를 후원했다. 만토바의 두오모, 팔라초 두칼레, 그리고 호족들의 엄청난 규모의 궁전 등은 이 도시가 한때 번창했음을 알려준다.

1590년 22세의 클라우디오 몬테베르디는 고향 크레모나에서 만토바로 와서 곤차가 궁정의 가수 겸 비올라 주자가 되었다. 몬테베르디는 새

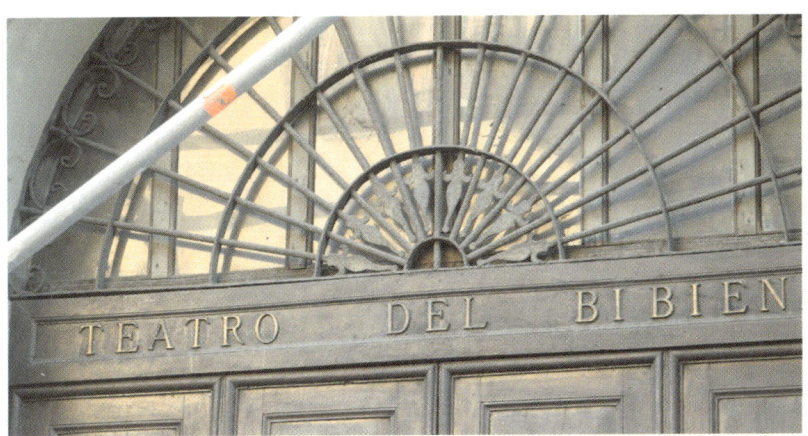

만토바 테아트로 델 비비에나 극장

로운 음악 장르인 오페라를 개척했으며, 자신의 새로운 음악 양식을 옛 양식에 비교하여 신양식(stile modern)이라고 불렀다. 1607년경 오페라 역사상 최초로 기록되는 〈오르페오〉를 작곡했다.

오랜만에 잠을 실컷 잔 모차르트 부자는 잘츠부르크의 시종장 게오르크 아르코 백작의 사촌인 프란체스코 다르코로부터 초청을 받아, 피아차 다르코 4번지(Piazza d'Arco, 4)의 저택으로 갔다. 며칠 후 만토바의 수학자 가에타노 베티넬리는 수학과 과학을 좋아한 모차르트 부자를, 비아 프라텔리 반디에라(Via Fratelli Bandiera)와 비아 체르토지니(Via Certosini)가 만나는 곳에 있는 자신의 집으로 초청했다.

1월 16일 오늘날에는 테아트로 아카데미코 델 비비에나로 불리는 테아트로 사이언티피코(Teatro Scientifico)에서 연주를 했는데, 모차르트의

 여행자 노트

소르델로 광장에서 두오모 성당 뒤편으로 가면 '리골레토의 집'이 있는데, 사실은 이곳과 베르디의 〈리골레토〉와는 아무런 관계가 없다. 그냥 관광용이다. 1200년대 건물인 이 집을 만토바 시당국은 그렇게 결정하고, 1977년에는 리골레토의 동상을 세우고 기념명패도 붙였다. 그리고 사적(史蹟)으로 지정했다. 만토바에는 리골레토의 집뿐만 아니라 호수가에 '스파라푸칠레의 술집'도 있다. 여기도 기념명패가 있는데, "이 집은 다리의 경비를 위해 설치한 세 개의 망루 중 하나로 1404년 건축한 것이며, 베르디의 가극에 나오는 스파라푸칠레의 집과 비슷하므로 사적으로 정한다"고 적혀 있다. 베르디가 빅토르 위고의 〈환락의 왕〉을 바탕으로 한 오페라 〈리골레토〉의 무대를 굳이 만토바로 정한 이유는 정치적인 압력을 피하기 위해서였지만, 실제로 르네상스 시대 만토바에는 악명 높은 익살꾼이 있었다고 한다. 등장인물도 원작의 프랑수아 1세를 만토바 공작으로, 꼽추 트리브레를 익살꾼 리골레토로, 그의 딸 프랑슈를 질다로 바꾸었다.

자작곡을 포함하여 14곡을 들려주었다. 레오폴트는 고향의 안나에게 편지를 썼다.

"오늘 볼프강이 연주한 이곳 극장은 내가 본 것 가운데 가장 아름다웠소."

하지만 모차르트는 탈진할 지경으로 잠을 좀 더 자고 싶다는 생각밖에 없었다. 게다가 두 사람이 머문 여관 크로체 베르데는 차가웠고 모차르트는 한 차례 심한 감기를 앓았다. 크로체 베르디 여관은 오늘날 테아트로 조치알레(Teatro Sociale) 뒤편에 있었지만, 지금은 도괴되었다.

1월 17일 사르토레티 부인은 모차르트 부자를, 비아 다리오 타소니(Via Dario Tassoni)에 있는 자택으로 초청하여 음악을 듣고는 나중에 호텔로 4두카트와 꽃다발, 그리고 자작시를 선물로 주었다. 모차르트는 비아 피에트로 프라테니(Via Pietro Frattini)에 있는 미카엘 2세 투른 운트 탁시스(Michael II von Thurn und Taxis)의 저택에도 들렀고, 공작의 궁전에 있는 카펠라 산타 바바라(Capella Santa Barba)에서 조배도 했다.

1월 19일, 보쫄로

바람이 세차게 불고 진눈깨비가 날리는 1월 19일 아침, 두 사람은 산 안드레아 성당에서 미사를 참례하고 만토바를 떠났다. 그날, 모차르트 부자는 지금도 상주인구가 겨우 4천 명인 보쫄로(Bozzolo)라는 작은 마을에서 잠을 청했다. 모차르트 부자는 고객의 눈이 많은 곳에서는 최고급 호텔에서 자고 또 좋은 음식을 먹었지만, 사람들의 눈에 띄지 않는 곳에서는 돈을 최대한 아꼈다. 물론 레오폴트는 최소한의 돈을 준비해왔지만, 작곡 주문 선금, 연주료 수입 등을 계산에 넣었고, 심지어 후원자에게 도움을 받는 경우도 적극적으로 감안했다. 하지만 현명한 레오폴트는 돈을 쓸 때와 아낄 때를 알았다.

1월 20일, 크레모나

다음날인 20일 아침 일찍 두 사람은 크레모나로 향했다. 북이탈리아의 겨울은 구름이 언제나 낮게 깔려서 마치 뿌연 유리를 덮어 놓은 것 같았다. 그런 날씨 속에서 모차르트 부자는 현악기 생산지로 유명할 뿐 아니라 〈오르페오〉와 〈율리시즈의 귀환〉 등을 써서 근대 오페라의 창시자가 된 클라우디오 몬테베르디의 고향 크레모나(Cremona)에 도착했다.

두 사람은 오늘날 비아 지카르도 11번지(Via Sicardo 11)에 있는 콜롬비노(Colombino) 여관에 짐을 풀자마자, 오늘날에는 테아트로 폰키엘리(Teatro Ponchielli)로 불리는, 코르소 비토리오 에마누엘레 2번지(Corso Vittorio Emanuele II)에 있는 테아트로 나자리(Theatro Nazari)로 달려갔다.

당대 유명한 가수 발렌티니가 주역인 티토 황제 역을 맡은 〈티토 황제의 자비〉(La Clemenza di Tito)를 놓칠 수는 없었다. 〈티토 황제의 자비〉는 피에트로 메타스타시오의 대본으로 1734년 안토니오 칼다라가, 그리고 1752년에는 글루크가 작곡했다. 따라서 이날 모차르트가 본 것은 칼다라의 것인지 글루크의 것인지는 알 수 없다.

메타스타시오의 대본들은 고전적인 주제를 우아하고도 멋있게 다루었으며, 극적 구성은 물론이고, 레치타티보와 아리아가 등장할 위치가 매우 적절히 표시되어 있어서 18세기 작곡가들은 가장 이상적인 대본으로 여겼다. 모차르트도 20년 후 1791년, 레오폴트 2세 대공이 신성로마제국의 황제 겸 보헤미아의 왕으로 등극하는 것을 축하하기 위해 역시 메타스타시오의 대본으로 〈티토 황제의 자비〉를 작곡을 하게 된다.

현악기 생산으로 널리 알려진 이곳에서 모차르트는 크레모나 대성당의 첼리스

비아 지카르디 11번지에 있는 콜롬비노 여관. 지금은 가정집으로 쓰이고 있다.

트 겸 콘서트마스터 안토니오 페라리와 오르가니스트 자코모 아리기를 만나 배움을 청했다. 사실 이탈리아 여행에서 모차르트는, 그리 많은 기회는 아니었지만 다른 사람들의 연주를 들었고 또 배웠다. 정말이지 모차르트는 인생을 음악이라는 무기로 싸우기 위해 철저히 무장했다. 죽는 순간까지 배우면서 작곡을 했다. 모차르트는 생전에 이렇게 말했다.

"나의 예술이 쉽사리 이루어진 것으로 생각하는 사람들은 나를 잘못 알고 있다. 아무도 나만큼 많은 시간과 생각을 작곡에 바치지 않았을 것이다. 유명한 작곡가들 중 내가 그의 음악을 여러 번 반복해서 공부하지 않은 사람이라고는 단 한 명도 없다."

스트라디바리, 아마티, 과르네리

바이올린 등 현악기는 1500년경 북부 이탈리아에서 발달했는데, 초기의 제작자들로서는 가스파로와 마지니, 그리고 안드레아 아마티 등이었다. 그후 바이올린의 3대 명인이라고 불리는 아마티, 과르네리, 그리고 스트라디바리는 공교롭게도 모두 이탈리아 북부 도시 크레모나 출신이었고, 스승과 제자 사이이면서 경쟁자였다.

18세기 초 어느 날 크레모나의 선술집에서, 안토니오 스트라디바리, 바르톨레메오 주세페 과르네리, 지롤라모 아마티 등 이곳 출신 3명의 바이올린 명장이 서로 자신이 만든 바이올린이 최고라고 자랑했다. 먼저 과르네리가 말했다.

"나는 이탈리아 최고의 명장이야."

아마티 가문의 대표 아마티가 가만히 있을 리 없었다. 최고의 범위를 이탈리아보다 더 넓혀 세계 최고라고 응수했다.

스트라디바리우스 동상 밑부분

"나야말로 세계 최고의 바이올린 제작가이지."

가만히 듣고 있던 스트라디바리가 조용히 말했다.

"그런가? 하지만 크레모나에서는 내가 최고일세."

세 사람 모두 크레모나 사람들이기 때문에 크레모나에서 최고인 사람이 당연히 세계 최고가 되는 것이다. 이 이야기는 물론 이 세 사람을 강조하기 위해 지어낸 이야기인데, 이탈리아에는 이들 세 가문 외에도 루기에리, 과다니니, 갈리아노 등 현악기 제조의 명인들이 많은 악기들을 제작했다. 모차르트가 보유한 바이올린은 당대의 거장 안드레아 페르디난트 마이어가 제작한 것이었다.

1월 23일, 밀라노

23일 아침, 모차르트 부자는 멀리서부터 보이는 흰 대리석의 밀라노 두오모를 나침반 삼아 밀라노로 떠났다. 1770년 1월 23일 저녁, 모차르트 부자는 잘츠부르크를 떠난 지 20일 만에 최초의 목적지 밀라노에 도착했다. 이후로도 모차르트는 이 도시를 네 번이나 더 오게 된다.

모차르트 부자는 우선 두오모로 가서 이곳까지 무사히 당도하도록 도와주신 여행자의 수호성인 라파엘 대천사와 길안내 수호성인 크리스토폴(Christophoros) 성인에게 감사 기도를 올렸다.

대천사(Michael Angelo)는 천사의 한 위계 명칭으로, 천사의 위계는 가톨릭에서는 공식적으로는 사용하지 않지만, 세라핌(熾品), 케루빔(智品), 좌품(座品), 주품(主品), 역품(力品), 능품(能品), 권품(權品), 대천사, 천사 등 구품 천사가 있다. 달리 말하자면 하늘나라에도 위계가 있는 것이다.

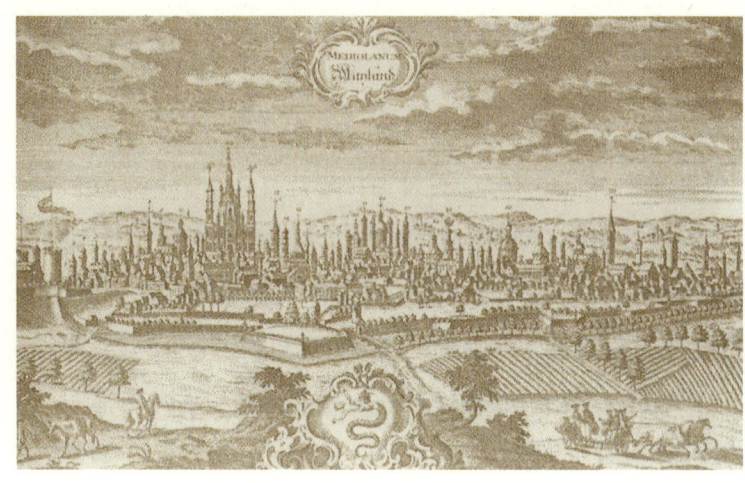

밀라노의
옛모습

가톨릭에서는 라파엘, 가브리엘, 미카엘을 대천사라고 부르는데 각각 그 임무가 다르다. 라파엘 대천사는 치유하는 임무를 띄고 있다. 가브리엘 대천사는 소식을 전하는 임무를 띠고 있어 예언자 다니엘의 묵시를 설명해주고, 세례자 요한의 탄생, 그리고 마리아에게 수태고지(受胎告知), 즉 예수의 잉태를 알리는 역할을 했다. 레오나르도 다 빈치 등 중세 유럽의 많은 화가들이 수태고지를 테마로 그렸다. 미카엘 대천사는 하느님의 군대로서 라파엘로의 〈악마를 벌하는 대천사 미카엘〉이 대표적인 상징적 그림이다.

모차르트는 빈과 유럽의 여러 도시에서 규모가 큰 성당을 많이 보았지만, 밀라노 두오모의 규모에는 감탄하지 않을 수 없었다. 게다가 잘츠부르크는 물론이고 빈으로 가는 도중에 조배를 했던 대부분의 성당들은 아름다운 바로크식이었으나, 밀라노 두오모는 웅장한 고딕식이었다. 1386년 착공된 이 대성당은 벌써 400년 가까이 지났고, 건물 외부는 성모 마리아와 12사도를 비롯하여 성인들의 조각과 첨탑이 3, 159개나 되지만,

밀라노 대성당

 여 행 자 노 트

밀라노는 인구, 정치, 문화, 예술 면에서는 이탈리아 제2의 도시지만, 상업, 공업, 금융 분야에서는 제1의 도시이다. 이 도시의 역사는 켈트족 시대부터이지만, 기원전 222년에 로마인들에 정복됨으로써 로마 제국의 영토가 되었다. 313년 콘스탄티누스 대제는 이곳에서 그리스도 교도들에게 신앙의 자유를 허락하는 '밀라노 칙령'을 선포했고, 375년에는 성 암브로시우스가 밀라노의 주교로 부임하여 신학을 가르쳤다.

1167년에는 신성로마제국의 붉은 수염 황제 프리드리히 바르바로사가 침공해 왔는데, 밀라노와 부근 도시들이 단결하여 레냐노 전투에서 승리함으로써 자치권을 획득했고, 그 후 비스콘티 가문의 잔 갈레아초 비스콘티가 다스렸다. 군인이자 문인이고, 살인자이자 신앙인이었던 그는 밀라노에 두오모와 파비아의 수도원을 건축했다.

1447년 비스콘티 가의 마지막 자손이 죽고, 시민들에 의한 암브로시아 공화국이 세워졌으나 단명으로 끝나고, 농민의 아들 프란체스코 스포르차가 권좌에 올랐다. 스포르차 가의 루드비코 일 모로는 레오나르도 다 빈치, 브라만테 등 당대의 천재들을 불러들여 밀라노의 르네상스 문화를 꽃피웠다. 1538년에서 1713년까지는 스페인의 지배 아래 들어가고, 1805년 나폴레옹 시대에는 이탈리아의 수도가 되었다.

아직은 완전한 건물은 아니었다. 따라서 모차르트가 이곳을 방문하는 동안에도 밀라노 대성당의 건축가들은, 세계에서 가장 크고 좋은 고딕 건축물을 만들기 위해, 대성당 건축에 사용하는 석재들을 하나하나 개별적으로 정성스럽게 다듬고 있었다.

24일 모차르트 부자는 오스트리아령 롬바르디아 지방 총독부 장관 카를 피르미안 백작을 찾아가 알현을 청했다. 백작은 레오폴트가 잘츠부르크 궁정 오케스트라의 제4 바이올리니스트로 처음 취업할 때 영주였던 피르미안 대주교의 조카이기도 해서 모차르트 부자를 반가이 맞아주었고, 모차르트에게 메타스타시오의 오페라 대본 9권을 선물로 주었다.

"밀라노는 음악에 심취한 부유한 도시이지요. 일단 사육제가 시작되면 아주 흥겹게 지낼 수 있을 거요. 자, 여기 이 위대한 메타스타시오의 오페라 극본 아홉 권은 환영 선물입니다."

백작은 일거리부터 챙겨 준 것이었다. 백작은 한층 더 호의를 베풀어 모차르트 부자가 장관 공관인 팔라초 멜치(Palazzo Melzi)에는 항상 출입할 수 있도록 허가했다. 또한 밀라노에서 2개월 가량 체류하는 동안, 파테베네프라텔리(Fatebenefratelli) 가에 있는, 아우구스티누스파 소속의 산 마르코 수도원에서 지내도록 조치해주었다(물론 레오폴트는 잘츠부르크에

 여행자 노트

높이 157미터, 폭 66미터, 장랑의 길이 82미터. 밀라노의 두오모는 독일의 쾰른 대성당과 함께 세계 최고의 고딕 건물이다. 1386년 초석이 놓인 후 500년이 지난 1890년 준공되었다. 하늘을 찌르는 135개의 첨탑의 정상에도 성인의 조각이 있고, 109미터의 첨탑에는 황금의 마리아 상이 있다. 그 아랫부분에 예수 그리스도의 유골이 모셔져 있다고, 믿거나 말거나, 관광가이드는 말한다.

위 | 밀라노 산 마르코 수도원
아래 | 밀라노 레지오 두칼레
극장. 오른편 멀리 보이는 건물

서 이미 아우구스티누스파 수도사의 추천을 받아 왔다. 오늘날 피아차 산 마르코
(Piazza S. Marco)에 있는 산 마르코 성당이 바로 그 수도원이다). 수도원 숙소에
서 모차르트는 옆에 계신 아버지에게 기댔다. 모차르트는 이번 여행에서
처음으로 아버지와 다른 침대를 사용했다. 그것은 부친으로부터의 독립
의 시초였는지도 모르겠다.

며칠 후 모차르트는 피르미안 백작의 저택에서 글루크의 스승이며 소
나타 형식의 개발에 공이 큰 삼마르티니(전기 고전주의 시대의 교향곡 작곡
가로서 요제프 하이든과 모차르트가 발전시킨 후기 고전주의 양식을 낳는 데 큰
기여를 했다)를 만나 작곡기법을 한 수 배웠고 또 아리아 "선하게 산다는

것은 중요해"(Ergo interest)(K. 143)와 모테트를 작곡했다. 그리고 고향의 누나에게 편지를 썼다.

누나에게

누나가 썰매를 타러 갔고 또 잘 지낸다는 소식을 듣고 반가웠어. (중략) 이 편지를 쓰기 직전 다음과 같이 시작되는 메타스타시오의 대본에 곡을 하나 붙였어.

> Misero Tu non sei:*
>
> Tu spieghi il Tuo Dolore;

(중략)

오페라 〈버림받은 디도네〉(Didone abbandonata)를 봤어…… 곧 니콜로 피치니 선생이 이곳에 온댔어. 그리고 피르미안 백작의 시종은 빈 출신이래. 지난 금요일엔 그 댁에서 만찬을 즐겼고, 다음번 일요일에도 만찬이 계획돼 있어. 엄마 손에 천 번의 키스를 대신 보내줘. 난 죽을 때까지 누나의 충실한 동생으로 남을 거야.

Wolfgang de Mozart

Baron Hochenthal**

Friend of the Counting-House.

1770년 1월 26일

*KV73a 악보는 망실되었음
** 모차르트는 자신의 이름과 신분을 이런 식으로 높여 불렀다.

모차르트는 밀라노 체류 중에 관광도 하고 여러 곳에서 연주도 했는데, 몇몇 성당에서는 미사곡을 지휘했다. 비아 벨리니 2번지(Via Bellini 2)에 있는, 특히 돔이 아름다운 산 마리아 델라 파시오네 성당(Church of S. Maria della Passione)은 그 규모가 밀라노 두오모 다음쯤 가는데, 모차르트는 이곳에서도 미사곡을 지휘했다.

2월 2일에는 밀라노 두오모 옆에 있는, 지금은 미술관인 레지오 두칼레 극장(Regio Ducale)으로 가서 니콜로 피치니의 오페라 〈이집트의 시저〉(Cesare in Egitto)의 드레스 리허설을 구경하고 피치니와도 만나 알게 되었다. 두 사람은 나중에 파리에서 다시 만나게 된다.

프랑스와 이탈리아 사이의 음악 전쟁

18세기에 전쟁은 영토전쟁만 있었던 것은 아니다. 1750년대 프랑스 그랑 오페라와 이탈리아 오페라 사이의 우월성을 놓고 벌인 음악논쟁도 있었다. 이 논쟁은 1752년 파리 오페라 극장에서 공연된 페르골레시의 오페라 〈마님이 된 하녀〉(La Serva Padrona)가 발단이 되었다.

페르골레시의 작품은, 17세기 이탈리아 출생이지만 주로 루이 14세 궁정에서 활동한, 그래서 프랑스 작곡가로 분류되는 장 바티스트 륄리의 오페라 〈아시스와 갈라테〉(Acis et Galatee)와 같은 날 저녁에 공연되었다. 비평가들은 페르골레시의 멜로디에 감동받았지만, 줄거리는 웅장한 주제의 륄리의 것이 더 낫다고 생각했다.

이 논쟁은 곧 이탈리아의 오페라 부파를 칭송하는 프랑스 지식인과 프랑스 오페라 양식을 지지하는 프랑스 음악파로 나뉘게 되었다. 계몽사상가 루소를 비롯한 백과사전파 지식 계급은 페르골레시를 선호했다. 백과사전파의 반대편에는 그 당시 프랑스의 대표 작곡가인 장 필립 라모가 주도했다. 라모는 일련의 에세이를 발표하여 자신의 작품을 포함한 프랑스 오페라를 옹호했고, 자신의 스타일로 계속해서 음악을 작곡했다. 루이 15세와 귀족, 프랑스의 음악가와 대부분의 청중들은 라모의 프랑스 오페라를 지지했다.

그러나 루소는 1735년 초연된 장 필립 라모의 오페라 발레극 〈우아한 인도의 나라들〉(Les Indes galantes)에 대해 합주가 너무 복잡하고, 화성도 너무 거창하여 마치 끊어지지 않는 소음과 같다고 비난했다. 요약하면 라모는 화음을 중시하여 합리적 지성적 규칙을 지키는 것이 예술의 필수 조건이라고 주장한 반면, 루소는 멜로디가 화음에 우선해야 한다는 원칙을 내세우면서 이탈리아 오페라가 프랑스 전통 오페라보다 우월하다고 주장했다.

이 논쟁은 더 나아가 프랑스 음악과 이탈리아 음악의 일반적인 특징에 대한 논쟁으로까지 확대되었으며, 필전에 그치지 않고 결투가 벌어지는 등 가히 전쟁을 방불케 했다. 이 음악 논쟁은 결국 라모가 1764년 사망하면서 끝났다. 이 싸움을 음악사에서는 뷔퐁 논쟁(Querelle des Bouffons)으로 부른다.

피치니와 글루크의 음악 전쟁

나중의 일인데, 1778년 모차르트는 두 번째로 파리를 방문했다. 당시 파리는 정치적으로 프랑스 대혁명을 예고하는 소용돌이가 휘몰아치는 중이어서 외국인이 방문하기에는 나쁜 시기였다. 게다가 음악을 좋아하는 사람들 사이에 글루크의 개혁 오페라처럼 새롭고 좀 더 현실적인 오페라가 좋은지, 아니면 메타스타시오의 대본에다 요한 아돌프 하세가 작곡한 것과 같이 한층 더 이탈리아적인 것이 좋은지를 놓고 싸움판이 벌어졌다.

글루크는 처음에는 메타스타시오의 대본을 바탕으로 주로 이탈리아 오페라를 작곡했다. 당시 빈에서 영향력을 발휘하고 있던 궁정극장의 부감독 자코모 두라초 백작과 극작가 칼차비기 등 두 이탈리아 사람은 프랑스 오페라를 선호했는데, 두 사람은 글루크에게 프랑스 양식의 오페라 작곡을 권유했다. 그 결과 세 사람은 힘을 합해 발레곡 〈돈 주앙〉(Don Juan, 1761), 오페라 〈오르페오와 에우리디체〉(Orfeo ed Euridice, 1762) 〈알체스테〉(Alceste, 1767), 〈파리데와 엘레나〉(Paride ed Elena, 1770) 등을 만들었다. 하지만 일반 대중에게는 잘 수용되지 않았다. 게다가 글루크는 빈의 궁정극장 운영권을 내놓게 되자 수입을 보충하기 위해 프랑스의 마리 앙투아네트 왕비의 초청을 받아들여 1773년 파리로 갔다.

파리에서는 글루크의 개혁 오페라가 한층 더 논란이 되었다. 글루크는 마리 앙투아네트 왕비의 도움으로 신작 오페라 〈아울리데 항구의 이피게니아〉(Iphigenie en Aulide)를 공연하고 큰 성공을 거두었으며, 1774년 여름 무대에 올린 프랑스판 〈오르페오와 에우리디체〉도 크게 성공했다. 글루크의 프랑스 개혁 오페라는 이탈리아풍의 작품들에 비해 한층 더 대조의 원칙을 따르고, 빈 양식의 오페라들에 비해 가사가 더 낭송적이었으며, 힘이 있고 관현악 음색이 더 강렬했다. 또한 각 장면과 막이 더 짧고 중단 없이 이어지면서, 보다 극적이고 심리적인 이해를 위해 장면들의 공간개념을 희생시키고 별로 개연성 없는 공간을 배치했다. 일련의 비평가들이 글루크의 작품을 비난하는 글을 실었고 글루크도 반박의 글을 실었다.

글루크가 독일 작곡가이고 또 왕비의 총애를 받는다고 싫어하는 파리 사람들은 1776년 여름 나폴리의 작곡가 니콜로 피치니를 파리로 초빙하고는 글루크의 개혁 오페라와 반대되는 오페라를 작곡하도록 설득했다. 피치니는 대 히트작 〈착한 아가씨〉(La Cecchina, ossia La buona figliuola)를 포함하여 이미 300여 오페라 세리아와 오페라 부파를 작곡한 나폴리 악파의 지도자였다. 프랑스 개혁 오페라를 반대하는 사람들의 초청으로 파리에 온 피치니는 곧 음악 전쟁에 휘말리게 되었다.

피치니는 개인적으로는 글루크의 오페라를 좋아했지만 어쩔 수 없었다. 글루크와 하세의 싸움이 글루크와 피치니 사이에 전쟁(Guerre des Gluckistes et des Piccinnistes)으로 확전되었던 것이다.

1778년 1월 27일 피치니의 〈롤랑〉(Roland)이 파리에서 초연되었다. 모차르트는 1778년 3월 23일 파리에 도착했는데, 피치니의 오페라 〈롤랑〉은 그 몇 주 전에 끝이 났었다(모차르트는 피치니와 글루크 둘 다를 파리에서 만났다).

당시 파리 오페라 감독이 흥행을 위해 글루크와 피치니 두 사람에게 동일한 대본 〈타우리데 항구의 이피게니아〉(Iphigenia en Tauride)를 바탕으로 오페라를 작곡하여 일반 대중으로부터 판단하도록 하자는 안을 내놓았다. 글루크의 것은 1779년, 피치니의 것은 1781년에 완성되었다. 결과는 글루크의 완승이었다. 그 후 이탈리아 오페라는 파리에서 쇠퇴하게 되었다.

이 외에도 한슬리크와 암브로스 사이의 논쟁, 바그너파와 브람스파의 대결이 있었고 그 때마다 극장에서의 설전과 언론을 통한 필전에 그치지 않고 결투가 벌어지는 등 가히 전쟁을 방불케 했다.

라 스칼라

밀라노는 연극과 음악이 번성했던 곳으로, 레오나르도 다 빈치의 연극

〈잔 갈레초와 아라곤의 이사벨라〉가 스포르차 성이나 귀족 저택에서 종
종 공연되었고, 1594년 스페인 출신 밀라노 대공 페르난데스 데 벨라스
코는 궁전 안에 소극장 살로네 메르게리타를 보유했다. 이 극장은 화재
로 없어졌다가, 1717년 레지오 두칼레 극장으로 재건되었다.

레지오 두칼레 극장은 도메니코 스카를라티, 발다사레 갈루피 등의 작
품을 공연했고, 모차르트도 그의 초기 오페라 〈폰토의 왕 미트리다테〉,
〈알바의 아스카니오〉, 〈루치오 실라〉를 공연했다. 그러나 1776년 2월 26
일 다시 소실되고 만다.

밀라노 사람들은 당시 밀라노를 통치하고 있던 페르디난트 대공에게
오페라 하우스 건설을 청원했고, 대공은 산타 마리아 델라 스칼라 교회
자리에 주세페 피에르마리니의 설계로 새로운 극장을 건설하였다. 1778
년 2년여에 걸쳐 객석 3천 200석의 오페라 하우스가 완성되자 마리아 테
레지아 여제는 이렇게 칭송했다.

"이탈리아에서 가장 빛나는 새로운 극장이 완성되었다."

이 극장은 원래 그 자리에 있던 산타 마리아 델라 스칼라 교회의 이름
을 따서 '라 스칼라'(La Scala)라고 부르기도 한다. 1778년 8월 3일 베로
나 태생의 오스트리아 궁정악장 안토니오 살리에리가 이 극장을 위해
작곡한 가극 〈마음에 든 유럽〉과 두 개의 무곡 소품을 지휘했다. 벨리니
의 〈노르마〉(1831), 베르디의 〈나부코〉(1842), 푸치니의 〈나비부인〉
(1904), 〈투란도트〉(1925) 등이 라 스칼라에서 초연되었다. 라 스칼라는
제2차 세계대전 중인 1943년 8월 16일 공습을 받아 잿더미가 되었지만,
전후 재건되어 1946년 5월 11일 토스카니니의 지휘로 개막식 연주가
거행되었다.

2월 7일, <폰토의 왕 미트리다테>를 주문받다

어느 날 피르미안 백작은 레오폴트에게 다음에 이곳에 다시 오면 오페라 주문을 받도록 해주겠다고 귀띔했는데, 2월 7일(3월 13일이라는 문헌도 있음) 피르미안 백작은 정말로 페르디난트 대공으로부터 오페라 <폰토의 왕 미트리다테>(Mitridate re di Ponto, K. 87)를 그 해 12월 공연 예정으로 주문을 받아 왔다. <폰토의 왕 미트리다테>는 전문 오페라 극장에서 공연되는 모차르트의 첫 오페라 세리아가 될 터였다. 피르미안 백작은 이렇게 말했다.

"이탈리아 사람들은 새로운 오페라가 나온다면 안 보고는 못살아요."

이탈리아에서 3월 3일은 사육제가 끝나는 날인데, 모차르트는 사육제 기간 동안 밀라노 거리에서 펼쳐졌던 거리 행진을 즐겼고, 오페라를 6~7편 보는 등 무척 들떠 있었다. 모차르트는 그런 이야기를 고향의 난네를 누나에게 편지를 쓴 뒤, 다음과 같은 후기를 추가한다. 개구쟁이 남매끼리만 통하는 말로 가득 차있다.

Cara sorella mia*
누나가 즐겁게 지내고 있다니 기뻐……나도 잘 지내고 있어
…… 오페라를 6~7편 보았어……
……

1770년 3월 3일

*여기서 *Cara sorella mia*는 이탈리아 어로 '사랑하는 나의 누나'이다.

**Wanstenderwischtsohastenschon*는 영어로 바꾸면 *Catchmeifyoucan*인데, '나 잡아봐 선생' 정도로 번역할 수 있다.

*** '똥싸게 돈 카카렐라'는 모차르트 자신을 익살스럽게 표현한 것이다.

후일 모차르트는 혼자 북유럽을 여행할 때 아버지 레오폴트에게는 독일어로, 누나 난네를에게는 라틴어나 이탈리아어로, 베즐레와 아내 콘스탄체에게는 프랑스어로 편지를 썼다. 오늘날 전해지는 모차르트의 편지는 400여 통에 이르는데, 그의 편지는 음악가이자 또한 격동의 18세기 후반을 살았던 인간 모차르트를 이해하는 귀중한 자료이다.

편지에 서명은 WAM(Wolfgang Amadeus Mozart의 약자) 혹은 MZT로, 장난으로 이름을 뒤집어 Trazom 혹은 Gnagflow으로 쓰거나, 30세 때는 Punkitititi를 닉네임으로 사용했다. 이탈리아에서는 이름을 이탈리아식으로 아마데오 데 모차르티니(Amadeo De Mozartini)로 사용했고, Wolfgang이라는 독일식 이름을 이탈리아 사람들이 발음하기 곤란해 하자 모차르트는 자신의 이름을 Wolgango로 소개했다.

3월 15일, 로디

3월 12일 모차르트는 피르미안 백작 궁전에서 메타스타시오의 대본에 곡을 붙인 성악곡 〈K. 77, 78, 79, 88〉을 연주했다. 3월 14일 피르미안 백작은 모차르트 부자를 초청하여 만찬을 베풀고 12두카트 상당의 금제 코 담뱃갑을 주면서, 이후 여러 도시에서 만나게 될 지방 귀족이나 고위 사제들에게 내밀 소개장도 함께 주었다.

약 1개월 반을 밀라노에서 지낸 모차르트 부자는 3월 15일 로디(Lodi)에 도착했다. 3월이지만 여전히 겨울 같이 추웠다. 그날 모차르트 부자는 피아찰레 3 아고스토(Piazzale 3 agosto)에 있는 역마차 부속여관 로칸다(Lacanda)에서 하루 체류한 것으로 보인다.

로디는 규모는 작지만 교통의 요지로서 밀라노의 전제군주 비스콘티 가문(Visconti family)이 다스리던 유서 깊은 도시였다. 로디는 종교적으로도 중요한 의미를 지닌다. 1413년 대립교황 요한 23세는 가톨릭 교황의 대분열을 종식시키기 위해 콘스탄츠 공의회(1414~1418)를 소집하는 교서를 이곳 로디 두오모에서 발표했다. 그 결

로디 두오모

과 이탈리아의 지역별 도시국가들의 대표들이 이곳에 모여 '로디 평화조약'(the peace of Lodi)을 체결하고 이탈리아 도시들의 통일을 추구했지만 이 조약은 40년 후 파기되었다. 모차르트가 다녀간 지 26년 후인 1796년 5월 10일 나폴레옹은 교통의 요지인 이곳에서 치른 전투에서 승리하고 밀라노로 진격하는 교두보를 확보했다.

메디치 가문의 창업과 대립교황 요한 23세
메디치 가문의 창업자 조반니 디 비치가 은행가로서 성공하기 시작한 것은 당시 피렌체에서 번성한 모직업 때문이기도 했지만, 교회의 고위 인사들과의 관계를 돈독히 하고, 교황청의 재정 운영에 접근한 것도 한몫을 했다. 발다사레 코사는 나폴리 출신의 사제로서 1402년 로마 교황 보니파티우스 9세에게 추기경으로 임명받은 후 1403년부터 볼로냐의 교황 대사로 부임해 있었다. 그 무렵 세상 물정에 밝은, 볼로냐에서 가까운 피렌체에서 사업을 하던 40대 중반의 조반니는 코사 추기경과 매우 절친하게 지냈다.

당시는 아비뇽의 교황과 로마의 교황이 서로 정통성을 주장하는, 말하자면 가톨릭 역사상 가장 혼란스러운 시대였다. 프랑스 론 강 유역에 있는 아름다운 중세도시 아비뇽은, 1309년부터 클레멘스 5세를 시작으로 7명의 교황이 교황 권좌를 계승하면서, 약 60년간 기독교 세계의 중심이자 교황청의 소재지였다. 그러나 로마에도 교황이 있었기 때문에 가톨릭은 교회 대분열 시대(Great Schism)를 맞았고, 교회의 주도권은 교황으로부터 공의회 및 교회회의로 넘어갔다.

로마 교황 그레고리우스 12세와 아비뇽의 대립교황 베네딕투스 13세 사이의 극단적인 대립으로 교회의 분열이 점점 더 심해지자, 코사 추기경은 1409년 피사 공의회(Council of Pisa)를 주도적으로 소집했다. 피사 공의회는 그 당시 밀라노의 주교였던 피에트로 칸디아 추기경을 만장일치로 알렉산데르 5세 교황으로 선출했다. 그러나 70세의 노인이었던 새 교황은 그레고리우스 12세와 베네딕투스 13세 둘 다를 사임시키고 통일 교황이 된다는 사명을 완수하지 못하고 즉위 10개월 만에 급사했다.

그러자 피사 공의회를 추진했던 성직자들은 즉각 발다사레 코사 추기경을 요한 23세라는 이름으로 교황에 선출했다. 하지만 코사 추기경은 교회 역사상 정식으로 요한 23세로 인정받지 못했다(1958년, 베르가모 출신의 주세페 론칼리 추기경이 요한 23세 교황으로 선출되면서 정식으로 이 명칭을 사용했다).

그런 인연으로 메디치 은행은 대립교황 요한 23세의 즉위 기간 동안 교황청 예산을 거의 독점적으로 다루게 되었다. 1414년 조반니 디 비치는 요한 23세를 수행하여 콘스탄츠 공의회에 참석했는데, 25세의 건장하고도 똑똑한 장남 코시모를 데리고 갔다. 콘스탄츠 공의회를 참관함으로서 코시모는 유럽의 정치와 세상 돌아가는 모습을 배우게 되었을 뿐 아니라 훗날 피렌체 공의회를 성공적으로 개최하는데 큰 경험이 되었다. 코시모는 돌아오는 길에는 유럽의 여러 지역에 진출해있는 메디치 은행 지점들을 둘러보는 장기간의 여행을 하였다. 그후 코시모는 3년간 메디치 은행 로마 지점장 노릇을 하였다. 자식이 귀엽거든, 특히 조금이라도 재주 있는 자식은 여행을 보내라고 하는 말이 있다. 어쩌면 조반니 디 비치와 레오폴트의 속셈도 그런 것이 아니었을까?

레오폴트 모차르트
정말이지 레오폴트는 당대의 지식인이었다. 레오폴트는 잘츠부르크에서 가까운 독일 아우구스부르크에서 예수회가 운영하는 상트 살바토르 김나지움을 우등으로 졸업하고 상급학교인 예수회 계통의 상트 살바토르 리세움에 진학했다. 그는 부모의 기대에 따라 사제가 되거나 아니면 가업인 제본공이 되어야 할 운명이었다. 하지만 레오폴트는 자연과학과 음악에 대한 관심이 더 많았다. 레오폴트는 1737년 18세에 리세움을 중퇴하고, 잘츠부르크로 와서 베네딕투스 수도회가 설립한 잘츠부르크대학에 입학하여 법학, 철학, 신학을 공부했다. 1738년 레오폴트는 철학학위를 획득했으나 1739년 학업을 게을리 하는 바람에 더 이상 공부하지는 못했다. 레오폴트는 법률가로서는 실패했지만 곧 음악을 직업으로 선택했다.

1740년부터 대학 참사회원인 그라펜 폰 투른–발사시나 운트 탁시스 백작에게 고용되어 바이올리니스트 겸 집사로 일하면서 틈나는 대로 작곡을 했다. 그해 레오폴트는 6개의 트리오를 발표했고, 그후 여러 개의 칸타타를 작곡했다.

1743년부터 레오폴트는 잘츠부르크 궁정음악가로, 정확히 말해 제4바이올리니스트로 옮겼다. 당시 대주교는 레오폴트 안톤 폰 피르미안 대주교였다. 레오폴트는 1758년 제2바이올리니스트로 승진했고, 1763년에는 궁정 부악장이 되었지만 그 이상으로는 끝내 승진하지 못했다. 레오폴트가 신동 아들 모차르트를 데리고 세상을 떠돈 것은 보다 나은 자신의 일자리를 얻으려는 속셈도 없지는 않았다.

레오폴트의 종교적 성향은 당시 교육받은 부르주아지의 전형이었다. 레오폴트는 젊은 시절 예수회로부터 루도비코 무라토리식의 신앙교육을 받았고, 아들 모차르트에게도 그렇게 가르쳤다. 당대 제일가는 이탈리아 신학자 무라토리는 1740년 밀라노에 있는 암부로시우스 도서관에서 2세기경 그리스어로 번역되고 편집된 것으로 보이는 신약성서를 발견하여 처음으로 공개하였기 때문에 그의 이름을 따라 이를 무라토리 정경으로 불린다. 여기에는 히브리서, 야고보서, 베드로 전서를 제외한 모든 신약 성서가 언급되어 있다. 무라토리는 모데나에서 가까운 비뇰라(Vignola)에서 태어나 모데나 대학에서 공부한 예수회 신부였다. 무라토리는 그때까지는 가톨릭 교회의 공식 교리가 아닌 '성모 마리아의 원죄 없는 탄생'을 강조했다. 무라토리의 주장은 모차르트에게 황금박차 훈장을 수여한 교황 클레멘스 14 교황에게 영향을 주었고, '성모 마리아의 원죄없는 탄생'은 1854년 교황 피우스 9세에 의해 '교황 무류성'과 함께 가톨릭 교회의 공식적인 신조가 되었다.

레오폴트는 문학에도 관심이 많아서 고전과 현대 문학을 많이 읽었다. 그는 음악가도 문법과 수사학을 알아야 한다고 생각했다. 〈바이올린 교본〉의 저자였던 레오폴트의 음악적 학식은 북독일 문화계 인사들 사이에 널리 알려져 있었다. 그 자신 작곡가이자 바이올리니스트였던 레오폴트 모차르트는 훌륭한 작곡가가 갖춰야 할 자격으로 첫째는 좋은 기술을 보유해야 하고, 둘째는 작곡가 나름의 취향을 가져야 한다고 생각했다. 작곡가란 고객이 주문한 음악 작품을 생산하여 공급하는 기술을 가

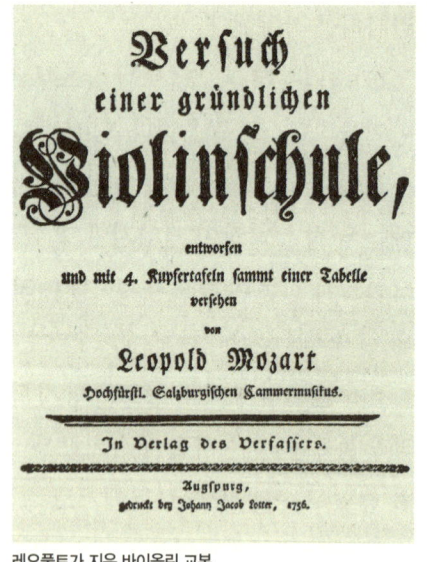

레오폴트가 지은 바이올린 교본

진 장인(匠人)이라고 생각했던 것이다. 또 그는 작곡은 영감이 아니라 기술의 산물이라고 보았고, 음악 작품도 다른 생산물처럼 재료로 만들어진다고 생각했다. 그리고 18세기 작곡가들은 독창성과 창의성을 강조하지도 않았던 풍조 때문에 레오폴트는 지나친 기교적인 기술에 대해서는 거리를 두었다. 특히 기술 그 자체를 과시하는 것을 금지했다.

레오폴트는 많은 작품을 작곡할 수 있는 작곡가의 능력을 중시했는데, 그것은 동시대 작곡가들 대부분이 공유하는 관점이었다. 서양 음악의 아버지로 불리는 요한 제바스찬 바흐는 1,000곡 이상 작곡했고, 요제프 하이든은 교향곡을 100곡 이상 썼다. 파이지엘로는 오페라를 100곡 이상 작곡했고, 그의 라이벌 치마로사도 마찬가지였다. 따라서 이런 식으로 음악 생산성을 높이 평가하는 태도는 모차르트에 대한 훈육에서도 중요한 부분을 차지했다. 1777년 모차르트가 어머니와 함께 두 번째로 파리 여행을 떠났을 때 레오폴트는 다음과 같이 편지를 썼다.

"게으름 부리지 말고, 계획에 따라 행동하고, 더 많은 작품을 작곡하여라."

레오폴트의 음악 취향은 구체적인 목적을 가진 음악이었고, 음악 자체를 위한 음악 미학을 추구하지 않았다. 따라서 모차르트가 창작 의도를 알 수 없는 작품을 생산하는 것을 경계했다. 다시 말해 모차르트는 음악을 실용적인 목적으로 작곡했다.

모차르트는 정상적인 학교를 다니지 않았고, 부친에게서 모든 것을 배웠다. 레오폴트가 모차르트를 일찍부터 해외여행을 시킨 것은 바깥세상을 보여주고 또 일자리를 얻기 위한 목적도 있었지만 교육의 한 방법이었다. 모차르트의 교육은 음악에만 한정되지는 않았다. 가는 곳마다 권력자, 지식인, 작곡가, 연주자와 만나는 기회를 활용했다. 파리에서는 계몽

주의 철학자 멜키올 그림 남작과 작가인 마담 데피네 등과 교류했고, 귀
국길에는 당대 최고의 지성 볼테르를 만나려고 시도했으며, 장 자크 루
소의 오페라 〈마을의 해결사〉(Le devin du village)를 참조하여 〈바스티앙
과 바스티앙느, K. 50〉(Bastien und Bastienne)를 작곡했다. 레오폴트의 지
적 성향은 존엄성과 명예에 대한 커다란 자각을 아들에게 심어주었고,
그 결과 모차르트는 명예를 중시했다. 하지만 잘츠부르크의 현실은 이런
욕구를 충족시켜주지 못했다.

 음악 노트

최초의 현악 4중주 〈로디〉

모차르트는 이곳에서 일명 〈로디〉로 불리는 최초의 현악4중주곡 〈현악4중주 제1번, K.80〉을 작곡했
다. 다분히 삼마르티니의 영향이 느껴지는 이 곡이 로디에서 작곡되었다는 근거는 그로부터 8년 후
인 1778년 모차르트가 쓴 간략한 메모 때문이다.

"나는 이 4중주를 로디의 여관에서 저녁 7시에 작곡했다."

하지만 레오폴트는 모차르트가 오페라가 아닌 다른 음악 장르에 신경을 쓰는 것이 별로 마음에 들지
않았다. 요컨대 돈이 될 것 같지 않았던 것이다. 그래서 이렇게 한 마디했다.

"그런 건 음악회에서는 환영받지 못하는 분야란다."

3월 16일, 피아첸차, 파르마

다음날 날이 밝자 모차르트 부자는 곧 비아 아르친티 16번지(Via Archinti,
16)에 있는 도심 마차역과 코르소 마치니 88번지(Corso Mazzini, 88) 도시
경계선의 마차역에서 잠깐 머문 후 피아첸차(Piacenza)로 향했다. 이제 봄

로디 코르소 마치니 88번지

이라 조금 덜 추우리라고 생각한 날씨이건만 지금까지 춥다고 느끼지 않
은 날은 하루도 없었다.

피아첸차에서 늦은 점심을 먹고 두 사람은 파르마를 향해 계속 나아갔
다. 털털거리는 마차 속에서 레오폴트는 모차르트에게 파르마가 낳은 대
표적인 르네상스 교황인 바오로 3세와 관련된 이야기를 들려주었다.

바오로 3세 이야기

레오폴트가 들려준 바오로 3세 이야기는 인간의 이성은 본능적인 욕정
을 이길 수 없다는 사실을 모차르트에게 일깨워주었고, 나중에 〈피가로
의 결혼〉, 〈여자는 다 그래〉, 그리고 〈돈 조반니〉를 작곡하기 위해 대본을
검토할 때 크게 도움이 된다.

1468년 2월 29일 알레산드로 파르네세는 파르마의 명문 가문에서 태

어났다. 어머니 역시 교황 보니파시오 8세를 배출한 가문의 딸이었다. 알레산드로는 어려서부터 로마와 피렌체에서 인문학에 대한 기본적인 소양을 익혔으며 특히 메디치 가문 사람들과 관계를 맺으며 공부를 했다. 훗날 교황 레오 10세가 되는 조반니 데 메디치와 친분을 맺는 등 부족할 것이 없는 한 시절을 보냈다.

젊은 시절 알레산드로는 귀족 여인 실비아 루피니를 정부로 삼아 슬하에 피에르 루이지를 비롯하여 아들 셋, 딸 하나를 두었으나 1513년 뜻한 바 있어 그녀와의 관계를 청산했다. 그리고 1519년 교황 알렉산데르 6세로부터 사제 서품을 받았다. 알레산드로의 누이 줄리아 파르네세는 교황 알렉산데르 6세의 정부(情婦)였는데, 그것이 어떤 영향을 끼쳤는지는 알수 없다. 줄리아 파르네세는 미켈란젤로가 그녀를 모델로 바티칸 대성당에 있는 〈피에타〉를 조각했을 정도로 아름다웠다.

알레산드로는 승승장구했다. 그는 교황청 재산 관리자를 거쳐 주교직을 역임한 뒤에 추기경이 되어 알렉산데르 6세, 비오 3세, 율리우스 2세, 레오 10세, 하드리아노 6세, 클레멘스 7세 등 여섯 명의 교황을 모셨다. 1534년 교황 클레멘스 7세가 선종하자 즉각 소집된 콘클라베는 만장일치로 알레산드로를 교황 바오로 3세로 선출했다. 교황으로서 바오로 3세는 대표적인 르네상스 교황이자 로마 가톨릭의 내면적 개혁에 공헌이 큰 교황으로 평가받았다. 1540년 예수회의 설립을 승인하여 이후 아시아와 아프리카, 아메리카 일대에 로마 가톨릭을 포교할 수 있는 길을 열었다.

또한 바오로 3세는 트렌토 공의회를 개최했다. 이 공의회는 "개신교의 종교개혁에 대해 교회의 교도직으로 응답한 최고의 대답"이었다는 평을 들을 정도로, 종교개혁 주창자들이 제기한 문제를 과감하게 수렴했고, 로마가톨릭의 신앙과 교리에 대한 확고한 입장을 수립함으로써 당시 혼란스러웠던 교회를 바로잡아 체계화하고 교회 생활의 모든 분야를 쇄신하는 계기를 마련했다.

바오로 3세는 미켈란젤로를 '하느님이 보내 주신 사람'이라고까지 격찬하며, 그를 성베드로 대성당의 공사 총감독으로 채용하여 〈최후의 심판〉 등을 그리게 하였다. 또한 유능한 학자들을 대거 로마대학교에 초빙하고, 로마의 산탄젤로 성(Castel Sant'Angelo)을 프레스코화 장식으로 꾸몄으며, 바티칸 도서관을 충실하게 하였다. 이 때문에 그는 르네상스 최후의 교황으로 불린다.

하지만 바오로 3세는 자기 가문의 영광을 위하여 자신의 첫째 아들 피에르 루이지를 교회군 총사령관 겸 파르마와 피아첸차 공작에 임명했으며, 피에르 루이지의 첫째 아들 알레산드로는 추기경으로, 둘째 아들인 오타비오 파르네제를 신성로마제국 황제이자 에스파냐 국왕이기도 한 카를 5세의 딸과 혼인시켰다. (하지만 오타비오 파르네세는 카를 5세와 대립하였다.)

이후 파르네제 가문의 파르마 통치는 1731년까지 지속되다 부르봉 왕가의 카를로 1세에게 잠시 넘어갔으며, 1735년 신성로마제국 황제 카를 6세와 마리아 테레지아 여제의 통치를 거쳐 다시 부르봉 왕조로 넘어갔다. 1802년 프랑스 통령정부의 점령으로 일시적으로 몰락하였다. 나폴레옹 보나파르트의 패배 이후 빈 회의에 따라 나폴레옹의 두 번째 비이자 오스트리아의 프란츠 1세의 장녀인 마리 루이즈가 통치(1814~1847)했다. 이후 부르봉 왕조로 넘어가 1860년 토스카나 대공국 등과 함께 중부 이탈리아 연합을 구성하였고, 곧 사르데냐 왕국에 합병되었으며, 사르데냐 왕국은 1861년 통일 이탈리아 왕국이 되었다.

스탕달

스탕달은 1839년 바오로 3세의 일화를 모티프로 삼고 19세기 나폴레옹 시대 이탈리아를 배경으로 하여 〈파르마의 수도원〉을 썼다. 스탕달은 음악과 미술에도 조예가 깊었는데, 〈하이든, 모차르트, 메타스타시오의 생애〉를 1818년 출판했으며, 이 책의 모차르트 편에서는 모차르트의 〈레퀴엠〉 신화를 널리 퍼뜨렸다.

그런 탓에 오늘날에도 모차르트의 〈레퀴엠〉을, 모차르트를 데리고 갈 죽음의 사자가 보낸 음악이라는 이미지로 듣는 사람이 많다. 그러나 이것은 만들어진 이미지이다. 이 부분에 대해서는 필자의 〈모차르트 읽는 CEO〉를 참조하기 바란다.

모차르트 부자는, 눈이 녹고 봄이 오는 것을 알리는 새들의 소리를 들으며 3월 16일 밤늦게 스탕달의 〈파르마 수도원〉의 배경 도시이자 파르메산 치즈로 유명한 유서깊은 파르마(Parma)에 도착했다. 파르마는 아르투로 토스카니니의 탄생지이기도 하다.

모차르트가 방문했을 당시 파르마는 이탈리아의 한 도시가 아니라, 부르봉 왕가의 페르디난트 1세 공작이 다스리는 파르마 공국이었고, 페르디난트 공작비 마리아 아말리아는 마리아 테레지아 여제의 딸로서 토스카나 대공의 누나였다.

파르마에서 모차르트는 피르미안 백작의 소개장을 이용하여 지방 귀족 굴리엘모 두 티로, 펠리노 후작부인, 프란츠 필립, 크네벨 남작 등을 만났다.

모차르트는, 파르네제 가문의 혼외 딸이어서 이 지방에서는 잘 알려져 있는, 뛰어난 소프라노 가수 루크레치아 아구야리도 만났다. 그녀는 높은 고음 발성이 탁월했는데, 모차르트는 그녀가 부르는 노래를 채보하여 난네를에게 보냈다. 모차르트는 또한 파르마의 음악가 톰마소 트라예타와 작곡가 주세페 콜라도 만났다. 주세페 콜라는 나중에 아구야리와 결혼했다.

모차르트는 파르마에서 만난 소프라노 아구야리에 대한 이야기를 며칠 후 3월 24일 베로나에서 난네를에게 편지를 썼다.

늘 열심히 일하는 누나에게

난 요 며칠 잘 놀았어. (중략) 이곳에서 만난 소프라노 가수가 한 명 있는데, 별명이 〈바스타르델라〉(La Bastardella)라는 유명한 사람이야. 자기 집에서 노래 부르는 걸 들었는데 첫째, 목소리가 아름다웠고, 둘째 후두가 발달해서 성량이 매우 컸어. 셋째 매우 높은 고음을 쉽게 불렀어.

3월 22일, 모데나

모차르트 부자는 다른 도시에서도 그랬지만 파르마에서도 줄타기 곡예와 코미디 극장을 구경하고 또 즐겼다. 이런 것들이 나중에 모차르트의 경쾌한 음악에 영향을 미쳤다.

모차르트 부자는 3월 22일 파르마를 떠나 모데나(Modena)로 갔다. 가는 길에 레오폴트는 모차르트에게 중세의 정치에 대해 설명했다. 중세를 지배하는 두 세력자는 교황과 신성로마제국 황제였다. 교황을 지지하는 구엘프(Guelphs, 교황파)와 독일 출신 신성로마제국 황제를 지지하는 기벨린(Ghibellines, 황제파) 사이의 불화로 이탈리아의 도시들은 종종 전쟁을 했다. 구엘프라는 말은 12~13세기 초 신성로마제국 황제 자리를 놓고 경쟁을 벌인 독일의 벨프 가에서 나왔으며, 기벨린은 벨프 가의 반대 세력인 호엔슈타우펜 가가 살던 바이블링겐(Waiblingen)에서 나왔다. 구엘프와 기벨린의 대립은 피렌체에서 처음 시작되어 13세기 동안 내내 자치도시(코무네)의 행정권을 놓고 싸웠다. 대개 패배한 쪽이 도시에서 추방당하는 것으로 끝났다. 14세기가 지나가면서 양 정파의 중요성은 급속히 쇠퇴했다. 신성로마제국 황제들이 더 이상 이탈리아에 관여하지 않았고, 교황도 로마에서 프랑스 아비뇽으로 자리를 옮겼기 때문이다.

두 사람은 이틀 가량 모데나에서 머물렀다. 모차르트는 다른 도시에서와 마찬가지로 연주회를 개최했고 또 비아 몬테나폴레오네(Via Montenapoleone)에 있는, 밀라노의 문화계에 영향력을 끼치고 있는 저명한 학자 피에트로 베리와 카를로 베리 형제의 저택에 초대를 받았다.

에밀리아로마냐 주의 중심도시 모데나는 대표적인 중세도시로서 11세기에 지은 흰 대리석의 대성당은 세계문화유산이고, 1175년 세운 대학교가 있으며, 1288년 에스테 가문이 장악할 때까지는 구엘프와 기벨린 사이에 벌어진 격렬한 싸움의 무대였다. 에스테 가문은 바이에른, 하노버 선제후 등을 배출한 중세 유럽의 유력한 왕가이다. 에스테 가는 1393년 페라라에 훌륭한 도서관을 건립했는데, 1598년 페라라를 잃은 미국인 이혼녀 월리스 워필드 심프슨과 결혼하기 위해 왕관을 포기한 에드워드 8세도 에스테 가문의 후손이었다. 그러나 모데나는 최고급 승용차 페라리와 마세라티의 생산지로 잘 알려져 있다. 그보다도 더 유명한 것은 파바로티와 미렐라 프레니의 탄생지라는 사실이다.

뒤 페라라 도서관을 통째로 이곳으로 옮겨왔다. 그 후 에스테 가는 모데나를 가문의 수도로 정했다.

에스테 가문은 벨프-에스테 가 또는 벨프 가로 알려진 본가와 에스테 가로 알려진 분가로 나뉘어졌으나 1705년 다시 하나로 합쳤다. 페라라의 공작 에르꼴레 1세 데스테는 이탈리아 르네상스 예술의 유력한 후원자였다. 모차르트가 두 번째로 이탈리아를 방문하여 〈알바의 아스카니오〉를 작곡한 것은 1771년 10월 15일 밀라노 총독 페르디난트와 모데나 공작의 직계 후손 마리아 베아트리체 데스테와의 결혼식을 축하하기 위한 것이었다.

파바로티의 고향

20세기를 시작하는 테너가 엔리코 카루소(1873~1921)였다면, 20세기를 마감하는 테너는 루치아노 파바로티(1935~2007)였다. 큰 덩치에 짙은 턱수염, 그리고 한손에 흰 손수건을 들고 노래를 불렀던 파바로티는 20세기 후반을 대표하는 테너들 중에서도 첫손가락에 꼽힌다.

파바로티는 20세기 후반 카라얀과 더불어 가장 대중적인 인지도가 높은 클래식 음악가였다. 성악은 목소리가 악기이다. 가수는 목소리의 양감과 질감, 그리고 음색, 저음에서부터 고음에 이르기까지 고른 목소리

루치아노 파바로티

를 가져야 한다. 파바로티는 멀리 뻗어나가는 고르고 큰 성량, 목소리의 고운 질감, 맑고 깨끗한 색감, 그리고 고음 처리에서 단연 뛰어났다. 그래서 '천상의 목소리' 라는 평을 받았다.

   1935년 이탈리아의 모데나에서 태어난 파바로티는 어린 시절, 동갑나기 리릭 소프라노 미렐라 프레니와 동일한 유모 밑에서 자랐다. 유모에게서 섭취한 영양분이 특수했던 탓인지, 두 사람은 모두 훌륭한 목소리를 갖고 성악계에 등장했다. 파바로티는 1961년 26세 때 레지오 에밀리아 오페라 극장에서 라보엠의 로돌프 역으로 처음 데뷔했고, 스칼라에는 1965년 30세 때 데뷔했다. 이때까지만 해도 그가 20세기 후반을 풍미하는 대가수가 되리라고는 아무도 예상치 못했다. 2005년 파바로티의 건강 문제가 불거지기 시작했고, 그 해 9월 6일 다시는 눈을 뜨지 못했다. 쓰리테너로 유명한 호세 카레라스는 이렇게 말했다.

   "우리의 개런티가 올라 간 것은 파바로티 덕분이었다."

3월 24일, 볼로냐(첫 번째)

모차르트는 아침 일찍 일어났다. 이제 겨울은 완전히 물러갔다. 모차르트는 여관 앞뜰에 핀 꽃을 보고 자신도 모르게 소리쳤다.
   "아빠, 벌써 꽃이 피었어요."

레오폴트도 무심코 대답했다.

"그래, 꽃이 피는 것도 모르고 있었네. 자연은 이렇게 아름다운 거야!"

모차르트 부자는 3월 24일 모데나를 떠나 볼로냐(Bologna)로 행했다. 볼로냐는 중세 시대에는 세계 최초로 대학이 생긴 곳이고, 또 유럽의 10대 도시 중 하나였으나 모차르트가 방문했을 때는 도시 규모는 더 이상 확대되지 않았고 축제로 먹고 사는 도시였다.

3월 24일 두 사람은 저녁 늦게 볼로냐에 도착했다. 피아차 마조레(Piazza Maggiore) 앞에 우뚝 서있는 산 페트로니오(San Petronio) 대성당은 여전히 웅장했고 성당의 오케스트라는 미사 때마다 장엄한 미사곡을 들려주고 있었다. 산페트로니오 성당은 1390년 신축 당시 바티칸 대성당보다도 더 큰 규모로 시작했으나 중간에 규모가 축소되었다. 그런데도 성당 건축에 드는 지출규모가 워낙 컸기 때문에 마르틴 루터가 가톨릭에

 여 행 자 노 트

볼로냐는 별명이 많다. 우선 볼로냐대학이 있기 때문에 '현자들의 도시 볼로냐'라고 한다. 또한 볼로냐의 기름진 음식을 빗대어 '뚱보들의 도시 볼로냐', 그리고 건물의 색깔이 붉고 또 사회주의 성향의 지도자들이 정권을 잡고 있기 때문에 '빨간 도시 볼로냐'로 부르기도 한다. 볼로냐는 기원전 534년경 에트루리아인이 세운 도시 벨츠나(Velzna, Felsina)를 로마가 식민화한 도시다. 6세기 교황령이 되었다가, 12세기 초 자치도시(commune)가 되었다.

볼로냐가 번영하기 시작한 것은 1167년 밀라노를 비롯한 북부 이탈리아 도시들이 결성한 롬바르디아 도시동맹에 가입하고, 1176년 황제군을 레냐노(Legnano) 전투에서 격파한 후 다시 자유도시가 된 뒤부터이다. 1296년 볼로냐는 〈천국의 법〉을 발표하고 농노를 해방했다. 1508년 교황 율리우스 2세에 의해 교황령이 되었다.

등을 돌리는 원인(遠因)이 되었다.

두 사람은 하루 숙박료가 1두카트나 되는, 우고 바시(Ugo Bassi) 가에 있는 최고급 호텔 일 페레그리노 디 산 마르코(Il Pellegrino di San Marco)에 여장을 풀었다. 두 사람은 이곳에서 5일간 묵었다. 여관비 5두카트는 평범한 사람의 월급보다 더 많았는데, 레오폴트는 남의 눈을 의식하여, 그리고 전략적으로 여행 중에는 그런 좋은 곳에서 잠을 잤고, 훌륭한 옷차림을 했다.

이곳까지 오는 동안 어느 도시에서도 단 하루라도 느긋하게 즐기지 못했는데, 그 점은 볼로냐에서도 마찬가지였다. 다음날 3월 25일 모차르트는 오전에 마르티니 신부에게 인사를 올렸다. 65세의 프란체스코회 노수도사는 로마의 베드로 대성당의 카펠마이스터 자리도 거절하며 볼로냐에서 남은 일생을 〈음악사〉를 집필하는데 소비하고 있었다. 마르티니 신부는 음악 천재를 두 눈으로 확인하기 위해 63세의 노구인데도 수도원 문밖으로 친히 마중을 나왔다.

저녁에 모차르트는 오스트리아 장군 출신으로 볼로냐 주재 오스트리아 대사로 봉직하는 잔 루카 팔라비치니 백작을 방문했다. 그 날 저녁 비

𝄞 음악 노트

모차르트는 적어도 초기와 중기에는, 고객이 좋아하는 음악을 작곡했고 또 피아노와 바이올린 연주자로서 청중이 잠시도 주의를 딴 데로 돌리지 못할 정도로 현란한 연주를 했다. 아무리 음악에 조예가 깊은 귀족과 고위 사제라 해도 연주를 지루하게 여겼다면 모차르트를 그렇게 자주 초대하지 않았을 터였다. 모차르트는 어릴 때부터 여러 곳을 여행하면서 고객은 다양한 취향을 지녔다는 것을 배웠다. 모차르트는 고객이 듣고자 하는 음악을 만들었다. 고객만족 경영을 했다는 말이다. 베토벤은 그 반대로 자신이 들려주고 싶은 음악을 만들었다.

위 | 산 페트리니오 대성당
아래 | 볼로냐 프란체스코 수도원

아 산 펠리체 24번지(Via San Felice, 24)에 있는 백작의 저택에서 개최된 연주회에는 볼로냐의 명사들이 총망라되었다. 국제적 명성을 갖춘 음악학자 마르티니 신부가 음악 천재를 두 눈으로 확인하기 위해 수도원에서 나와 어려운 발걸음을 했다. 마리아 테레지아 여제 궁정의 국무상 겸 외무상 벤젤 카우니츠의 아들 카우니츠 백작을 비롯한 오스트리아의 귀족들, 볼로냐의 토호들, 안토니오 브란치포르테 추기경과 빈첸초 말베치 추기경 등이 참석했다. 이후 팔라비치니 백작은 모차르트의 주요 후원자가 된다. 모차르트는 200리라를 사례금으로 받았다.

팔라비치니 백작은 이날 본 것을 로마에 주재하고 있는 사촌 팔라비치니 추기경에게 편지로 전했을 것이고, 두 추기경 역시 아마도 로마의 교황에게 모차르트의 천재성을 알렸을 터이다. 3월 26일 모차르트는 피아차 산 프란체스코(Piazza S. Francesco)에 있는 산 프란체스코 성당(Chiesa di San Francesco)에서 미사곡을 연주했다. 모차르트는 다음날도 마르티니 신부를 찾아가 배움을 청했다. 모차르트는 그렇게 이루어진 고명한 학자와 만나는 기회를 놓치지 않고 고전 양식과 대위법을 배웠다.

모차르트는 볼로냐에서 엿새 동안 머물면서 마르티니 신부를 두 번 만났다. 마르티니 신부는 유럽에서 가장 권위 있는 음악 사학자였으며 동시에 뛰어난 음악 교사였다. 마르티니 신부는 요멜리, 페르골레시, 글루크, 벨기에 출신 작곡가 에르네스트 그레트리, 요한 제바스찬 바흐의 막내 아들 요한 크리스찬 바흐를 비롯한 많은 전문가들을 가르쳤다. 이미 국제적 명성을 누리고 있던 마르티니 신부는 아주 잠깐씩을 제외하고는, 피아차 산 프란체스코에 있는 프란체스코회 수도원(Monastery di San Francesco)을 좀처럼 나오지 않았다. 대신 배움과 조언이 필요한 음악가들이 그를 찾아왔다.

대위법이란 둘 이상의 각기 다른 성부들이 동시에 연주되면서 각 성부의 선율들은 독립성을 유지하고 또 동시에 울리는 화음도 잘 어우러지게 만드는 기술이다. 그 반면 화성학(harmony)은 높이가 다른 두 개 이상의 음을 동시에 울릴 때의 합성음인 화음을 다룬다.

모차르트와 동시대를 산 영국의 음악사학자 찰스 버니에 따르면 마르티니 신부는 많은 희귀본 악보를 포함하여 약 17,000권의 음악 문헌을 수집했다. 마르티니의 수집품들은 나중에 빈 왕실 도서관과 볼로냐 박물관 등에 분산 보관되었다. 마르티니 신부는 음악이론에 대해 정통했고 다양한 음악 형식을 섭렵했지만, 강점은 높은 수준의 대위법 기술이었다. 그는 장 필립 라모, 바이올린의 천재 주세페 타르티니 같은 당대 음악계의 거장들과 폭넓게 교류했고, 지금도 비아 구에라치 13번지(Via Guerrazzi 13)에 있는 볼로냐 아카데미아 필라르모니카의 발전에 지대한 영향을 미쳤다.

학문의 모교 볼로냐대학

대학이 생기기 전 중세시대에 영주와 귀족은 자신의 저택에 훌륭한 교사를 초빙하여 자신의 자식들과 친인척의 자제들을 가르쳤다. 영주와 교사는 아들에게는 일차적으로 유능한 기사(騎士)가 되도록 훈련시켰고, 딸에게는 부덕(婦德)을 가르쳤다. 상공인 계층은 그들이 속한 길드의 도제 제도를 통해 대를 이어 장인(匠人)이 되도록 했다.

역사가 자크 르 고프는 "서양 중세의 지식인은 도시와 함께 태어났다"고 설파했다. 중세에 농업을 중심으로 하는 장원과는 다른 기능을 가지고 주로 상공업 활동을 하는 '도시'(burg, city)라는 새로운 공간이 생겨났다. 도시생활에 가장 중요한 것은 치안 질서와 법률이었다. 그래서 도시의 발달과 더불어 고대 로마법이 부활했는데, 이런 현상의 중심지 역할을 한 곳이 볼로냐였다.

볼로냐가 교역로라는 지리상의 이점이 있었으나 로마법을 학문의 영역으로 발전시킨 최초의 '대학'이 설립되었던 사실은 '역사의 우연'이다. 왜냐하면 볼로냐 이전부터 법학이 발전했던 도시로서 '파비아'가 있었기 때문이다. 다음은 19세기 이탈리아의 시인이자 노벨 문학상 수상자이며, 호머의 〈일리어드〉를 이탈리아어로 번역한 학자 지오수에 카르두치의 주장에 기초한 볼로냐대학(Universita di Bologna)의 이야기이다.

11세기 볼로냐에서 문법, 논리학, 수사학 등 소위 중세 삼학과 법학을 공부하던 귀족 자제들이나 부유한 상공인 계급의 아들들이 그때까지 자신들이 공부하던 자습 방식으로 계속할 것이 아니라 훌륭한 교사를 초빙하자는 생각을 했다. 그러나 당시 학생은 오늘날처럼 어린 혹은 젊은 사람이 아니라 대부분 교회나 국가의 각 부서에서 관리로 일하는 사람들, 즉 부주교, 학교장, 성당 참사회원 및 공무원들이었다. 따라서 볼로냐대학의 시초가 학생들이었다고 하는 것은 어폐(語弊)가 있는 것이고, 볼로냐대학은 정확히 말해 '아는 자들 중에서 더 배우고 싶었던 어른들'이 만들었다. 그들이 대학을 만든 목적은 전문 교육을 받은 후 교수, 법률가, 의사, 성직자 등이 되기 위해서였다. 자연스럽게 대학은 의학이나 법학 같은 실용적 학문이 주류를 이루었다.

그들은 자신들의 모임을 우니베시타 디 볼로냐(Universita di Bologna)라고 부르고, 교실(studium)을 확보하고는 계약직으로 교사를 초빙했다. 물론 교실은 여기저기 흩어져있었다. 라틴어 Universitas는 '모두'라는 의

미인데, 이는 공통된 교육상의 이익을 증진시키기 위해 구성된 일종의 교육 길드였다. 그 해가 바로 1088년이었다. 처음에는 가톨릭 교회법과 민법을 주로 가르쳤다.

세월이 흘러 차츰 학생들이 많아지자 볼로냐대학의 건물 주인들이 교실과 교수들이 살고 있는 집의 집세를 올리겠다고 학생들에게 통보했다. 학생들은 거세게 항의했고, 붉은 턱수염 때문에 '붉은 수염왕 프레데릭'이라는 별명이 붙은, 신성로마제국 황제 프리드리히 1세에게 진정서를 제출했다. 1158년 황제는 볼로냐대학의 학생들은 사적인 이익을 위해 대학을 운영하지 못하도록 하는 대신, 지주들에게는 과도한 지대 인상을 금지하는 조치를 내리고 볼로냐대학의 상징을 기증했다.

이후에도 학생들은 교수들로 하여금 특정 과목의 강의를 하도록 계약을 체결하고, 학기가 끝날 때까지 학교를 떠날 수 없다는 약속을 받아냈다. 교수들은 학생을 가르치는 면허인 학위가 있어야만 교수로서의 자격을 얻을 수 있게 하였다. 교수들은 질병, 본인이나 자식의 결혼, 부모의 사망 등의 경우를 빼고는 결강할 수 없었다. 결강은 해당 학기에 보충강의를 해야 했다. 학생들이 만든 규칙을 교수들이 따르지 않으면, 벌금을 물리거나 해고했다. 이로써 현대적인 의미의 대학이 탄생하게 된다.

1200년경에 의학, 철학 등의 단과대학(collegio)이 생겼다. 단테, 보카치오, 페트라루카 등이 이곳에서 배웠다. 17세기에 과학학부가 생겼으며, 18세기에는 여자들의 입학이 허락되었고 여자 교수도 등장했다. 2000년부터 동대학은 스스로 '학문의 모교'임을 자랑삼아 대학교 명칭 앞에 알마 마테르 스투디오룸(Alma Mater Studiorum)을 덧붙였다.

볼로냐가 학생들이 주도한 것과 달리, 파리대학은 1150년경 노트르담 대성당 부속학교의 교사들이 길드를 형성한 후 대학을 설립했다. 물론

학문의 중심은 가톨릭 교리였다. 파리대학은 교수가 전권을 가진 현대 대학의 모델이다. 이 대학에서 성 보나벤투라, 알베르투스 마그누스, 토마스 아퀴나스 등이 학생을 가르쳤다.

1167년 파리대학이 영국 학생들의 입학을 불허하자, 그들은 옥스포드에 정착하였고, 1188년 제랄트 김로(Gerallt Gymro)라 불리는 제럴드 오브 웨일스가 강의를 시작했다. 옥스퍼드대학이 생긴 것이다. 물론 파리대학을 모델로 삼았다. 옥스퍼드대학은 아리스토텔레스의 사상을 기본으로 했고, 로저 베이컨이 파리를 떠나 1247년부터 10년간 이곳에서 과학적인 실험과 강의를 했다. '오컴의 면도날'로 유명한 윌리엄 오컴 등이 가르쳤으며, 존 위클리프는 대부분의 생애를 이곳에서 보내면서 영국 종교혁명에 주도적 역할을 했다.

1209년 옥스퍼드의 학생들과 시민들 사이에 다툼이 일어나자 일부 교수들이 옥스퍼드 동북쪽에 케임브리지대학을 설립했다. 그후 대학은 경쟁 의식 때문에 서로를 '다른 쪽'(the other place)이라고 부른다. 1511년 에라스무스가 케임브리지대학의 교수로 부임하여 르네상스 시대의 신학문을 정착시켰다. 1669년부터 아이작 뉴턴이 30년간 수학을 가르쳤으며, 20세기에는 러더퍼드가 물리학 교수로 재직했다. 케임브리지대학에서는 교수 자격을 철저히 통제했다. 당시 수여된 최초의 학위, 즉 석사와 박사 학위를 받아야 학생들을 가르칠 수 있었고, 학사 학위는 이보다 나중에 생겼다. 당시에는 35세 이전에 박사학위를 받은 사람을 찾아볼 수 없었다. 어찌 보면 케임브리지대학의 교수들보다 더 유명한 사람들이 이 대학이 배출한 인물들이다. 존 밀턴, 윌리엄 워즈워스, 찰스 다윈 등이 그들이고, 존 메이너드 케인스는 이 대학 출신으로 나중에 모교의 교수가 되었다.

3월 30일, 피렌체

호텔 일 페레그리노 디 산 마르코의 넓다란 정원, 나무잎새에 햇살이 고이자 나무 아래 고양이 한 마리가 봄날의 나른함을 즐기고 있었다. 햇살은 이미 오후이다.

모차르트 부자는 3월 30일 볼로냐를 떠나 같은 날, 꽃의 도시로 불리는 토스카나 공국의 수도 피렌체(Firenze, Florence)에 도착했다. 피렌체의 아름다움은 누구나 단박에 느낄 수 있다. 피렌체 중앙역에 내린 관광객들은 눈에 바로 들어오는 주홍색의 둥근 돔을 따라 산타 마리아 델 피오레(Santa Maria del Fiore)를 향해 곧장 달려가야 할지, 혹은 산타 마리아 노벨라(Santa Maria Novelle) 성당으로 가야 할지, 그것도 아니면 1898년 처음 피렌체를 방문한 릴케가 그랬던 것처럼 시뇨리아 광장으로 달려가야 할지 결정하기 어려워진다. 게다가 메디치 가문의 공동묘지인 카펠라 메디

 여행자 노트

피렌체에서는 길을 잃을 리가 없다. 다만 조금 헤맬 뿐이다. 피렌체는 기원전 8세기 경 에트루리아인들이 세운 도시로서 나중에는 이탈리아의 다른 도시들과 마찬가지로 로마 제국의 식민 도시가 되었다. 지명에 대해서는 여러 가지 설이 있다. 우선 조각가 겸 금세공사인 벤베누토 첼리니가 주장하는 이야기는 다음과 같다.

카이사르 휘하의 여러 용맹한 대장들 가운데 피오리노 다 첼리노라는 사람이 있었다. 피에솔레에 도착한 피오리노는 군사 작전상 아르노 강 가까이 가는 것이 유리할 것으로 판단하고는 아르노 강변 꽃이 만발한 넓은 평야에 진을 쳤다. 자연히 병사들이 대장에게 용건이 있을 때는 피오리노 대장에게 가자고 하거나, 꽃이 만발한 곳(Fiore)으로 가자고 했다. 그래서 두 말이 겹쳐 자연히 그곳이 피렌체라는 지명으로 굳어지게 되었다는 것이다.

치와 베키오 다리의 멋진 쇼핑부터 시작하는 것도 유혹을 멈추지 않는다. 이도저도 제쳐놓고 우선 피짜토리아부터 시작해도 훌륭하다.

첼리니가 주장한 피오리노 장군의 실재 여부는 불분명하지만 피렌체가 꽃과 연관된 지명인 것은 상당히 유력하다. 치타 델 피오레(Citta del Fiore), 즉 꽃의 도시라는 의미의 피렌체를 피오렌체(Fiorenze) 혹은 피오렌차(Fiorenza)라고 표기한 것은 18세기 판화에서도 볼 수 있으며 차츰 중간의 "오"가 생략되어 피렌체로 정착되었다는 것이다.

모차르트 부자는 피렌체에서 2주 동안 머물렀는데, 숙소는 아르노(Arno) 강가, 비아 보르고 오니산티 4번지(Borgo Ognissanti 4)에 있는, 브레사노네에서 하루를 묵은 곳과 같은 이름의 여관인 아킬라 네라(Aquila Nera)였다. 두 사람은 여기서 자신들을 코퍼 부부라고 소개하는 영국 귀족을 만났다. 모차르트는 6년 전 1764년 4월부터 1년 3개월 가량 런던에서 지내면서 일반 대중을 위한 공개 연주도 종종 개최했기 때문에 웬만한 영국 사람들에게는 이미 잘 알려진 신동이었다.

르네상스의 후원자 메디치 가문

코시모 일 베키오로 불리는 메디치 가의 2대 수장 코시모는 1430년대에서 1460년대 중반까지 근 30년간 피렌체 공화국을 실질적으로 다스렸다. 앞서 말한 대로 코시모는 콘스탄츠 공의회에 부친 조반니를 수행한 후 돌아오는 길에 메디치 은행의 로마 지점에 3년간 근무했는데, 그때 막달레나라는 예쁜 노예 소녀가 집안일을 돌보고 있었다. 둘 사이에는 아들이 태어났는데, 코시모는 서자의 이름을 카를로로 짓고 적자들과 함께 정상적인 교육을 시켰다. 카를로는 성품이 착했고 공부도 열심히 했다. 그리고 일찍 자신의 길을 성직으로 택했다. 사실 성직은 군인의 길과 더

불어 당시 권력자의 차남 또는 그 이후의 자식들이 흔히 선택했던 길이기도 했다. 그는 신부, 교황사절, 수도원장, 그리고 예술품 수집가로 순탄한 생을 마쳤다.

코시모의 두 적자 중 둘째 아들 지오반니는 건강하고, 유능하고, 그리고 성격도 쾌활했다. 게다가 유능한 사업가였으므로 코시모의 기대가 컸다. 장남 피에로의 건강이 좋지 않았기 때문에 내심 지오반니를 후계자로 생각하고 후계자 코스를 착착 밟게 했다. 그러나 애석하게도 42세의 나이에 세상을 떴다. 코시모는 웅장한 메디치 궁전을 힘없이 바라보면서 한탄했다.

"이 집은 우리 같이 식구 수가 적은 가문이 살기에는 너무 커."

두오모에서 성마르코 수도원으로 가는 길 중간에 있는 팔라초 메디치-리카르디에 가 본 사람이면 누구나 코시모의 한탄에 동감할 것이다. 1464년 장남 피에로는 코시모가 죽기 직전인 48살 나이에 메디치 가문의 수장권을 물려받았다. 그는 아프지 않은 날이 없다고 할 정도로 체질이 허약했고, 특히 가문의 지병인 통풍이 워낙 심해서 별명까지도, '통풍에 걸린 자'라는 뜻의 '일 고토소'(Il Gottoso)였다. 그는 통풍 외에도 관절염과 습진에 시달렸으나 신경질을 내지도 않았고, 인내심도 많았으며, 또한 사려 깊은 사람이었다.

피에로는 부친 코시모와 마찬가지로 사유 재산을 사회적 목적을 위해 투척했으며, 예술가의 후원자이자 예술품 수집가였고, 또한 친구였다. 그는 메디치 도서관을 위해 많은 희귀본 장서를 필사본으로 만들었다. 코시모가 아꼈던 도나텔로가 죽자 그를 코시모 옆에 묻어 주었다. 피에로는 1469년 장남 로렌초, 즉 위대한 자 로렌초(Lorenzo Il Magnifico)로 불리는 로렌초 디 메디치에게 가문의 운명을 맡기고 갔다. 적어도 부친 코시모보다는 안심하고 세상을 하직했을 것이다.

로렌초 디 메디치는 탁월한 지식인들을 팔라초 메디치-리카르디에 끌어 모았다. 이곳에서 훗날의 교황 레오 10세와 클레멘스 7세가 자랐고, 미켈란젤로가 메디치의 딸들과 놀았으며, 더 훗날의 일이지만 프랑스 앙리 2세의 왕비가 된 카트린 데 메디치가 소녀 시절을 보냈다. 그러고 보면 피렌체 역사에 있어 가장 중요한 시기의 대부분의 큰 사건들이 이곳에서 발생했다.

카트린 데 메디치

16세기까지만 해도 프랑스의 음식 문화는 소박했다. 당시 프랑스 사람들은 나이프로 요리를 잘라서, 손으로 집어먹었다. 프랑스의 식문화가 한 단계 도약한 것은 카트린 덕분이었다.

로렌초의 장남 피에로(1472~1503)는 아들 로렌초 디 피에로(1492~1519)를 남기고 31세에 사망했다. 로렌초 디 피에로는 프랑스 귀족 후예인 부인 마델린 사이에 딸 카트린 데 메디치를 두었다.

카트린은 1519년 피렌체에서 태어났는데, 그녀의 주변에는 일찍이 죽음의 그림자가 드리우고 있었다. 1572년 역사적 사건인 성바르톨로메오 축일 학살의 배후가 바로 카트린이다. 그러나 그것은 50년 후의 일이다. 그녀가 태어난 그 해 그녀의 부모가 타계했다. 그래서 작은할아버지인 교황 레오 10세는 생후 6개월의 카트린을 로마로 데리고 와서 6살까지 그곳에서 키웠다. 그러나 그녀가 3세 때 작은할아버지 레오 10세 교황이, 그리고 9세 때는 하나뿐인 고모가 타계했다. 또 한 명의 작은할아버지 클레멘스 7세 교황은 13세인 카트린을 프랑스의 국왕 프랑수아 1세의 둘째 아들 오를레앙 공 앙리 2세와 결혼시키기로 결정했다. 물론 그것은 정치적이었다.

1533년 10월 28일 14세 나이의 카트린과 동갑나기 신랑 앙리 2세와의 결혼식이 마르세유에서 거행되었다. 카트린은 시집갈 때 이탈리아 르네상스 시대의 미술품은 물론이고, 이탈리아의 요리도 프랑스로 가져갔다. 피렌체 출신의 조리사들은 메디치 가에서 사용하는 향신료와 은제 식기를 가지고 갔다. 메디치의 조리사들은 그 때까지 프랑스에서는 알려지지 않았던 중요한 요리, 예컨대 과자, 케익, 아이스크림, 그리고 브로콜리 요리법 등을 가르쳐주었다. 메디치 조리사들이 이탈리아 바깥에서 처음으로 하는 요리였다. 이탈리아는 프랑스에게 좋은 요리와 시식법을 가르쳐주게 되었고, 프랑스 절대군주가 펼치는 연회에서 연출되는 '왕의 식탁'은 그 자체로 권력의 표현이었다.

고대 로마인들은 이탈리아 음식의 창조자로서 동양과 그리스에서 나는 재료를 많이 사용하였다. 르네상스 시대 이탈리아의 식사 메뉴가 다양해지기 시작했다. 새끼 염소, 삶은 수컷 공작, 염소 치즈, 포도, 무화과, 메론, 그리고 파스타가 등장했다. 나폴리는 파스타 무역의 중심지였고, 피렌체 사람들이 즐겨먹었다. 16세기 말 이탈리아 음식은 거의 현대와 같은 식으로, 즉 오늘날 이탈리아식 시식 방법과 메뉴와 조리법들이 제 모습을 갖추었다.

카트린이 프랑스 궁정의 식단을 풍성하게 하면서부터 이탈리아 음식이 유럽 요리의 어머니가 되었다고 주장하는 사람도 있다. 1651년 프랑수아 피에르 드 라 바렌느는《프랑스의 요리인》이라는 책에 적은 비용으로 차릴 수 있는 수천 가지 음식과 채소를 기술했다. 이 책은 50쇄를 거듭하면서 프랑스 요리의 초석을 놓았다. 구텐베르크가 발명한 인쇄술은 요리술이 발전하는 데도 큰 역할을 한 것이다. 1938년 출판된 프랑스 요리의 백과사전으로 불리는 〈라로슈 가스트로노미쿠〉는 이탈리아 요리를 모든 라틴 유럽 요리의 어머니라고 했다.

루이 16세 치하 초기 프랑스의 요리사들은 조리방법을 개량하여 대연회장 메뉴를 보다 화려하고 또 우아하게 제공했다. 이 시기에 요리 발전에 기여한 대표적인 사람이 앙텔름 브리야-샤바랭으로서 판사이자 《맛의 생리학》을 펴낸 미식가였다. 그는 이렇게 말했다.

"새로운 요리를 개발하는 것은 새로운 별을 발견하는 것보다 더 큰 행복을 인류에게 안겨주는 것이다. 당신이 무엇을 먹는지 나에게 말해주면, 나는 당신이 누구인가를 말할 수 있을 것이다."

피아노와 메디치 가문

바로크 시대의 기악 음악은 중세부터 내려오는 악기의 발달과 양식의 확립, 새로운 악기의 출현으로 성악 음악과 마찬가지로 중요한 위치를 차지하게 되었다. 건반 악기는 독주용 악기로도 사용되었으나 통주저음의 필수적인 악기로 어떤 기악 음악에도 나타나게 되었다. 바로크 시대에 이르러 최고의 음향을 자랑하는 오르간을 비롯하여 클라비코드, 쳄발로 등은 독주나 합주용 악기로 인기가 높아 많은 작곡가들이 작품을 남겼다.

1709년에는 클라비쳄발로 콜 피아노 에 포르테(Clavicembalo col Piano e Forte)가 등장하여 피아노 음악의 첫 장을 열었다. 현재 통용되고 있는 피아노 건반의 원형은 18세기 초 메디치 가의 악기 수리공 바르톨로메오 크리스토포리가 만들었다. 피아노의 전신인 쳄발로는 음의 강약을 표현하기 힘들었다. 크리스토포리는 연구를 거듭하여 해머가 현을 두드려 연주자가 음의 강약을 바꿀 수 있도록 만들었다. 그는 자신이 개발한 악기를 강약(Piano e Forte)을 표현할 수 있는 클라비쳄발로(Clavicembalo)라 명명했으며, 그 후 피아노 포르테(Piano Forte)라고 줄여서 사용되다가 피아노(Piano)로 정착되었다. 크리스토포리는 메디치 가의 명성에 걸맞게 값비싼 재료를 사용하여 악기를 만들었다. 건반은 견고하고 호화로운 상아를 재료로 썼고, 나중에 추가된 반음을 내는 검은 건반 역시 값비싼 흑단을 사용했다. 크리스토포리의 피아노는 독일과 영국에서 개량되어 1890년경에 현재와 같은 피아노가 되었다.

베키오 다리

〈로마인 이야기〉 시리즈의 저자 시오노 나나미가 표현한 그 은빛 물결의 아르노 강은 피렌체를 찾는 관광객이면 누구나 한번쯤 건너게 되는 강으로, 베키오 다리 아래로 말없이 흘러 지중해의 리구리아 바다로 흘러간다. 하지만 모차르트가 방문할 무렵 아르노 강은 그런 낭만적인 강은 아니었다. 베키오 다리와 아르노 강에는 얽힌 사연도 많다.

베키오 다리는 아홉 살 소년 단테가 구원의 여인 베아트리체를 처음 만났다는 전설의 다리이다. 그 때 베아트리체는 하얀 너울 위에 올리브띠를 두르고 푸른 망토 속에는 찬란한 붉은 옷을 입고 있었다. 당시 그녀는 이미 다른 남자와 결혼했고 또 자녀를 낳고 살다가 스물 네 살의 젊디젊은 나이로 죽었지만, 단테는 그녀를 한평생 가슴속에 품고 살았다. 그 품속에서 탄생한 것이 바로 불후의 명작 《신곡》(1308~1321)이라는 것은 다 아는 사실이다. 그러나 베키오 다리는 그런 애틋하고도 낭만적인 스토리만 간직하고 있는 것은 아니다.

베키오 다리, 즉 폰테 베키오(Ponte Vecchio)는 이탈리아 말로 '오래된 다리'라는 뜻으로, 이름 그대로 피렌체에서 가장 일찍 만들어진 교각이다. 베키오 다리는 고대 로마 시대에 건설되어 중세에 이르기까지는 교각 위 도리까지만 석조였고 그 위에 걸친 부분은 나무로 된 폭이 좁은 다리였는데 1177년 완전히 석조교로 개조되었다. 그러나 그마저도 1333년의 대홍수 때 모두 유실되었다. 오늘날 우리가 보는 세 개의 아치형 도리에 폭도 비교적 넓은 우아한 2층 다리는 1345년 거장 타데오 가디가 완성했다.

하지만 이 로맨틱한 다리 위에 처음 들어선 가게는 엉뚱하게도 푸줏간이었다. 당시 사람들은 쇠고기를 별로 먹지 않았고 돼지고기는 대부분 집에서 햄이나 살라미로 만들어 먹었으며, 날 돼지고기는 전문점에서 파는 것이 보통이었다. 따라서 베키오 다리 위의 푸줏간에서 판매하는 상품은 양고기, 닭고기, 그리고 비둘기고기가 대부분이었고 간혹 토끼고기도 있었다. 게다가 베키오 다리의 상류에는 사형수의 처형장이 있어서 처형된 자의 잘라진 시체가 종종 아르노 강에 내던져져서 베키오 다리 아래로 떠내려가기도 했다. 때문에 다리는 장사꾼과 구경꾼들로 항상 북적댔지만, 행인들은 코를 막고 빨리 지나가야 할 지저분한 저잣거리에 지나지 않았다. 그런 채로 2백 년이라는 세월이 흐른 어느 날, 토스카나 대공 프란체스코 1세는 딸 마리 드 메디시스(프랑스 앙리 4세의 왕비)를 프랑스 왕에게 출가시키기로 결정하게 되자 갑자기 그런 베키오 다리가 남 보기에 창피하다고 생각했다.

귀한 손님들을 모시고 피렌체의 관저 베키오 궁전을 출발하여, 지금은 세계적인 갤러리이지만, 당시 메디치 가문의 개인 사무실이었던 우피치(Uffizi)를 경유하여 사저 팔라초 피티(Palzzo Pitti)로 간다고 할 때, 정말이지 베키오 다리 2층 통로 아래에서 전개되는 광경은 매우 난처했을 것이다. 그래서 푸줏간은 다른 곳으로 강제 이주시켰고, 그 자리에 현재와 같은 귀금속 상점이 들어섰다.

최초의 폰테 베키오가 대홍수로 사라진 것과 마찬가지로 지금의 베키오 다리도 사라질 뻔했다. 1944년 연합군의 공격을 받아 퇴각하던 독일군이 아르노 강 양쪽 기슭의 집과 다리를 모두 파괴했기 때문이다. 그러나 다행히 베키오 다리만은 파괴를 면했다.

폭파를 명령하고 앞서 도망가던 독일군 장군이 무전으로 확인했다.

"베키오 다리는 파괴되었는가?"

아마도 폭파를 맡았던 장교는 이렇게 말했는지도 모른다.

"각하, 이 다리만은 안 됩니다."

4월 1일, 팔라초 피티

4월 1일 아침 일찍 모차르트 부자는 팔라초 피티로 가서 피렌체 공국의 시종장 로젠베르크-오르시니 백작의 안내를 받아 마리아 테레지아 여제의 차남 토스카나 대공 레오폴트 공작을 알현했다.

웬일인지 로젠베르크-오르시니 백작은 모차르트가 썩 마음에 내키지 않는 표정이었다. 그 뒤 모차르트는 빈에서 황제가 된 레오폴트 대공과 로젠베르크-오르시니 백작을 다시 만나게 된다.

4월 2일 두 사람은 대공의 여름 별장인 포지오 임페리알레(Poggio Imperiale)에 초대받았고, 역시 그곳에 초대받은, 1763년 아우구스부르크에서 만난 적이 있는, 바이올리니스트 피에트로 나르디니와 함께 연주를 했다. 모차르트는 사례금으로 300리라를 받았다.

피렌체에서 머무는 동안 모차르트는 런던에서 처음 만난 만추올리를,

팔라초 피티는 1549년 메디치 가문이 역시 피렌체의 은행가인 루카 피티로부터 구입했고 피렌체가 합스부르크 지배 아래 들어간 후에는 토스카나 대공의 사저로 사용했다. 현재 2층은 근대 미술관과 박물관이다. 라파엘로의 유명한 〈성모상〉과 천재 화가 필리포 리피의 온화한 〈성모〉 등을 소장하고 있다. 궁전 위쪽에는 대리석으로 둘러싸인 프랑스식 보볼리 정원이 있는데, 여름에는 야외 오페라가 공연된다.

바르디 가(Via de Bardi) 산타 루치아 데이 마뇰리 성당(Santa Lucia dei Magnoli) 옆에 있는 그의 저택에서 재회했다. 그리고 피에트로 나르디니와 순회연주를 하고 있던 중인 신동 바이올리니스트 토머스 린리를 만났다. 14세의 동갑내기 두 천재는 처음 만나 곧 좋은 친구가 되었다. 모차르트는 여행 이야기를, 린리는 순회 연주 경험을 들려주었다.

모차르트 부자는 피렌체의 두오모 산타 마리아 델 피오레, 미켈란젤로

피렌체 전경

피렌체 사람들은 산타 크로체 성당에 묻히는 것을 최고의 영광으로 여겼다. 이곳에는 1792년 아드리아 해에 면한 항구 도시 페사로에서 태어나 1868년 파리 교외에서 사망한 후 파리의 페르라셰즈 묘지에 묻혔던 조아키노 로시니의 무덤도 있다. 로시니의 작품들 가운데 피렌체에서 초연된 것은 한 곡도 없는데도 불구하고 그의 무덤이 여기에 있는 것은 사연이 있기 때문이다. 로시니는 평소 토스카나 대공이 자신을 피렌체에 초청해 최고의 예를 갖추어 접대한 것에 감동하여 타향임에도 항상 예술의 도시 피렌체를 마음의 고향으로 삼았다. 따라서 피렌체에 묻히고 싶다는 유언을 남겼고, 그에 따라 1887년 이곳으로 이장되었다.

가 '천국의 문'이라고 찬양한 아름다운 문을 가진 요한 세례당, 시뇨리아 광장의 다비드 조각상, 그리고 미켈란젤로, 마키아벨리, 갈릴레이 등의 무덤이 있는 산타 크로체 성당 등을 두루 둘러보았다.

두 사람은 피렌체 언덕에 올라가 피렌체의 아름다운 경치도 즐겼다. 레오폴트는 잘츠부르크의 안나에게 편지를 썼다.

> 이곳의 풍경은 너무도 좋아요······당신도 이곳에 와서 함께 살다가 함께 죽었으면 해요.

괴테는 토스카나 지방을 통과하면서, 북쪽 독일에서는 보지 못한 올리브 나무를 보고 이렇게 기록했다.

올리브나무는 이상한 식물이다. 올리브 나무는 버드나무와 거의 유사해

조각 바로 아래서 앙각(仰角)으로 그린
피렌체 시뇨리아 광장의 다비드 상

서, 씨앗을 날리며 나무껍질이 갈라진다. 하지만 올리브나무가 더 억센 모습이다. 올리브 나무는 서서히 자라고 나무 결은 이루 말할 수 없이 곱다. 잎은 버드나무 잎과 비슷하지만 가지에 잎이 더 적게 달려있다. 피렌체 인근의 모든 언덕에는 올리브나무와 포도나무가 재배되고 있으며, 그 나무들 사이는 알곡을 키우는 땅으로 이용되고 있다.

메디치 가문의 몰락으로 탄생한 우피치 미술관

우피치 미술관은 세계 어느 미술관보다도 르네상스 시대의 완벽한 그림들을 많이 소장하고 있다. 르네상스가 서서히 그 빛의 밝기를 잃어가면서 메디치 가에도 쇠락의 기운이 짙어져 갔다. 조반니 비치로부터 6대째이고, 로렌초의 증손자인 토스카나 대공 코시모 1세 이후 메디치 가를 계승한 수장들의 면면을 보면, 그들은 사치와 우울, 엽기적인 쾌락과 만용, 자의식 과잉으로 점철되어 있었다. 그들의 부는 점점 바닥이 드러나고 있었으며, 명성은 비난으로, 자부심은 자만으로, 예술에 대한 향수는 허영으로 바뀌었다. 1737년 코시모 1세로부터 아래로 6대째 수장 지안 가스토네가 아들이 없이 사망함으로써 메디치 가문은 역사 속으로 들어간다. 그것은 실로 장려한 추락이었다.

지안 가스토네가 죽은 후, 팔라초 피티에서 살았던 최후의 사람이자 유일한 상속녀로서 노이부르크/다뉴브 팔라틴(Palatine of Neuburg/Danube) 선제후 가문으로 시집간 동생 안나 마리아 루도비카(Anna Maria Ludovica, 1667-1743)는 친정에서 상속받은 재산을 시집으로 가져가던 당시의 관습을 깨고 '가족협정'을 체결하여 자신의 모든 재산을 우피치 미술관에 기증하였다. 메디치 가의 재산은 곧 피렌체 시민의 재산이라고 생각했던 것이다. 그리고 유언으로 자신이 기증한 미술품은 피렌체를 떠나지 못하도록 유언했다. 그래서 오늘날 한 해 수백만 명이 두어 시간 씩 기다려 가며 우피치 미술관을 보고 간다.

모차르트가 우피치에 들렀을 때는 메디치 가의 최후의 상속녀 마리아 루도비카가 사망한지 37년 밖에 지나지 않은 시기였다.

오페라 시장과 오페라의 종류

오페라는 피렌체에서 태어났다. 노벨상 수상 작가 로망 롤랑은 이렇게 말했다.

"오페라는 르네상스라는 나무의 최후의 가지에 핀 가장 아름다운 꽃 이다."

오페라는 기록상으로 1597년, 그러니까 르네상스 말기 이탈리아 피렌 체에서 최초로 공연되었다. 오페라가 본격적으로 등장하는 데는 르네상 스, 즉 고대 그리스와 로마의 부흥이라는 인문주의 운동이 큰 역할을 했 다. 인문주의자들은 고대 소설과 고대 연극뿐 아니라 고대의 극음악도 복원하려고 시도했다.

1573년 토스카나 대공 코시모 1세 휘하의 장군으로서 작가, 음악가, 그리고 과학자였던 조반니 바르디 백작은 고대 그리스에서 행해지던 음 악과 연극을 부흥시키기 위해 일단의 지식인들을 초청하여 플로렌스 카 메라타(Florentine Camerata)를 설립했다. 카메라타에는 갈릴레이의 부친 빈첸초 갈릴레이와 작곡가 줄리오 카치니 등이 회원이었다. 물론 카메 라타는 사치스러운 오락 모임이었으며, 그곳에 모인 음악가와 시인들은 고대 그리스의 연극을 연구했고, 그것을 본보기로 새로운 음악을 창안하 려고 했다. 그들은 당시 유행하던 다성음악(바로크 시대의 용어로는 대위법) 을 무시하고 서창풍의 멜로디에 단순한 화음의 반주를 붙인 양식으로 화성적인 음악을 만들었다. 그 결과 오페라와 오라토리오에서 사용되는 독창곡 혹은 단성부곡(單聲部曲, monody)이 태어났다.

1592년 바르디가 로마로 전근을 가면서 피렌체 카메라타의 전통은 야코포 코르시의 집으로 옮겨졌다. 1597년 오타비오 리누치니의 대본에 야코포 페리가 작곡한 오페라 〈다프네〉(Dafne)가 코르시의 저택에서 최초로 공연되었다. 〈다프네〉는 오페라의 전신이 되었는데, 악보보다는 가사를 더 중시했다는 특징이 있다.

1600년 프랑스의 앙리 4세와 토스카나 대공 코시모 1세의 손녀 마리 드 메디시스(Marie de Medicis)의 결혼을 축하하기 위해 페리와 카치니가 그리스 신화에 바탕을 둔 〈오르페오〉(Orfeo)를 경쟁적으로 작곡했는데, 페리의 작품이 카치니의 것보다 앞서 완성되어, 10월 6일 팔라초 피티의 백색 살롱에서 상연되었다. 1607년 베네치아에서 몬테베르디가 동명의 〈오르페오〉를 작곡한 후 공연하면서, 그는 근대적 개념의 오페라의 시조라 불리게 되었다.

17세기 중엽부터 베네치아 오페라 시장을 지배하기 시작한 흥행사들은 티켓 값을 절반으로 내리고 관객을 늘리면서, 마치 오늘날 블럭버스터 영화 제작처럼, 오페라 제작을 사업성 있는 투자처로 인식하게 되었고, 베네치아 오페라는 전성기를 맞게 되었다. 1637년 베네치아에는 관객에게 표를 팔아서 운영하는 최초의 오페라 하우스 테아트로 트론

 여행자 노트

코르시 저택은 폰테 베키오 상류에 있는 그라치에 다리를 건너, 모치 광장에서 레나이 가로 가는 모서리 집이다. 현재는 바르디니 박물관(혹은 코르시 미술관)이다.

(Teatro Tron)이 개관되었고, 17세기 말에는 그 수가 약 15개에 달했다.

　17세기 후반부터 오페라는 유럽 각국으로 옮겨가 프랑스에서는 장 바티스트 륄리와 장 필립 라모가, 영국에서는 헨리 퍼셀이 활약했다. 18세기 들어서 오페라는 나폴리에서 성행했으며, 도메니코 스카를라티와 페르골레시 등이 주도했다. 앞서 말한 대로 1762년 글루크는 빈에서 〈오르페오와 에우리디체〉를 공연하고 희곡과 음악의 통일이라는 점에서 오페라의 개혁을 추진했다. 그 다음 세대 오페라는 모차르트가 주도적으로 이끌어갔다.

　오페라 공연이 귀족의 궁전을 떠나 흥행의 대상이 되면서부터 오페라의 내용은 점차 질이 떨어지고, 관객들은 곡마단의 마술에 더 매료되어 오페라는 외면당하게 되었다. 따라서 오페라의 두 수요자인 귀족과 평민은 각각 자신들의 취향에 맞는 오페라를 요구하게 되었다. 이러한 요구가 수용되면서 17세기 중엽이 되자, 오페라는 크게 두 가지의 형태로, 즉 신화와 전설과 영웅의 비극을 토대로 하는 오페라 세리아(opera seria, 정가극)와 코믹한 내용의 오페라 부파(opera buffa, 희가극)로 정착되었다.

　오페라의 종류를 좀 더 세분하면 오페라 세리아와 오페라 부파 외에, 징슈필(Singspiel, 독일어 노래극), 구원(救援) 오페라(resque opera), 그랑 오페라(grand opera), 음악극(Musikdrama, 리하르트 바그너의 오페라 형식), 베리스모(Verismo, 이탈리아 사실주의 오페라), 오페레타(operetta, 소규모 오페라) 등으로 나뉜다.

차이코프스키의 〈피렌체의 추억〉

피렌체를 떠나기 전에 만나야 할 음악가가 있다. 감미로운 선율 〈안단테 칸타빌레〉와 발레곡 〈백조의 호수〉로 우리에게 너무도 잘 알려져 있는 차이코프스키는 러시아의 대표적 작곡가이다. 차이코프스키는 소위 러시아 5인조가 주도하는 민족주의 음악이 러시아 음악계를 휩쓸고 있을 때, 그들과는 달리 서구적인 전통에 바탕을 둔 보편적인 음악 어법으로 작곡을 했다. 즉, 보다 보편적이고 영원성이 있는 음악을 썼다는 말이다. 물론 차이코프스키가 러시아의 민족 음악을 거부한 것은 아니다. 그는 민속적 소재를 사용했지만, 그것을 세계 공통적인 수법으로 전개했다. 이런 점이 오늘날에도 인류가 그의 음악을 애호하고 있는 이유이다.

차이코프스키는 1861년 안톤 루빈스타인이 세운 상트 페테르부르크 음악학교에서 본격적으로 작곡과 지휘 수업을 받았다. 1864년 24세 때부터 차이코프스키는 안톤의 동생 니콜라이 루빈스타인이 설립한 모스크바 음악원에서 교사 노릇을 했다. 이때부터 그는 본격적으로 창작 활동을 시작하여, 1868년 최초의 대작인 〈교향곡 제1번, 겨울날의 환상〉을 초연하였다. 이 곡이 성공하자 그는 계속 작품을 내놓았다. 매년 크리스마스 시즌이 되면 즐거운 캐롤 소리와 함께 찾아오는 12월의 이야기가 바로 차이코프스키의 〈호두까기 인형〉이다. 1892년 러시아 상트페테르부르크의 마린스키 극장에서 초연된 이후 전 세계적으로 행복한 크리스마스를 위한 최고의 가족 선물이 되었다. 〈백조의 호수〉, 〈잠자는 숲 속의 미녀〉 등 차이코프스키의 음악은 추운 겨울 러시아에서 들어야 제 맛이라고 한다. 그러나 〈피렌체의 추억〉은 예외다.

1890년 이탈리아를 여행한 차이코프스키는 〈피렌체의 추억〉의 스케치를 하고는 그해 러시아로 돌아와 곡을 완성했다. 간혹 화가들이 야외에서 그림을 그릴 때 사진을 찍어오거나 스케치만 하고 색깔은 화실에서 입히는 것과 비슷하다. 그래서인지 곡에는 러시아의 민요 선율도 포함되어 있다.

〈피렌체의 추억〉은 모두 네 개의 악장으로 이루어져 있고, 전형적인 현악4중주곡의 형식과 유사하지만 곡의 구성은 기존의 현악4중주곡 구성 악기에 비올라와 첼로가 하나씩 더 추가되어 있다. 이런 형태의 구성은 현악4중주곡보다 중저음이 강화되어 무게감이 더 크다.

그런데 음악학자들이 차이코프스키의 발자취를 조사해본 결과, 그가 이탈리아를 여행하는 동안에 피렌체에 들른 적이 없을 지도 모른다는 결론이 나왔다. 여행에 흥분한 차이코프스키가 이탈리아의 여러 도시들을 방문하고서 피렌체에 간 것으로 착각했다는 것이다. 특히 제3악장의 알레그레토 모데라토는 농민들이 춤을 추는 듯한 즐거운 무곡풍인데, 그것이 이탈리아에서 포도를 따는 농부들을 연상시키든 혹은 러시아에서 귀리를 수확하는 농부들을 떠올리게 하든 듣는 우리들에게는 상관없다. 그렇다 해도 이 곡은 언제까지나 그대로 〈피렌체의 추억〉으로 남아 있을 것이다.

토마스 만은 이렇게 말했다.

"피렌체는 하나의 악기였다. 그 선율이 아름답지 않은가?"

필자는 토마스 만의 말에 이렇게 토를 달고 싶다.

"그 선율은 오늘까지도 울리고 있다."

4월 6일, 시에나

4월 6일 모차르트는 시에나(Siena)로 떠났다. 이별이 아쉬웠던 린리는 피렌체 성문까지 따라와 모차르트를 배웅했다. 린리는 이후 곧바로 영국으로 떠났고 8년 후 22세에 런던에서 사고로 죽었다.

털털거리는 마차 속에서 모차르트는 토스카나의 봄 경치를 즐겼다. 어느 순간 레오폴트는 모차르트에게 시에나 이야기를 해주고 있었다.

피렌체 주변에는 여러 자치 도시들이 산업적으로나 문화적으로나 피렌체와 경쟁을 벌이고 있었다. 그 가운데 시에나와 푸치니의 탄생지 루카(Lucca)가 대표적이었다. 피렌체 남쪽 약 50킬로미터에 있는 자치 도시 시에나는 12세기까지는 정치적으로 기벨린의 중심지로서 구엘프였던 피렌체와 다투었는데, 1260년 9월 4일 시에나는 몬타페르티 전쟁(Battle of Montaferti)에서 피렌체군을 무찔러 정치적 세력이 절정에 달했고, 13세기 시에나는 토스카나 지역의 상업과 금융의 중심 도시였다.

그러나 경쟁 상대인 피렌체를 능가할 수는 없었다. 황제파는 쇠퇴했고 교황은 시에나의 기벨린 상인들에게 경제적 제재를 가했다. 그러자 오래지 않아 시에나는 구엘프로 전향했다. 시에나는 전쟁과 기아, 그리고 14세기 초 이탈리아 전역에 몰아닥친 경제 침체로 고통을 겪었으며, 1348년에는 유럽을 휩쓴 흑사병으로 황폐해졌다. 그런 상황과 반비례하여 시에나 사람들의 신앙심은 더욱 돈독해졌으며 이 시기에 성녀 카테리나가 활동했다.

그 후 도시는 전반적으로 번영하여 교회, 궁전, 탑, 분수 등이 세워졌다. 시에나는 15세기에 독립을 유지했지만 1487년 권력을 잡은 망명 귀족 판돌포 페트루치는 1512년 그가 죽기 전까지 잔혹한 독재정치를 펼쳤고(이와는 달리 마키아벨리는 전국시대 이탈리아의 유능한 군주로 평가했다), 시에나는 그의 후손에 의해 1524년까지 통치되었다.

스페인에 맞서 오랫동안 영웅적으로 버티던 시에나는 1555년에 항복했고, 2년 뒤 스페인의 펠리페 2세에 의해 피렌체로 양도되었다. 1861년 이탈리아가 통일될 때 시에나는 토스카나의 나머지 지역들과 함께 새로운 이탈리아 왕국에 흡수되었다.

모차르트 부자는 시에나에서 나흘간 머물렀다. 그러나 모차르트가 이 곳에서 어떤 음악적 행사를 했는지는 별로 알려진 것이 없다. 그 점은 이 탈리아를 종횡무진 누볐던 비발디, 헨델, 파가니니, 리스트도 마찬가지 여서, 그들이 피렌체와 지척 간에 있는 시에나에 들러 연주를 했다는 기 록은 없다.

그렇다고 모차르트 부자가 지루하게 지내지는 않았을 것이다. 시에 나에는 볼 것이 많기 때문이다. 검은색과 흰색으로 된 대성당, 그 유명 한 캄포 광장 등 시에나의 건축은 대체로 16세기에 완료되어 중세도시 의 모습을 그대로 간직하고 있기 때문이다. 이 책에 종종 등장하는 중세 도시란 과연 어떤 도시인가? 이 질문에 대한 가장 좋은 대답은 아마 이렇 지 않을까?

"중세도시는 세상 사람들에게 하느님이 있음을 알게 하고, 천국을 지 상에서 느끼도록 하는 공간이다."

시에나 대성당

시에나 대성당은 12세기에 로마네스 크 양식으로 건축이 시작되었으나 13세 기에 모양이 변형되 어 지금은 이탈리아 식 고딕 양식의 가 장 뛰어난 본보기가 되고 있다. 이 성당 내부의 벽과 기둥들은 흑백 대리석으로 장식되어 있으며, 청동 천사상과 대리석 바닥의 상감조각은 미켈란젤로의 제자 도메니코 베카푸미의 작품이다.

팔라초 푸블리코(Palazzo Publico) 앞에 있는 조개껍질 모양의 거대한 캄포 광장은 시에나 시민들의 생활의 중심지이다. 중세 때 시작된 유명한 경마 축제 팔리오(Palio)가 캄포 광장에서 지금도 매년 두 차례씩 열린다. 팔라초 푸블리코 내부는 시에나 화파의 거장들의 작품으로 장식되어 있다.

캄포 광장에는 시에나 출신 조각가 야코포 델라 케르치아가 1408년부

 여 행 자 노 트

가이아(Gaia, 로마 신화에서는 Tellus)는 태고적부터 존재하는 여신 혹은 대지의 신으로 고대 그리스에서는 만물의 근원이다. 우주에 최초로 카오스, 즉 무한한 공간이 생기고 뒤이어 가슴이 넓은 땅의 여신 가이아와 영혼을 부드럽게 하는 에로스가 생겼다. 가이아는 곧 남자와 관계를 맺지 않고 스스로 산맥의 신 오레(Ore), 바다의 신 폰투스(Pontus), 하늘의 신 우라노스(Uranus)를 낳았다. 그 다음 가이아는 자신의 아들 폰투스와 우라노스와 관계하여 자식들을 낳았다. 우라노스의 자식들이 거인족 타이탄인데, 그 중 하나가 크로노스이고, 크로노스의 아들이 바로 그리스 신화 주신(主神) 제우스이다. 크로노스는 다른 타이탄 형제들과 힘을 합해 아버지 우라노스의 성기를 거세하여 축출하고 신들의 황금시대를 이룬다. 바다에 던져진 우라노스의 고환에서부터 거품이 일어 아프로디테(로마 신화의 비너스)가 태어났다. 보티첼리가 메디치 가의 주문으로 그린, 조개껍질에서 나오는 〈비너스의 탄생〉은 그것을 주제로 삼은 것이다.

하지만 운명은 되풀이 되는 것인지, 크로노스는 아들 제우스가 주축이 된 올림포스 신들과의 전쟁에서 패배하고 만다. 가이아는 또 제우스와도 관계하여 리디아의 왕 만네스(Manes)를 낳았다.

1978년 제임스 러브록은 가이아 신화를 바탕으로 "지구는 환경과 생물로 구성된 살아있는 유기체로서 스스로 조절할 수 있는 기능을 가진 능동적인 생명체"라는 가이아 가설(Gaia hypothesis)을 폈다.

터 11년 간 만든 '가이아 분수'(Fonte Gaia) 일부가 남아 있다(광장의 것은 복제품이고 진품은 팔라초 푸블리코의 시립미술관에 전시하고 있다).

카테리나 성녀와 비오 2세 이야기

4월 6일 시에나에 도착하자마자 레오폴트는 모차르트를 데리고 카테리나 성녀의 부패되지 않은 머리 부분이 보관되어 있는 산 도미니코 성당으로 갔다. 두 사람은 긴 시간을 들여 기도를 올렸다.

1348년 이탈리아가 유럽을 휩쓴 흑사병으로 황폐해졌을 무렵, 시에나에는 성녀 카테리나가 활동하고 있었다. 카테리나의 부친은 자식들을 무려 25명을 낳았는데, 카테리나는 23번째 자식이자 막내딸이었다. 그녀는 16세에 도미니크 수녀원으로 들어가 3년 동안 기도와 금욕생활을 했다.

당시는 가톨릭 대분열 시대로, 교황이 두세 명이나 되었다. 카테리나는 가톨릭의 타락을 슬퍼했고, 아비뇽의 교황을 비판하면서 로마로 돌아가라고 주장했다. 교회가 분열되고 흑사병이 창궐하던 시절, 카테리나는 가난한 사람들뿐 아니라 나병과 흑사병 같은 무서운 전염병에 걸린 자들도 정성껏 간호했다. 많은 사람들이 몰려들어 그녀로부터 영적 권고와 지혜를 구했지만, 일부 사람들은 그녀를 시기했다.

1375년 카테리나는 미사를 하던 중 공중부양하여 성흔을 받았다. 상처의 고통은 죽을 때까지 계속되었다. 카테리나는 터키 제국에 대항하여 새로운 십자군을 일으키려던 그레고리오 11세를 적극 지원했고, 아비뇽 유수시대(1309~1377)를 종식시키자고 교계에 호소했다. 그녀의 호소를 받아들인 그레고리오 11세는 로마로 복귀했으나 곧 선종했기 때문에 교회가 두 번째로 분열(1378~1417)했다. 이 때도 카테리나는 로마 교황 우르바노 6세를 지지하며 교회의 분열을 종식시키기 위한 중개자로 나서며 평화협정을 맺도록 노력하였다. 그후 1380년 33살의 나이로 죽었고 1461년 성녀로 시성되었다.

카테리나를 성인으로 축성한 교황 비오 2세는 시에나와 밀접한 관계가 있다. 세속 이름이 에네아 실비오 피콜로미니(Enea Silvio Piccolomini)였던 그는 1405년 시에나 근처 코르시냐노에서 태어났다. 53세의 에네아가 1458년 8월 19일 비오 2세로 등극하자 환호성이 터졌다.

"시에나 만세!"

비오 2세는 화답했다.

"주님의 뜻에 따라 내가 신성한 사도의 직무를 이어받게 되었소. 이 어려운 시대에 교황의 막중한 임무를 주님의 뜻에 따라 수행할 것을 생각하면, 그 책임의 무게에 짓눌리는 듯한 기분이오. 부족한 나를 모두들 도와주시오."

이탈리아 사람들은 시인이자 역사가이며 노련한 외교관으로 이름 높은데다 많은 저서를 통해 비판적 정신을 널리 알린 이 탁월한 지식인인 교황을 열렬히 환영했다. 코르시냐노 주민들은 이 날을 기리기 위해 마을 이름을 피우스(Pius)의 도시라는 의미로 피엔차(Pienza)로 바꾸었다. 비오 2세는 곧 사람들을 놀라게 한다.

첫째, 비오 2세의 청빈함이 사람들을 놀라게 했다. 그는 교황청의 일상 경비를 크게 줄였다. 250명이나 되는 교황청 식구의 하루 식비를 7두카트로 정했다. 그러자 사람들은 교황청을 로마 수도원이라고 불렀다. 학문을 애호한 비오 2세로부터 재정적 지원을 바랬던 르네상스 인문주의자들은 새 교황의 이런 태도에 실망했지만, 교황의 타락을 비난하고 교회 개혁을 요구해온 일반 신자들은 만족했다. 사람들은 비오 2세가 시에나의 카테리나를 존경하고 있다는 사실에 기뻐했다.

둘째, 비오 2세는 터키와의 십자군 원정을 추진하여 유럽의 제후들을 놀라게 했다.

"기독교는 313년 콘스탄티누스 대제가 기독교를 공인한 이후 최대의 위기에 직면해 있소. 첫째, 이교도 터키의 침략에 대처해야 하고, 둘째, 일부 기독교 군주들이 교회에서 이탈하려 하고 있소. 셋째, 교회 개혁을 외치는 자들이 나날이 늘어나고 있소. 나는 교회가 직면해 있는 이 어려운 문제들을 단번에 해결할 수 있는 방안으로 터키와 십자군을 일으키기로 결심했소."

그러나 프랑스가 거절했고, 신성로마제국은 처음에는 3년간 군대를 파견하겠다고 마지못해 약속했지만, 1460년 십자군 모집 계획은 완전히 무산되고 말았다. 이 모든 것은 신앙심이 결여되었기 때문이라고 확신한 비오 2세는 다음해 1461년 시에나의 카테리나를 성인의 반열에 올리겠다고 발표했다. 그 동안 카테리나를 성인의 반열에 올리자는 운동이 자주 일어났지만, 그녀가 1215년 스페인의 도미니쿠스가 창설한 청빈과 포교활동을 기본으로 삼는 도미니크 수도회 소속이었기 때문에 도미니크 수도회의 숙적인 프란체스코 수도회의 반대로 실현되지 않았다. 따라서 카테리나의 시성식은 비오 2세가 십자군을 일으키기에 앞서 도미니크 수도회를 다독이려는 목적이 숨어 있었다.

프란체스코회에서는 창시자인 아시시의 프란체스코가 이미 1228년에 성인의 반열에 올라 있고, 이제 도미니크회의 우상인 카테리나도 성인이 되었다. 그리고 이 두 성인을 이탈리아의 양대 수호성인으로 삼아서 두 파를 모두 만족시킨다는 교황의 속셈은 완벽하게 실현되었다. 프란체스코회와 도미니크회의 대립은 한때나마 완전히 사라진 것처럼 보였다.

비오 2세는 이듬해 훨씬 규모가 큰 종교극을 연출했다. 1453년 콘스탄티노플이 이슬람에게 함락된 후 비잔틴 제국의 왕자 토마스 팔라이올로고스는 터키군을 피해 로마로 망명했는데, 예수의 12사도이자 베드로의 아우인 성 안드레의 두개골로 여겨지는 뼈를 가져왔다. 비오 2세는 성 안드레의 두개골에 대한 대가로 팔라이올로고스에게 6천 두카트의 연금을 주었다. 1462년 4월 11일 부활주일, 비오 2세는 성유물을 들고 대성당의 넓은 광장을 가득 메운 군중을 향해 말했다.

"형님이신 성 베드로가 요청했기 때문에 성 안드레는 이곳 로마에 오셨다. 성 안드레의 적이자 우리의 적인 터키로부터 기독교를 방어하는 것만큼 우리에게 중요한 일은 없다."

군중은 울부짖었다.

"성 안드레, 그대는 집에 돌아오셨습니다. 그대의 형님이신 성 베드로의 집에 돌아오셨습니다. 터키의 야만에 맞서 일어서려 하고 있는 우리를 성 베드로와 함께 지켜주소서."

토스카나 와인

잘츠부르크 사람들은 술을 잘 마셨다. 일반 사람들은 맥주를 좋아했고, 관료들은 궁정에서 제공하는 포도주를 즐겼다. 그 점은 모차르트의 부모도 마찬가지였다. 대주교는 복지라는 차원에서 궁정 신하들에게 종종 포도주를 하사했다. 그것도 꽤나 고급으로 말이다. 기록에 따르면 미하엘 하이든의 부인 마리아 마그달레나 리프는 궁정 합창단의 가수였는데, 거의 술에 취해 있었다고 한다. 아마 레오폴트도 토스카나를 지나면서 이곳의 와인을 즐겼을 것이다. 어쩌면 마키아벨리의 후손이 만든 와인을 마셨을지도 모른다.

　마키아벨리는 말년에 피렌체 정부에서 실각한 후 고향 산탄드레 인 페르쿠시나(Sant'Andrea in Percussina)에 돌아와 조상 때부터 대대로 운영해 오던 와이너리를 돌보며 《군주론》을 썼다. 오늘날 이 와이너리가 생산하는 와인의 상표는 빌라 만지아까네(Villa Mangiacane)인데, 만지아까네는 '큰 개'를 의미한다. 해서 상표에 험상궂은 이탈리아 산 마스티프 두 마리가 마주 보고 있다.

　그리스 신화에 따르면, 주신(酒神) 디오니소스가 바다 여행 중에 해적들에게 납치당하자 제우스 신은 분노하여 해적들을 모두 돌고래로 만들었다. 그 해적들이 바로 토스카나 지방에 고대 문명을 형성했던 에트루리아 인들이었다. 로마 시대 이전부터 존재했던 에트루리아 유적지에서 에트루리아와 그리스의 와인 병이나 잔들이 발견되었는데, 이것은 에트루리아 인들이 그리스와 무역을 했다는 증거이다. 그리스 사람들은 햇살이 따가운 이탈리아 반도 남부를 오이노트리아(Oenotria)라고 불렀는데, 그리스어로 oinos는 와인을 의미했으며, Oenotrians는 포도밭을 경작하는 사람들을 뜻했다. 따라서 오이노트리아는 '와인의 땅'이다.

　토스카나(Toscana, Tuscany)라는 지명의 유래는 당시 이 지역을 '투스키'라고 불렸던 에트루리아 사람들이 살았던 땅이라는 의미이다. 토스카나는 이탈리아에서 가장 비옥한 땅인데, 온화한 지중해성 기후, 석회암과 모래가 많은 토양으로 와인 생산지로 적합하다. 전통적으로 토스카나에서 와인은 키안티와 키안티 클라시코, 몬탈치노, 그리고 몬테풀치아노에서 경작하고 있다. 은유적으로 표현하면 피렌체가 토스카나의 행정과 문화 수도라면, 시에나는 와인의 수도이다.

4월 11일, 로마

봄이 왔음을 알리는 천둥이 치는 날, 모차르트 부자는 시에나를 떠나 비테르보(Viterbo)를 거쳐 로마로 향했다. 로마에서 가까운 비테르보는 중세 시대 늘 교황편인 구엘프였다. 교황 알렉산더 4세는 로마의 정치 상황이 황제파 쪽으로 기울자 1257년에서 1261년까지 이곳에서 거처했고 또 여기서 사망했다. 후임 교황 우르바노 4세도 이곳에서 선출되었다. 비테르보 대성당과 교황 궁전은 중부 이탈리아에서 가장 잘 보존된 중세 시대 건축물이다.

4월 11일 오후 모차르트 부자는 로마로 들어가는 큰 문 포르타 델 포폴로(Porta del Popolo)에 도착했다. 괴테는 모차르트보다 16년 뒤인 1786년 11월 1일 로마에 처음으로 도착했다. 괴테 역시 포르타 델 포폴로를 통과했는데 그때의 소감을 이렇게 피력했다.

> 포폴로의 문을 통과할 때에야 비로소 내가 정말 로마에 왔다는 사실을 확신하게 되었다. 티롤 산맥을 마치 날아서 넘어온 것 같다. 베로나, 비첸차, 파도바, 베네치아 같은 것은 충분히 둘러보았지만, 페라라, 첸토, 볼로냐 등지는 대충 훑어보았고 피렌체는 거의 아무것도 구경하지 못했다. 로마로 가고자 하는 욕구가 너무나 강렬했고 순간순간마다 더욱 높아졌기 때문에 잠시도 발걸음을 멈출 수가 없었던 것이다. 피렌체에서는 겨우 세 시간밖에 머물지 못했다.

모차르트의 잘 차려 입은 옷과 레오폴트의 의젓한 모습은, 미켈란젤로가 디자인한 울긋불긋한 유니폼을 입은 바티칸의 스위스 용병 카라비니

바티칸 대성당   카라비니에르

에르(Carabinieri, 오늘날의 무장 경찰)가 보기에는 마치 그랜드투어를 하는
독일의 왕자와 그의 개인교사 같아 보였다. 레오폴트가 마부에게 점잖게
말했다.

"라자로 팔라비치니 추기경을 만나러 왔다고 하거라."

그 말을 들은 카라비니에르는 즉각 바티칸의 출입문을 활짝 열어주었
다. 모차르트는 아버지의 노련한 처신과 임기응변 능력에 대해 경탄했
다. 여기까지 오는 동안 어느 도시에서든 먹고 자고 여행하는데 불편함
이 없도록 치밀하게 계획을 짰고, 귀족의 거처나 수도원 숙소 등도 사전
에 연락을 해두었으며, 또 아버지는 바티칸 대성당과 시스틴 경당에서
개최하는 의식에 참여해도 좋다는 허락을 받아 내기도 했으니까 말이다.

모차르트 부자는 곧장 베드로 대성당으로 가서 조배를 하고, 베드로
성인 조각의 발에 키스를 했고, 미켈란젤로의 〈피에타〉 조각상도 보았
다. 모차르트가 보기에 지구상의 어떤 구조물도 바티칸의 베드로 대성당
에 비견할 만한 곳이 없었다. 모차르트는 바티칸의 제단 앞에 무릎을 꿇

미켈란젤로의 〈피에타〉 중 성모의 표정.
미켈란젤로는 바오로 3세의 젊은 시절
정부 실비아 루피를 모델로 삼았다.

고 양손을 모으고 앉아 이렇게 외쳤다.

"주여, 저를 당신의 집으로 데려가소서."

성주간과 가상칠언

모차르트 부자는 처음에는 조용한 곳에 침대 하나짜리 방을 얻어 둘이 함께 썼으나 곧 후원자가 등장하여 우아한 팔라초 스카티치(Palazzo Scatizzi)로 옮겼고, 성주간(聖週間) 동안 로마에서 체류하면서 종교음악을 연구했다.

모차르트 부자가 로마에 도착한 시기는 기독교에서 크리스마스에 버금가는 주요한 축일인 성주간(聖週間)이었다. 성주간은 예수의 최후의 일주일을 묵상하는 가톨릭 교회력 절기이다. 성주간은 성지주일 또는 종려주일(Palm Sunday)로 불리는 일요일(대개 3월 22일과 4월 25일 사이)에 시작하여 성 토요일(부활 전날)에 끝이 난다.

성지주일은 예수께서 십자가에서 당하게 될 고난을 앞두고 예루살렘에 입성할 때, 군중들이 종려나무로 환영한 사건을 기념하는 날이다. 그 다음 성 월요일, 성 화요일, 성 수요일(유다의 배반), 성 목요일[세족례(洗足禮)와 최후의 만찬], 성 금요일(수난과 죽음), 성 토요일(매장), 그리고 부활주일 등 각 사건이 일어난 날에 그 사건을 기념하는 의식을 행한다.

예수가 십자가에 달린 것은 성 금요일 오전 9시이고, 운명한 것은 오후 3시이다. 따라서 예수는 십자가 위에서 6시간 동안 생명이 유지되었다. 그 6시간 동안 예수는 7마디 말을 했는데, 그것을 가상칠언(架上七言, Seven Words from the Cross)이라고 한다.

가상칠언은 예수가 세상을 떠나면서 한 말이므로, 사세구(辭世句)이기도 하고, 임종을 맞아 한 말이므로 임종게(臨終偈)이기도 하다. 7마디 중 처음 3마디는 9시부터 12시 사이에 말했다. 그 다음 12시부터 3시까지 세 시간 동안 갑자기 온 땅이 어두워졌고 그 세 시간 동안 예수는 한마디도 하지 않았다. 오후 3시 예수는 나머지 네 마디를 연거푸 하고 숨을 거두었다. 신약성서 4복음서에서 그것을 종합해 순서대로 적으면 다음과 같다.

첫째(용서의 말씀): 아버지, 저 사람들을 용서하소서. 그들은 자신들이 무슨 짓을 하는지 알지 못합니다.

둘째(구원의 말씀, 낙원의 약속): 진실로 말하거니와, 너는 나와 함께 늘 낙원에 있으리라.

셋째(사랑의 말씀): 어머니 보십시오, 당신의 아들입니다.

넷째(고뇌의 말씀): 나의 하느님, 나의 하느님, 어찌하여 나를 버리셨나이까?

다섯째(고난의 말씀): 목마르다.

여섯째(승리의 말씀): 다 이루었다.

일곱째(만족의 말씀): 아버지, 내 영혼을 아버지 손에 맡깁니다.

가상칠언을 묘사한 대표적인 음악 작품이 바로 하이든의 오라토리오인 〈가상칠언〉(Die sieben letzten Worte unseres Erloesers Kreuz)이다.

최초의 불법 악보 복사 사건

모차르트가 바티칸의 시스틴 경당(Cappella Sistina)에서 성주간에 독점적으로 봉송되는, 알레그리의 〈미제레레〉(Miserere Mei, Deus)를 두 번 들은 기억만으로 완벽히 채보했다는 일화는 바로 이때의 일이다.

모차르트의 암보 사건은 어쩌면 최초의 불법 악보 복사 사건이었는지도 모른다. 왜냐하면 모차르트는 그 후 여행 중에 만난 찰스 버니에게 악보 한 부를 주었는데, 버니는 1771년 런던에서 이 악보를 노벨로 출판사를 통해 출판하여 외부로 유출했기 때문이다. 유럽의 여러 궁정에서는 그 전부터 〈미제레레〉의 필사본 악보가 있었을 것으로 추정되지만 불완전한 악보 탓이었는지 어느 궁정도 시스틴 경당의 성가대만큼 하지는 못했다. 일단 악보가 출판되자 이 곡에 대한 외부 연주금지 조치가 풀렸고 따라서 가장 인기 있는 교회음악이 되었다.

알레그리의 〈미제레레〉는 바티칸의 시스틴 경당에서 부활절 성주간의 수, 목, 금요일의 밤미사 혹은 새벽미사에 불려졌다. 성주간 미사를 테네브레(tenebrae)라고 하는데, 각각 게세마네, 골고다, 그리고 무덤이라는 제목으로 성주간 마지막 3일의 의미를 되새긴다. 테네브레의 의미는 "어두움"이다. 성주간 저녁 미사는 제단 옆의 촛대에 촛불을 밝혀 놓고 어둠이 깔리는 시간부터 시작된다. 미사가 진행되는 동안 촛불이 하나씩 꺼지고 〈미제레레〉가 연주된다. 마지막 촛불마저 꺼지면 미사는 끝이 난다. 그리고 어둠과 침묵이 흐르고 그 속에 교황, 추기경들, 사제들은 제단

 여행자 노트

시스틴 경당에서 모차르트는 음악을 들었지만, 괴테는 미켈란젤로의 〈최후의 심판〉을 보았다. 그는 1786년 11월 22일 이렇게 기록했다.
"오늘같이 행복했던 날의 기억을 몇 줄의 글로 남겨서 생생하게 보존하고, 내가 누렸던 것을 적어도 역사적 사실로 전해야겠다. 그지없이 아름답고 고요한 날씨였다.... 나는 시스티나 예배당으로 들어갔다. 그곳은 밝고 쾌청하며 그림들도 충분한 빛을 받고 있었다. 미켈란젤로의 〈최후의 심판〉과 천장에 그려진 다양한 그림들은 우리의 경탄을 자아냈다."

앞에 엎드린 채 인간의 죄악으로 인한 그리스도의 죽음을 묵상하는 간절한 기도를 한다.

레오폴트가 가족에게 보낸 편지에 따르면 1770년 4월 11일 수요일, 이탈리아에 여행 중이던 14살의 모차르트는 아버지와 함께 성베드로 대성당에서 개최되는 성주간의 테네브레 미사에 참석하여 시스틴 경당 성가대가 노래하는 이 곡을 들었다. 모차르트는 노래를 기억했다가 숙소에 돌아와서 그대로 오선지에 옮겼다. 모차르트는 이틀 뒤 성 금요일 다시 시스틴 경당에 가서 모자 속에 숨기고 간 자신의 필사본 악보를 성가대의 노래와 일일이 대조 확인하고는 몇 군데 수정을 하고 완성했다는 에피소드가 전해오고 있다. 나중에 모차르트는 이 작품에 영향을 받아 〈미제레레, K. 85〉를 작곡했다.

이 에피소드는 소년 모차르트의 놀라운 기억력과 천재적인 감수성을 이야기할 때 꼭 들려주는 사례이다. 하지만 이 이야기는 다소 과장이 있다. 모차르트가 12~15분이나 되는 〈미제레레〉 전곡을 완벽히 채보했다기보다는 주요 부분을 외우고 나와서 나머지 부분은 분위기에 맞춰 완성했을 것이라는 주장이 현실성이 높다. 또 당시에는 연주자가 작곡자의 악보대로 연주하는 것이 아니라 자신의 음악적 기교를 바탕으로 연주했던 때였으므로, 정확한 악보라는 것이 그다지 의미가 없었다는 주장도 있다. 르네상스 시대에는 작곡가의 의도보다는 연주자의 의도가 우선되었고, 뛰어난 카스트라토 가수들이 이 곡을 연주할 때에 작곡가의 기본에서 크게 벗어나지 않는 형태에서 변형하여 불렀다. 특히 화려한 장식음을 사용할 수 있었던 가수는 자신의 특기를 최대한 뽐내었다. 그리고 악보 외에 특별히 표현할 수 있던 발성법과 연주 기교는 개별 연주자에 의해 제자들에게 대물림했다.

음악 전문가들의 견해에 따르면, 이것은 (모차르트의 천재성을 부인하는 것은 아니지만) 경이적일 만큼 놀라운 일도 아니다. 사실 이 곡은 똑같은 부분이 5번이나 반복되고 5성합창과 솔로그룹은 화성적 성가로 되어 있어서 진행이 비교적 단순하다. 문제는 복잡한 장식음이 가미된 솔로그룹의 4성부인데 이 역시 화성적 성가 형식과 다성적으로 움직이는 것으로 나뉘어 있는데다가, 화려한 선율로 된 부분은 그다지 길지 않다. 이 부분도 전문가들에게는 크게 어렵지 않다고 한다.

〈미제레레〉와 시편송

〈미제레레〉는 중세에 가장 많이 불려진 시편송(詩篇頌, Psalms)으로, 제목은 구약 시편 51편(불가타역 시편 50편) 첫 구절 "Miserere mei Deus"(주여 나를 불쌍하게 여기소서)에서 따온 것이다. 하느님의 사랑을 받던 다윗왕이 밧세바를 탐하게 되고, 그녀의 남편이자 신하인 우리아 장군을 전장으로 내몰아 죽게 했다. 다윗의 탐욕은 그의 영혼을 죄로 물들게 했고, 절망의 구렁텅이에 빠져들게 했다. 그러나 하느님의 큰 사랑으로 다윗은 참회의 눈물을 흘린다. 이 시는 다윗이 밧세바를 취한 후에 선지자 나단이 찾아왔을 때 자신의 죄를 간절히 참회하며 지은 것으로, 전통적으로 재의 수요일에 낭송되거나 노래로 불렸다. 시편에 곡을 붙인 작곡가들로서는 알레그리를 비롯하여, 바흐, 헨리 퍼셀, 모차르트, 도니제티, 구노, 코다이 등이 있으며 작곡된 곡의 수는 거의 50여 곡에 이른다.

알레그리는 로마에서 태어나 9살 때 로마의 산 루이지 데이 프란체시(San Luigi dei Francesi) 교회에서 소년 성가대원으로 음악 공부를 시작했다. 알레그리가 활약하던 시대는 팔레스트리나를 정점으로 전성기를 구가하던 르네상스 다성음악의 융성기였다. 팔레스트리나는 르네상스 후기를 결산하는 최대의 작곡가로서 로마악파를 대표하는 거장이다. 현존하는 약 850여곡의 작품들은 대부분이 종교음악으로 후세 작곡가들의 미사곡 작곡의 규범이 되고 있다.

알레그리는 팔레스트리나의 제자였던 조반니 난니노 밑에서 1600년부터 1607까지 공부했고, 팔레스트리나가 세운 교회음악의 전통을 이어받았다. 1629년부터 교황 우르바노 8세 직속 성가대의 가수가 되었다. 그는 성가대에서 테너 파트를 노래하면서 합창단을 위한 작품도 썼다.

알레그리의 작품은 소수가 남아 있긴 하지만 그는 이 한 곡만으로도 음악사에 영원히 기억되는 작곡가가 되었다. 알레그리의 〈미제레레〉가 발성하기 힘든 고음인 C를 사용한 것은 교황청 성가대에 뛰어난 카스트라토가 있었기 때문이다. 알레그리의 〈미제레레〉는 영혼을 맑게 해주는 음악, 사람이 내는 소리 중 가장 아름다운 소리, 하모니와 신비로움의 극치라는 평을 받는다. 정말이지 오래되고 규모가 큰, 게다가 스테인드글라스가 있는 교회에서의 자연스런 울림과 반향에 의한 화음은 전율을 느끼게 한다.

이 곡은 1638년 로마 발리첼라(Vallicella)에 있는 산타 마리아 성당의 합창단을 위해 작곡한 것인데, 이 성당은 교황청 성가대 가수들이 묻히

♪ 음악 노트

낭만주의 시대에 들어와 고대 로마의 다성음악이 다시 주목 받게 되자 1831년부터 멘델스존이 알레그리의 〈미제레레〉를 널리 알렸고, 1840년 교황청의 사제 피에트로 알피에리가 장식음 등을 정확하게 기록한 악보를 정식으로 출판했다. 또 프란츠 리스트가 자신의 피아노 리사이틀에서 종종 연주하자 이 곡은 19세기 내내 인기 레퍼토리가 되었다.

는 곳이다. 우르바노 8세는 이 곡에 감명을 받아 악보를 시스틴 경당 밖으로 반출하는 사람은 파문하겠다고 엄명을 내렸다. 실제로 1770년까지 〈미제레레〉의 악보는 외부로 유출되지 않았기 때문에 이 음악을 듣고자 하는 사람들은 바티칸 성당까지 일부러 찾아와야만 했는데, 1787년 3월 22일 시스틴 경당에서 이 곡을 직접 들은 괴테는 그 때의 경험을 1817년 출판된 〈이탈리아 여행기〉에서 언급하고 있다.

"성당의 음악은 상상할 수 없을 정도로 아름다웠다. 특히 알레그리의 〈미제레레〉와 〈임프로페리오〉, 즉 십자가에 매달린 예수가 백성들을 질책하는 노래가 아름다운데, 이것들은 예수의 수난일인 금요일 아침에 연주된다.

모든 성장(盛裝)을 벗어버린 교황이 십자가를 받들기 위해 옥좌에서 내려오는 순간, 다른 모든 사람들은 그 자리에 얼어붙은 채 숙연해진다. 이윽고 "백성들아, 너희는 어찌하여 나를 저버리는가?"하고 합창이 시작되는데, 그 순간이야말로 진귀한 모든 의식 가운데 가장 아름다운 장면이다. (중략) 특히 시스틴 경당에서 행하는 교황의 의식에서는, 가톨릭 예식에서 평소에 즐거워 보이지 않는 모든 것이 고상한 취향과 완전한 품위를 갖추고 행해진다. 하지만 그것 또한 수세기 전부터 모든 예술이 뜻대로 되었을 때에 비로소 이루어질 수 있는 일이다."

〈임프로페리오〉는 모욕 혹은 질책이라는 뜻의 이탈리아어 Improperio 인데, 팔레스트리나의 〈스타바트 마테르〉의 세 번째 곡이다.

스페인 광장과 빌라 메디치

모차르트 부자는 성주간 동안 교황 클레멘스 14세가 올리는 장엄 미사에 참례했다. 모차르트가 레오폴트에게 물었다.

"아빠, 하느님을 섬기는데 저런 장대한 의식이 꼭 필요해요?"

로마는 거대한 극장이었다. 실용적이고 또 현명한 레오폴트는 그것을 보여주려고 아들을 이곳까지 데리고 온 것이다.

"꼭 그렇지는 않지만, 때에 따라 필요한 것임은 틀림없다."

모차르트는 잔 루카 팔라비치니 백작의 친척이자 교황청 국무장관인 라자로 팔라비치니 추기경의 초대를 받아 그의 저택에서 연주회를 가졌다. 4월 21일 모차르트는, 1953년도 명화〈로마의 휴일〉에서 오드리 헵번이 천진스럽게 내려오던, 137개의 대리석 계단을 올라가 스페인 광장으로 갔다. 바르베리니 궁전(Palazzo Barberini)에서 멀지 않은 스페인 광장에 있는 두 개의 탑을 가진 트리니타 데이 몬티 교회(Chiesa della Trinita dei Monti)에서 조배를 하고난 뒤, 왼쪽 핀초 언덕(Monte Pincio)으로 올라가서 아름다운 메디치 궁전(Villa Medici) 정원에서 산책을 했다. 당시는 어땠는지 모르지만 오늘날 핀초 언덕은 연인들의 키스 장소이다.

1544년 완성된 이 건물이 여러 사람들의 손을 거쳐 1576년 '빌라 메디치'가 되었는데, 그 유래는 이렇다.

코스카나 대공 코시모 1세의 5남 페르디난도 1세 데 메디치는 1563년 14살 때 추기경으로 서품받아 로마에 거주했다. 그

빌라 메디치

는 1576년 빌라 메디치를 구입하여 로마의 예술품들을 사들였다. 그러다가 1587년 토스카나 공국의 대공이 되면서 그 예술품을 피렌체로 가져왔다. 당시 추기경이라는 지위는 정치적 지위로서, 순결 서원을 하는 사제직이 아니어서 그는 1589년 결혼을 했다. 부인 크리스티나는 카트린 데 메디치의 외손녀였고, 카트린은 이 결혼이 성사되도록 영향력을 행사했다.

이곳은 1803년 이후에는 프랑스 예술 아카데미가 구입하여 숙소 겸 음악원으로 사용하고 있다. 파리에서 로마 대상(Prix de Rome, 프랑스의 젊은 예술가들이 로마에서 공부할 수 있도록 프랑스 정부가 주는 장학금)을 받은 베를리오즈와 샤를 구노, 조르주 비제, 클로드 드뷔시 등 프랑스의 유명 작곡가들이 유학을 와서 공부했다. 이 유서 깊은 메디치 궁전 문 앞에 원형 수반의 빌라 메디치 분수가 있다. 여기서는 멀리 바티칸의 청동 지붕과 산탄젤로 성이 보인다.

비운의 왕자 보니 프린스 찰리
로마에서 1개월가량 머무는 동안 모차르트는 비운의 영국 왕자 '보니 프린스 찰리'도 만났다. 여기서 영국의 역사를 잠깐 훑어보자. 영국 의회는 프랑스 대혁명에서 처형된 루이 16세보다 144년 먼저 찰스 1세를 처형했다.

찰스 1세는 1625년 3월 왕위에 올랐고, 그 직후 프랑스 왕 루이 13세의 누이 앙리에타 마리아와 결혼했다. 찰스 1세는 가톨릭 신자인 부인의 영향을 많이 받았고, 왕권신수설을 철저히 신봉했다. 1628년 찰스 1세는 의회의 권리청원에 동의했으나 의회가 계속 자신을 비난하자 1629년 이후 11년 동안 한 번도 의회를 소집하지 않고 영국을 통치했다. 따라서 왕당파와 의회파 사이의 격돌은 점점 더 심해갔고 1642년부터 영국 내전 혹은 청교도 혁명이 일어났다.

찰스 1세의 적은 둘이었다. 하나는 왕권에 도전하는 의회파였는데, 의회파 지도자는 올리버 크롬웰이었다. 다른 하나는 로마 가톨릭 우대정책에 반대하는 청교도 프로테스탄트 세력이었다. 1645년 제1차 영국 내전이 찰스 1세의 패배로 끝나자 의회파는 그가 입헌군주제를 받아들이길 기대했다. 그러나 찰스 1세는 제2차 영국 내전(1648~1649)을 일으켰고, 이번에도 패배한 찰스 1세는 사형을 언도받고 1649년 1월 30일 처형되었다. 그러나 1660년 왕정복고로 찰스 1세의 아들 찰스 2세가 영국의 왕이 되었다. 왕정 복고 후 왕을 살해했다는 명목으로 크롬웰의 묘는 파헤쳐졌으며, 그의 추종자들 중 주요 인사들도 교수형을 당했다.

1685년 찰스 2세가 사망한 후 찰스 1세의 둘째 아들 제임스 2세가 곧 왕위를 계승했다. 프로테스탄트의 기대를 받으며 즉위한 제임스 2세 역시 가톨릭 부흥정책을 펴자 영국의회는 1688년 제임스 2세를 추방하고, 제임스 2세의 큰 딸 메리 2세와 그녀의 남편 네덜란드의 군주 윌리엄 3세를 공동 통치자로 선정했다. 1688년 혁명은 유혈 사태가 없었기 때문에 명예혁명(Glorious Revolution)이라는 명칭이 붙게 되었다.

그런데 1700년 말 윌리엄 3세가 후사도 없이 병석에 누웠고, 그의 처제이자 제임스 2세의 둘째 딸 앤은 하나뿐인 아들을 잃었다. 왕위를 계승한 앤 여왕의 남계(男系)가 끊겼기 때문에 국외 망명 중이던 제임스 2세의 추종 세력들이 해외에서 세력을 확대하고 활기를 띠기 시작했다. 이에 따라 왕위계승법 제정의 필요성이 강력히 대두되었다. 영국의회는 가톨릭 신자가 국왕이 되는 것을 막기 위해 명예혁명 때 반포한 권리장전에 의해 윌리엄 3세와 메리 2세의 사망 후의 왕위계승 순위를 미리 정해놓았다.

1701년 영국의회는 윌리엄 3세와 앤이 자손이 없음에 따라 영국의 왕위를 제임스 1세의 손녀이자 하노버 선제후 비(妃) 소피아의 몸에서 태어나는 프로테스탄트 왕자에게 계승되도록 하는 왕위계승법(Act of Settlement)을 선포했다. 이 법에 따라 앤 여왕이 사망하자 1714년 독일 하노버의 왕 조지 1세가 영국 왕위를 계승하게 되었다. 조지 1세가 사망한 후 그의 아들 조지 2세가 왕위를 물려받았다. 그 다음은 조지 2세의 손자 조지 3세가 왕위를 계승했는데, 바로 그가 모차르트가 런던에서 배알했던 영국왕이었다.

이 지점에서 곁가지 이야기가 전개된다. 1688년 영국의 명예혁명으로 영국의 마지막 가톨릭교도 국왕 제임스 2세가 폐위되고 제임스 2세의 딸 메리 2세와 그녀의 남편 네덜란드 출신 윌리엄 3세가 영국을 공동 통치하자, 제임스 2세의 장남 제임스 스튜어트 왕자는 부친이 사망한 1701년부터 줄곧 자신이 잉글랜드, 스코틀랜드, 아일랜드의 왕 제임스 3세라고 주장했다. 게다가 제임스 스튜어트 왕자의 할머니 앙리에타 마리아의 큰오빠가 루이 13세였으므로 루이 13세의 아들 루이 14세는 제임스 스튜어트 왕자의 외5촌 아저씨였다. 루이 14세는 제임스 왕자를 영국의 왕으로 인정했다.

1766년 제임스 스튜어트 왕자가 사망한 후, 아들 찰스 에드워드 스튜어트 역시 아버지 뒤를 이어 영국 왕좌의 회복을 도모했다. 지지자들은 그를 찰스 3세(Charles III)로 불렀고, 반대자들은 그를 젊은 왕위 요구권자(The Young Pretender)로 불렀다. 서정시와 전설에서 '보니 프린스 찰리'(Bonnie Prince Charlie)라는 낭만적인 인간으로 그려진 찰스 에드워드 스튜어트 왕자는 스코틀랜드인들의 영웅이 되었고 스튜어트 왕가 출신으로 영국 왕위계승권을 주장한 마지막 인물이었다. 정말이지 그들은 억울했을 것이다. 1701년 영국 의회가 반포한 왕위계승법만 아니었으면 자신들이 영국왕이 되었을 텐데 말이다. 모차르트는 1770년 4월 로마에서 그 비운의 '보니 프린스 찰리'를 만났다. 그러니까 모차르트가 런던에 체류했을 때 알현한 국왕 조지 3세와 '보니 프린스 찰리'는 모두 제임스 1세의 후손이면서 정적이었다. 역사는 그런 일로 가득하다.

5월 8일, 마리노, 테라시나, 세사 아우룬카, 카푸아

벌써 더위가 느껴지는 8일 아침, 모차르트 부자는 나폴리로 가기 위해 로마를 떠나 남쪽으로 갔다. 두 사람은 백포도주로 유명한 마리노(Marino)라는 작은 도시에서 잤다. 이 도시는 1924년부터 포도주 페스티벌을 개최하고 있다. 5월 10일에는 테라시나(Terracina)에서 묵었다.

모차르트 부자가 전형적인 고대 로마 도시 세사 아우룬카(Sessa Au-runca)에 도착한 것은 5월 11일이었다. 키케로가 연설 중에 종종 중요한 도시로 언급했던 이 도시는 옛날부터 무기 생산이 활발하여 공업이 발달했고 로마 외곽을 방어하는 주요 도시이다. 세사 아우룬카 두오모는 1103년 착공된 것이다. 모차르트 부자는, 오늘날 코르소 루칠리오/피아체타(Corso Lucilio/Piazetta)에 있는 아고스티노 니포(Agostino Nifo) 학교 자리에 있었던 아우구스티누스 수도원에서 잠을 잤다.

5월 12일 모차르트 부자는 더위를 피해 오후 늦게 세사 아우룬카를 떠나 나폴리에서 북쪽으로 26킬로미터 떨어진, 오늘날은 산타 마리아 카푸아 베테레(Santa Maria Capua Vetere)로 부르는 고대 도시 카푸아에 밤늦게 도착했다. 카푸아에서는 14일까지 머물렀다.

 여행자 노트

카푸아는 지정학적으로 중요한 고대도시이다. 카푸아는 기원전 340년 로마와 라틴동맹 사이에 벌어진 전쟁에서 라틴동맹을 지지했다. 이 전쟁에서 로마가 승리하자 카푸아는 로마의 지배를 받았고, 시민들은 선거권이 제외된 제한적인 로마 시민권을 받았다. 카푸아는 자체의 행정관들과 언어를 유지했으며 기원전 312년 아피아 가도(Via Appia)가 건설되면서 로마와 연결되었다. 오늘날 이 도시는 이탈리아의 소도시이지만, 고대에는 계속 번창해 청동과 향료 생산으로 유명한 이탈리아 제2의 도시로 성장했다.

카푸아는 제2차 포에니 전쟁(기원전 218~201) 중 카르타고 편을 들었다가 기원전 211년 로마에 재점령당해 정치적 권한을 상실했고 로마가 파견한 관리의 통치를 받게 되었다. 기원전 79년에는 노예반란의 지도자 스파르타쿠스가 이곳에서 첫 봉기를 일으켰다. 스파르타쿠스가 검투사로서 싸웠던 원형경기장을 비롯해 목욕탕과 극장, 그리고 미트라 신을 모신 신전이 있다. 456년에는 반달족이 쳐들어와 이곳을 약탈했으며, 840년경에는 이슬람교도가 침입해 산타마리아 교회만 제외하고 모든 것을 파괴했다.

5월 14일, 나폴리

5월 14일 모차르트 부자는 한 줄기 소나기가 내렸으면 좋겠다는 생각을 하면서 수건으로 연신 땀을 닦으며 드디어 나폴리에 도착했다. 나폴리로 가는 길은 일찍 닥친 더위로 숨이 턱턱 막혔다. 곳곳에서 강도가 출몰했고, 게다가 지방 도시들을 통과할 때마다 여권 심사 등으로 여정이 늘어져 로마에서 나폴리까지 가는 데 닷새나 걸렸다. 도중에 모차르트는 몇 편의 교향곡과 현악4중주곡들을 작곡했고, 도중에 있는 작은 도시에서 연주도 했다. 그 덕에 레오폴트는 때아닌 수입으로 입을 다물 수 없었다. 하지만 모차르트는 잠을 좀 더 많이 자고 싶다는 생각밖에 없었다. 두 사람은 오늘날 기차역에서 가까운 비아 산 조반니 아 카르보나라(Via San Giovanni a Carbonara)에 있는 아우구스티누스파 수도원에서 묵었다.

나폴리에서 모차르트 부자는 어딜 가나 대단히 쾌활한 모습들에 커다란 공감과 만족감을 얻었다. 이곳에서는 먹을 것이 부족한 계절을 찾아볼 수 없다. 특히 나폴리 사람들은 먹는 일 자체를 즐길 뿐 아니라, 팔려고 내놓은 상품을 곱게 단장하는 일도 즐긴다. 자연이 만들어낸 다채롭고 화려한 꽃들과 과일들은 마치 인간과 모든 사물들을 최대한 화려한 색채로 장식하는 일에 인간들을 초대하는 듯이 보인다. 1786년 괴테는 〈이탈리아 여행〉에서 나폴리를 보고 이렇게 묘사했다.

> "오늘도 아름다운 경치를 보는 데 정신없이 시간을 보냈다. 어떤 말도, 어떤 그림도 이 경치의 아름다움에는 당하지 못한다. 나폴리에 오면 사람들이 들뜬다고 하더니 헛말이 아닌 것 같다."

나폴리는 기원전 10세기부터 이오니아의 그리스 사람들이 와서 살기 시작했고, 기원전 8세기에는 그리스의 가장 오래된 식민지였다. 기원전 400년경에는 3만 명이나 되는 대도시로 성장하였다. "나폴리를 보고 죽어라"라는 말과 함께 괴테의 찬사도 있지만, 모차르트가 보기에 나폴리는 지저분했고 시끄러웠으며 또 위험했다.

모차르트는 로마에서 만난 고위 사제들이 써준 추천장을 발판으로 나폴리의 명사들을 두루 만났고 곧 초청 연주회가 잇달았다. 모차르트는 나폴리에서 콘세르바토리오 알라 피에타(Conservatorio alla Pieta)에서 연주를 했는데, 청중은 모차르트가 끼고 있는 반지에 마술적 힘이 있는 것으로 생각하고 반지를 벗고 연주하라는 주문도 했다. 청중의 요구대로 반지를 빼고도 멋진 연주를 끝내자 우레 같은 박수가 터져 나왔다. 모차르트는 속으로 중얼 거렸다.

"세상의 비방이나 칭찬은 가볍기가 먼지 같아."

나폴리 아카데미아가 개최한 연주에는 나폴리의 왕과 왕비도 참석했다. 왕비 마리아 카롤리네는 마리아 테레지아 여제의 13번째 자식으로, 1767년 한 살 위의 언니 마리아 요제파가 결혼식 직전 천연두로 사망하자 언니의 약혼자였던 나폴리 왕 페르디난도 1세와 그 다음해 결혼했다. 두 사람은 18명의 자녀를 출산했고, 큰 딸 마리아 테레지아는 4촌이자 신성로마제국 최후의 황제 프란츠 2세의 두 번째 아내가 되었다.

당시 레오폴트는 페르디난도 1세와 마리아 요제파의 결혼식에 맞춰 혹시 작곡 주문이 있을까 하여 모차르트를 데리고 빈에 와있었으나 별 성과도 없이 모차르트만 가벼운 천연두에 걸리는 불운을 겪었다.

5월 18일 모차르트 부자는 나폴리 주재 영국대사 윌리엄 해밀턴을 만났다. 윌리엄 해밀턴은 영국의 고위 외교관이자 유명한 고고학자였는데,

당시는 첫째 부인 캐서린 바를로우와 살고 있었다.

해밀턴은 첫째 부인과 사별한 후 1791년 61세의 나이에 26세의 아름다운 여인 엠마 하트와 재혼했는데, 엠마는 윌리엄 해밀턴과 혼인 중에 후일 트라팔가 해전에서 나폴레옹을 격파한 영국의 영웅 호레이쇼 넬슨의 정부가 되었다. 엠마와 넬슨은 1800년 빈을 방문하여 그라벤가세에서 머물며 일명 〈넬슨 미사〉로 불리는 하이든의 〈고난의 시대 미사〉(Missa in Angustiis)를 관람했고, 엠마는 하이든의 오라토리오 〈천지창조〉에서 소프라노 역을 맡아 노래도 불렀다. 밀턴의 실낙원을 기본으로 한 〈천지창조〉의 대본을 독일어로 번역한 사람은 모차르트의 후원자 판 스비텐 남작이었다.

5월 19일 부친의 편지 말미에 모차르트는 난네를에게 편지를 썼다. 난네를이 모차르트에게 보내준 책과 악보들을 잘 받았다거나, 나폴리에서 보고 들은 것들을 이야기하고 있다. 그리고 여전히 농담도 잘 했다.

사랑하는 누나

편지 받거든 곧 답장해줘, 누나. 셈법 책을 보내줘서 고맙고, 앞으로도 내가 두통을 앓게 하고 싶으면 셈법 견본책을 종종 보내주면 돼. 농담이야. 사실은 실제로 머리가 좀 아파. 그래서 편지가 형편없는 걸 이해해줘.

미하엘 하이든의 미뉴에트 12번을 보내준 것 정말 고마워. 베이스 부분에 너무나 완벽한 가사를 붙여놓았어. 누나 정말 대단해.

(중략)

그리고 내 친구들 모두한테도 안부 전해줘. 여성 동지들, 남성 동지들, 모두에게. 누나의 건강도 잘 챙길 것, 그리고 죽지 말 것. 계속해서 내개 편지를 보내줘야 하니까. 나도 줄곧 누나에게 편지를 쓸 것이며, 우리 둘 다 계속해서 편지를 써서 더 이상 쓸 것이 없을 때까지 그렇게 하도록 하자고요.

1770년 5월 19일 나폴리에서
볼프강 모차르트

5월 30일 모차르트는 테아트로 산 카를로 극장(Teatro San Carlo)에 올려질 자신의 오페라 〈버림받은 아르미다〉(Armida Abbandonata)를 리허설하고 있는 니콜로 요멜리를 만났다. 모차르트는 또 나폴리에서 작곡가 프란체스코 데 마요를 만났고 그의 작품도 들었다.

BBC에서 방영한 〈폼페이 최후의 날〉 중 한 장면

6월 5일 모차르트는 누이에게 보낸 편지에서, 베수비오 화산이 연기를 뿜고 있는 것을 구경했지만, 그런 일을 빼면 나폴리와 로마는 지루한 도시라느니, 요멜리의 오페라는 아름답긴 하지만 지나치게 진지하고 구태의연하다는 등 느낌을 전했다. 모차르트의 예리한 관찰은 또 이어진다.

"이곳 왕은 나폴리 사람 특유의 거친 매너를 가진 사람인데, 왕비보다 좀 더 커 보이려고 오페라 하우스에서는 늘 받침대 위에 서 있어. 왕비는 아름답고 상냥해. 얼마나 상냥한가 하면, 퍼레이드 행사 중에 지극히 예의바른 태도로 무려 여섯 번이나 내게 인사를 하는 거야."

나폴레타나

스탕달은 "장화 같은 이탈리아는 남으로 갈수록 독창적인 아름다움이 있다."라고 말했다. 경치만이 아니라 민요도 마찬가지이다. 특히 나폴레타나는 "순수 나폴리어로 불리지 않으면 진짜가 아니다"라고 나폴리 사람들은 말한다. 나폴리민요, 즉 나폴레타나(Napoletana)는 주로 고향을 떠난 남부 이탈리아 사람들이 이국에서 부르는 향수의 노래이다. 나폴레타나가 처음 발생한 것은 1200년경이다.

1353년 건립된 메르겔리나 역 앞 산타 마리아 피에디그로타 교회에는 15세기에 봉헌된 예수를 안고 있는 성모 마리아의 나무조각이 있다. 나폴리에서 가장 아름다운 이탈리아 르네상스 건축물인 이 교회는 매년 9월 7일부터 며칠간 마돈나 축제 때 민요제를 개최한다.

민요제는 1744년 카를로 7세가 오스트리아 군에 승전한 것을 축하하면서 시작되었다. 1859년 이후 야간 축제로 자리를 잡았다. 이탈리아의 가곡 작곡가들은 이 콘테스트에 작품을 발표했는데, 살바토레 자코모가 황금기를 이루었다. 카푸아가 작곡한 〈오 솔레미오〉(1898)를 비롯하여, 〈돌아오라 소렌토로〉(1902), 〈마리아 마리〉(1899), 덴차가 작곡한 〈후니쿨리 후니쿨라〉(1880), 쿠르티스가 작곡한 〈산타루치아〉(1919), 카르딜로가 작곡한 〈무정한 마음〉 등이 이 민요제가 낳은 대표적인 곡이다.

토스티도 나폴레타나에서 빠뜨릴 수 없다. 중부 이탈리아 태생인 토스티는 나폴리의 음악원에서 메르카단테에게 배웠고, 〈이상〉, 〈꿈〉, 〈안녕〉 등으로 널리 알려졌다.

페르골레시와 스타바트 마테르

'남국의 모차르트'로 불리며 천재 음악가의 계보를 잇는 페르골레시는 불과 26세로 생을 마감했다. 1733년 상연된 〈마님이 된 하녀〉(La Serva Padrona)는 페르골레시의 대표작이다. 까다롭고 돈 많은 노인을 섬기는 꾀가 많은 하녀가 계략을 꾸며 결국은 마님의 자리에 오르게 된다는 2막짜리 희극은 원래는 정가극 중 한 장면이었으나 이 부분만이 압도적인 인기를 끌자 독립시켜 계속 상연되었으며, 그 후 오페라 작곡가들에게 지대한 영향을 끼쳤다. 나폴리파의 오페라 작곡가 페르골레시에 의한 희가극의 개척이 없었다면 모차르트의 〈코시 판 투테〉나 〈피가로의 결혼〉도 없었을 것이라고 한다.

산타키아라 교회는 나폴리에서 가장 큰 성당인데, 1313년에서 1340년 사이 나폴리의 왕 앙주 가의 로베르 1세(Robert of Anjou)가 왕비를 위해 세웠다. 이 성당에는 페르골레시의 슬픈 사랑이 숨겨져 있다. 페르골레시는 귀족의 딸 마리아 스피넬리와 깊은 사랑에 빠졌다. 당시는 신분이 낮은 음악가가 귀족과 결혼한다는 것은 상상할 수도 없는 일이었다. 게다가 어릴 때부터 소아마비로 다리가 불편했고 늘 병약했던 페르골레시는 외모도 볼품이 없었다. 따라서 마리아의 오빠들은 마리아에게 칼을 주면서 명령했다.

"사흘 이내에 신분에 맞는 귀족 출신 남편감을 찾든지, 아니면 페르골레시를 죽여라."

사흘 후 마리아는 오빠들에게 "나는 귀한 신랑을 찾았다"라고 말하고

'슬픔의 성모', '고통의 성모', '성모애가'로 번역되는 〈스타바트 마테르〉는 이탈리아 시인 야코포 네 디 토디가 쓴 시에 프란치스코 수도회 수사가 곡을 붙인 것이 최초였다.

라틴어로 Stabat mater dolorosa, juxta Crucem lacrimosa(예수님 달리신 십자가 곁에 성모님 이 비통하게 우시며 서 계시네)로 시작되는 곡이어서 이런 제목이 붙었다.

사순절 기간에 자주 연주되는 〈스타바트 마테르〉는 〈미제레레〉와 마찬가지로, 그 후 비발디, 페르골 레시, 로시니, 구노 등 수많은 작곡가들이 곡을 붙였다. 이탈리아에서는 도메니코 스카를라티의 〈스 타바트 마테르〉가 사순절 및 성모의 고통을 묵상하는 축일인 9월 15일에 자주 연주되었다.

하지만 나폴리의 산타마리아 성당은 스카를라티의 작품을 오랫동안 반복하는 것에 식상해, 당시 유 럽 전역에서 명성을 떨치기 시작한 신진 작곡가 페르골레시에게 새로운 〈스타바트 마테르〉를 의뢰 했다. 그 무렵 폐결핵이 악화된 페르골레시는 의사의 권유로 프란치스코 수도원에 몸을 의탁했다. 인생의 종말이 다가왔다는 것을 감지한 페르골레시는 전 재산을 가난한 사람들에게 넘겨준 후 천국 으로 가기를 염원하며 〈스타바트 마테르〉 작곡에 혼신의 힘을 기울였다고 한다. 요절한 천재 작곡가 페르골레시를 기리고 싶었던 사람들은 페르골레시가 죽기 며칠 전 천재의 영감에 사로잡혀 단숨에 이 작품을 썼다고 주장하지만 페르골레시는 이 작품을 2년 간 꼼꼼히 다듬은 것으로 보인다.

즉시 산타키아라 성당 수녀원으로 들어가 버렸고 마리아는 곧 죽었다.

페르골레시는 슬픔에 잠겼고 이후 종교 음악에 전념하여 〈진혼미사 곡〉을 작곡하여 마리아를 추모했다. 페르골레시는 〈스타바트 마테르〉 (Stabat Mater)를 마지막으로 작곡한 후, 마리아가 죽은 지 1년 후에 죽었 다. 당시 그의 나이는 젊디 젊은 26세였다.

치마로사

모차르트가 나중에 빈에 정착했을 때 빈에는 살리에리, 치마로사, 파이 지엘로, 요멜리, 마르틴 이 솔러 등 이탈리아 출신 작곡가들의 오페라가 많이 공연되고 있었는데 단연 치마로사가 돋보였다. 18세기 후반 '이탈리아의 모차르트'라고 불리었던 치마로사는 나폴리 근교에서 태어나 나폴리의 산타마리아 음악학원에서 니콜로 피치니에게 작곡을 배웠으며 24세에 〈백작의 기행〉(Le Stravaganze del Conte)으로 데뷔하여 80여개의 오페라를 작곡했다. 1787년 예카테리나 2세의 초청으로 조반니 파이지엘로의 후임 궁정음악가로서 상트페테르부르크에서 활동했고, 토스카나 대공 레오폴트가 오스트리아 황제가 된 후인 1790년경에는 황제의 초청으로 빈에서 활동했다. 1792년 〈비밀결혼〉(Il matrimonio segreto)이 빈에서 초연될 당시 앙코르 공연은 기네스북에 가장 장기간의 앙코르 공연으로 기록되어 있다. 레오폴트 2세 황제는 이 작품을 좋아하여 치마로사에게 1792년 2월 1,350굴덴을 하사했다.

급진적 정치사상을 가지고 있던 치마로사는 1793년 나폴리로 돌아가 반정부 활동을 하던 중 나폴리에 부르봉 왕조가 부활할 때 나폴레옹 산하의 프랑스 공화군이 나폴리로 진격해온 것을 환영하여 찬가를 작곡했다. 1799년 나폴레옹 공화국 설립 운동에 참가한 혐의로 체포되어 사형선고를 받았다. 그러나 러시아의 예카테리나 2세의 탄원으로 석방되어 상트페테르부르크로 가던 중 1801년 베네치아에서 급사했다.

산 카를로 가극장

1737년 당시 나폴리를 지배하던 프랑스 부르봉 왕조의 샤를 3세의 명령에 의해 건축된 산 카를로 가극장은 밀라노의 스칼라, 로마의 오페라 극장과 함께 이탈리아의 3대 오페라하우스이다. 수용 인원은 3천 500명이고, 객석은 7층으로 말발굽 모양이다. 로시니와 벨리니가 작품을 발표했고, 도니체티의 〈람메르무어의 루치아〉, 베르디의 초기작품 〈알치라〉를 이 극장에서 초연했다.

이 극장은 유럽의 많은 오페라
하우스가 공통적으로 겪은 것처
럼, 제2차 세계대전 중인 1946년
크게 파괴되었고, 그 후 보수되
었다. 원래 왕궁의 일부였던 이
가극장의 입구에는 나폴리에서
태어나 나폴리에서 죽은 불세출
의 명테너 카루소의 흉상이 있다.

가난한 가정에서 20명의 아이
중 18번째로 태어난 카루소는 9
세에 성가대원으로 활동했으나
정식 음악교육은 18세에 시작되
었다. 카루소는 1900년 라 스칼
라에서 〈라 보엠〉으로 데뷔했고,
1903년 11월 23일 뉴욕 메트로
폴리탄 오페라 극장의 개관 첫날
〈리골레토〉로 미국으로 진출하
여 17년간 모두 36개의 배역을
노래했다. 1920년 고별공연은
프랑스 작곡가 프로멘탈 알레비

위 | 산 카를로 가극장
아래 | 리골레토 역을 맡은 카루소

의 〈유대 여인〉(La Juive)이었는데, 이것은 메트로폴리탄 무대에 607번째
출연이었다.

카루소는 당대 최고의 보수를 받는 최고의 인기 가수이자 레코드를 통

해 클래식을 보급한 최초의 가수이기도 하다. 강하면서도 서정적인 소리를 가진 카루소의 목소리는 저음은 성량이 풍부하고 안정되었으며, 중음에서는 온화하고 생동감이 넘쳤고, 고음은 목에 전혀 무리 없이 자연스럽게 발성했다.

괴테와 나폴리

1787년 2월 괴테는 나폴리를 방문하고는 이렇게 적었다.

> "나폴리는 천국이다. 모든 사람들이 어느 정도 도취된 듯한 자기 망각 속에 살고 있다. 이곳에 온지 며칠 된 나도 마찬가지다."

그리고 5월에는 이런 글을 남긴다.

> "아침 일찍부터 이곳 사람들을 관찰했다. 여기저기 가만히 서 있거나 드러누워 휴식을 취하고 있는 사람들은 한눈에 봐도 직업을 알아낼 수 있다. 짐꾼들은 대기소를 차려 놓고서 손님들이 찾아들길 기다리고 있고, 마부들은 조수나 꼬마들과 함께 광장에 세워둔 말 한 필의 마차 옆에 서서 말을 돌보며 누구든 찾아오는 이에게 서비스를 해주고 있었다. 부둣가에 앉아 파이프를 피워 물고 있는 사공들, 내리쬐는 햇볕에 나와 드러누워 있는 어부들.
>
> 허름한 옷을 걸친 사람들, 누더기를 걸친 사람과도 자주 마주치는 것이 사실이지만, 그렇다고 그들이 다 건달이거나 좀도둑은 아니다. 역설적으로 들리겠지만 나폴리에서는 사업이라는 것을 대부분 하층계급 사람들이 하고 있다. 물론 사업이라고 해도 북유럽에서처럼 날이면 날마다 사

시사철 또는 한시도 쉬지 않고 쉴 새 없이 돌아가는 공장들과는 비교도 되지 않지만. 그들이 일하는 이유가 단순히 생존을 위해서가 아니라 향락을 위해서라는 것, 그리고 일을 할 때조차도 노동 그 자체에서 삶의 기쁨을 찾으려 했다는 사실 또한 감지하게 될 것이다. 이것이 바로 북부 지방에 비해 이곳의 수공업자들이 훨씬 뒤떨어지고, 이곳에 공장이 서지 못한 이유이다.

나폴리에 변호사와 의사를 제외하고는 그 많은 인구에 비해 지식인 수가 많지 않은 이유, 그런 지식인들이 모두 개인주의적인 노력만 하려드는 이유, 나폴리파의 그 어떤 화가도 한때나마 철저했거나 위대하지 못한 이유, 성직자들은 무위 속에서 최상의 편안함을 누릴 수 있고 위인들까지도 주로 감각적인 쾌락과 화려함과 오락만 추구하며 돈을 탕진하려 드는 이유, 이 모든 것의 원인을 자명하게 밝혀준다."

아마 나폴리에 대한 괴테의 관찰은 오늘날에도 그대로 적용될 것으로 생각한다. 그런 것을 우리는 통찰력이라고 한다.

6월 13일, 폼페이

6월 10일 아우구스티누스파 수도원은 모차르트 부자를 위해 큰 잔치를 베풀어주었다. 모차르트는 이곳까지 와서 연주하고 또 선배 작곡가들만 만난 것은 아니다. 6월 13일 모차르트는 폼페이의 폐허를 구경했다. 베스비우스 화산이 뒷배경을 형성하며 연기를 내뿜고 있는 경치는 장관이었다. 유적 관리인이 모차르트에게 말했다.

베스비우스 화산 폭발과 폼페이

"유적을 구경하기에는 아직 어린 것 같은데?"

호기심 많은 모차르트는 짧게 대답했다.

"괜찮아요."

1770년 6월 16일 레오폴트는 아내에게 띄우는 편지에 카포디멘테의 궁전을 들렀던 사실을 적어 보냈다. 모차르트는 부친의 편지 말미에 난네를에게 이렇게 썼다.

> 누나, 굉장해 베스비우스 화산은 지금도 연기를 많이 뿜어내고 있어, 마치 지옥 같아. 멈추질 않아.

모차르트 부자는 6월 25일까지 나폴리에 머물면서 바로크 스타일의 수도원 체르토사 디 산 마르티노(Certosa di San Martino)를 비롯하여 나폴리 주변의 경관이 좋은 곳은 물론이고, 서기 79년 8월 24일 폭발한 베스비우스(Vesuvius) 화산과 폼페이(Pompeii), 포르티치(Portici), 허큐라니움(Herculaneum), 카세르타(Casetra), 카포디멘테(Capodimonte) 등 화산 폭발로 피해를 입은 지역을 두루 다녔다.

레오폴트는 그 무렵 얼굴에 미소를 짓고 있었다. 나폴리가 즐거워서만은 아니었다. 다음해 밀라노의 카니발을 위해 모차르트가 작곡해야 할 〈폰토의 왕 미트리다테〉의 원작 소설을 받았기 때문이었다. 모차르트는 롬바르디아 총독 피르미안 백작이 보내준 소설을 뒤적여 보았다. 내용은 고향에 있는 아들들이 자신을 얼마나 사랑하는가를 시험해 보려고 전쟁터에서 전사한 척하는 폰토의 왕 미트리다테에 관한 이야기로서, 그렇게 흥미를 끌 만한 내용은 아니었지만, 그 전에 손댔던 오페라보다는 지루하지 않은 데다 작품가격이 확연히 달랐다.

레오폴트는 명예와 돈을 한꺼번에 획득하는 위대한 예술가의 세계로 들어가려면 모차르트가 이 오페라 작곡에 꼭 성공해야만 한다는 생각에, 그날 밤 잠을 제대로 자지 못했다.

6월 26일, 로마(두 번째)

6월 25일 나폴리는 아침부터 찌는 듯이 더웠다. 아침 식사를 마치자마자 모차르트 부자는 다시 로마로 가는 길을 떠났다. 되돌아가는 길은 온 길과는 달리 빠른 길로 갔다. 6월 26일 밤 로마에 당도했다.

모차르트 부자가 로마에 도착한 같은 날 6월 26일, 클레멘스 14세는

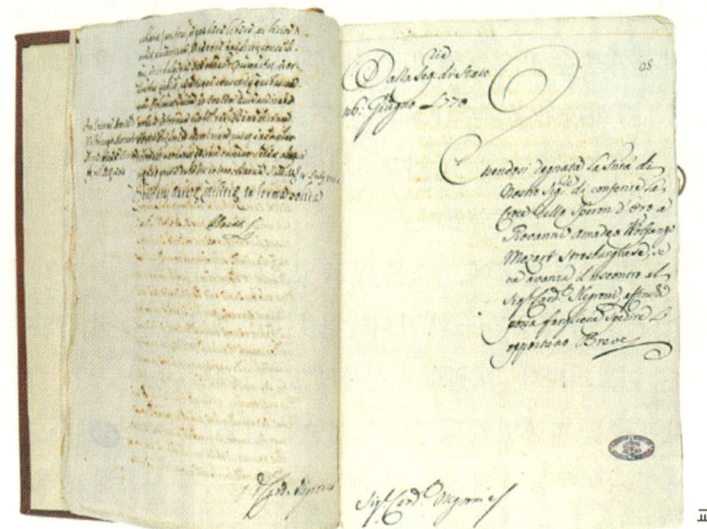

모차르트에게 황금박차 기사작위(Ritter vom Goldenen Sporn)를 수여한다
는 뜻을 교황청 문서담당 비서 안드레아 네그로니 추기경에게 전했고,
네그로니 추기경은 교황청 비망록에 기록하고 서명했다.

로마로 되돌아 온 모차르트는 아우구스티누스 수도원에 여장을 풀고
는 그곳의 도서관에서 자료도 찾고, 산 로렌초 인 다마소 성당(San Lorenzo
in Damaso), 필립포와 자코모 성당(Apostels Filippo e Giacomo), 그리고 산
아고스티노 성당(S. Agostino)에서 미사곡을 지휘했다. 그리고 더위를 피
해 바르베리니 광장에 있는 트레토네의 분수로 가서 몸을 식혔다. 해신
트리톤이 하늘을 향해 불고 있는 소라껍질 나팔에서 물이 뿜어져 나오고
있다. 1640년 유명한 조각가 베르니니에 의해 만들어진 이 분수의 해신
대좌(臺座)는 커다란 물고기 모양이고 그 아래는 둥근 연못으로 물이 가

모차르트는 로마에서 K.73k, 731, 73m, 73n, 73o, 73p, 81, 82, 83, 84, 85, 89a, 94, 115, 122, 123, 그리고 K.95 혹은 K.98 등을 작곡했다. 그러나 K.115는 모차르트의 작품인지 논란이 있다.

득차 있다. 바르베리니 가의 바르베리니 궁전에는 지금은 사라진 3천 명을 수용할 수 있는 극장이 있었는데, 모차르트는 이 궁전에서 연주를 했다.

황금박차 훈장

7월 5일 모차르트 부자는 교황청 국무장관 팔라비치니 추기경의 점심 초대를 받았다. 더운 날이었지만 두 사람은 격식을 갖춰 정장을 입고 갔다. 그 자리에서 추기경은 이렇게 말했다.

"교황 성하께서 6월 26일 모차르트의 음악적 능력을 크게 칭찬하고 모차르트에게 황금박차 기사작위를 수여하셨소. 황금박차 훈장을 내가 대신 전달하는 바이요."

레오폴트는 자신의 귀를 의심하지 않을 수 없었다.

"추기경 각하, 무슨 말씀이신지?"

"교황 성하께서 엄청난 배려를 하셨소. 교회는 앞으로 당신 아들로부터 훌륭한 종교음악을 많이 기대하고 있소."

모차르트 이전에 황금박차 기사작위를 받은 음악가로는 그레고리안 성가를 집대성한 그레고리 7세 교황으로부터 작위를 받은 벨기에 작곡가 오를란도 디 타소와 글루크가 있었다. 레오폴트는 고향의 안나 마리아에게 이렇게 편지를 썼다.

> 사람들이 볼프강을 보고 '기사 각하'(von Ritter)라고 부르는 것
> 을 듣고 내가 얼마나 흐뭇했는지 상상이나 가는지요, 여보!

1770년 7월 8일 클레멘스 14세는 산타 마리아 마조레 궁전에서 모차르트 부자를 친히 접견했다. 바티칸에서 거행된 공식적인 의식이 끝난 뒤, 리셉션장에서 붉은색의 고위 사제복을 입은 한 사람이 모차르트에게 다가왔다. 그는 다소 비웃는 말투로 모차르트에게 축하 인사를 했다.

"모차르트 군, 오늘 일이 믿어지지 않지요? 지금은 진짜 귀족이라도 된 것 같지요? 하지만 하느님 앞에서, 그리고 당신 자신을 위해 앞으로 겸손할 필요가 있으실 거예요."

축하 인사 치고는 뒷맛이 쓴 말을 하는 사제가 돌아가자 모차르트는 레오폴트에게 낮은 목소리로 물었다.

"아빠, 저 사람이 누구죠?"

레오폴트는 입술을 삐죽이 내밀고 어깨를 으쓱하며 말했다.

"구르크(Gurk)의 영주 겸 주교 히에로니무스 폰 콜로레도 백작이란다."

7월 10일, 치비타 카스텔라나, 테르니, 스폴레토, 폴리뇨

교황을 알현하는 영광을 누린 모차르트 부자는 7월 10일 오후 로마를 떠

나 로마 북쪽 치비타 카스텔라나(Civita Castellana)에서 하루를 묵었다. 다음 날 새벽 5시에 출발하여 7월 11일 테르니(Terni)에 도착했다. 테르니는 이탈리아 중심에 위치하고 있어 남부와 북부로 가는 교차로인데, 오늘날에는 로마에서 안코나로 가는 기차가 지나간다.

7월 12일 두 사람은 스폴레토(Spoleto)에서 하루를 묵었다. 스폴레토의 두오모는 1175년 건립하여 1227년 완성된 중세시대 대표적인 로마네스크식 건물이다. 이곳에는 1469년 사망한 필리포 리피의 무덤이 있는데, 이 무덤은 그의 아들 필리피노 리피가 설계한 것이다.

7월 13일 모차르트 부자는 폴리뇨(Foligno)에서 하루 체류했다. 15세기 폴리뇨에는 유명한 미술학교가 있었다. 또 폴리뇨에는 라파엘로가 이 지방의 귀족 지기스문도 디 코미티부스의 주문으로 그린 〈폴리뇨의 마돈나〉(Madonna of Foligno)가 있

었다. 지금 이 그림은 바티칸 박물관에 있다.

1786년 10월 괴테는 로마로 내려가는 길에 폴리뇨에서 하루를 체류했는데, 당시 폴리뇨의 풍경을 "폴리뇨로 가는 길은 지금까지 걸어온 길 중 가장 아름답고 매혹적인 산책길이었다."고 묘사했다.

폴리뇨에서 북으로 바로 가면 이탈리아에서 인기 있는 또 하나의 성지 아시시가 있지만 두 사람

폴리뇨의 〈마돈나〉

은 로레토가 있는 동북부 쪽으로 방향을 잡았다. 폴리뇨에서 로레토까지는 지금도 도시라고 할만한 것이 없는 산골길이다.

7월 16일, 로레토

모차르트 부자가, 성가족과 관련된 유적이 있는, 로레토(Loreto)에 도착한 것은 7월 16일 한여름이었다. 레오폴트는 잘츠부르크의 로레토 성모마리아 성당에 자주 찾아갔고, 또 처음부터 여행 스케줄을 그렇게 짜두었다. 우선 두 사람은 언덕 위에 있는 로레토 성당으로 가서 감사미사를 올렸다. 도중에 마차 사고로 다리를 크게 다쳤기 때문에 아픈 다리를 치유해달라고 성모님께 기도했다. 두 사람은 성당 바깥으로 나와 바다에서 불어오는 시원한 바람을 느꼈다. 멀리 보이는 바다 풍경은 눈이 아플 정도로 파랬다.

모차르트는 로레토에서 종(鐘), 면사포, 왁스 인물상, 여자들이 쓰는 테 없는 모자 등을 구입해 고향의 어머니와 누이 난네를에게 보냈다. 그리고 성모님께 어머니 안나 마리아를 돌보아 달라고 기도했다.

로레토에서의 경험을 바탕으로 모차르트는 잘츠부르크로 돌아온 후 1771년 5월 성모 마리아를 위한 호칭기도(Litaniae Lauretanae, K. 109)를 작곡했고, 1774년 두 번째 곡(K. 195)을 작곡했다. 모차르트는 1779년에는 성모 대관식 미사(K. 317)를 작곡했다.

산타 카사 디 로레토와 대성당
전설에 따르면, 1291년 십자군 전쟁이 한창일 때 천사들이 요셉과 마리아와 어린 예수가 살던 이스라엘의 나자렛 마을 집을 오늘날 크로아티아(Croatia) 지역 일리리아(Illiria)로 옮겼고, 크로아티아가 터키 군대의 침입을 받자 천사들이 다시 나타나 이 집을 이탈리아 리카나티(Recanati)로, 그리고 1294년 12월 10일 오늘날의 자리 산타 카사 디 로레토(Santa Casa di Loreto)로 옮겼다고 한다.

산타 카사 디 로레토는 중세 이후 질병 치유 등 많은 기적을 일으켜 가톨릭 신자들이 매년 4백만 명이 순례를 온다. 1469년 산타 카사 디 로레토 위에 대규모 성당을 구축했고 1510년 교황청은 정식으로 이 성당을 순례교회로 선포했다.

마리아의 집은 바위 동굴을 파서 만든 부분과 그 바깥을 둘러싸고 있는 부분으로 되어 있는데, 바위굴 집은 성모영보성당에 보존되어 있고, 나무와 벽돌로 된 로레토의 집 바깥 부분으로 대성당 내부에 있다. 산타 카

로레토 대성당

산타 카사 디 로레토

사 위에 지은 대성당은 1469년 이름이 알려지지 않은 사람이 설계한 후기 고딕 건축양식이다. 로마식 성당의 중앙제대 뒤쪽 부분인 반 타원형 부분과 그 위의 둥근 천장은 줄리아노 다 마이아노가 설계한 것이다. 그 후로도 줄리아노 다 상갈로, 바티칸 성당을 개축한 브라만테 등 르네상스 시대의 기라성 같은 조각가와 건축가가 대성당의 나머지 부분을 완성했다. 성당 내부 성구보관실에는 멜로초 다 포를리와 루카 시뇨렐리의 벽화가 있다.

전설 혹은 과학

건축학자들의 조사에 따르면 산타 카사 디 로레토 건물의 재료는 로레토 주변에는 없는 나자렛 지방의 고유한 것이고, 건축 방식도 일반 건축에 필요한 기초 토대가 없다. 벽돌들 사이에서 십자군이 사용하던 붉은 천, 타조알 부스러기가 채집되었으며, 성가(聖家)의 벽돌과 나무는 로레토가 속해있는 마르케 지방의 것들이 아니며 또한 건축술도 이 지방의 솜씨가 아니라고 한다.

석재는 나바테이(Navatei, 고대 다마스코 지방의 유대인) 족이 사용하던 것으로, 예수 당시 갈릴레이 지방의 것들이고, 벽돌에 새겨진 글들이 나자렛에서 발견된 것들이다. 1536년 벽돌을 보강하는 공사를 했다.

필자는 2009년 1월 1일 로레토를 찾았다. 붉은 벽돌로 된 산타 카사 디 로레토 위에 흰 대리석으로 지은 로레토 대성당은 언덕 높은 곳에 있고, 동쪽으로 멀리 바다가 보였다. 마치 성모 마리아가 예루살렘을 잘 볼 수 있도록 하기 위해 그렇게 지은 것 같다는 느낌이 들었다.

1910년 이 교회는 천사들이 나자렛에서 이곳으로 집을 이동했다는 의미를 담아 비행기 조종사들의 수호성당으로 삼았다. 성모 마리아의 탄생일인 9월 8일 매년 수많은 비행기 조종사들이 모여 기념행사를 하고 있다. 12월 10일은 로레토의 성모 마리아 기념일이다.

고고학적 연구 결과로는 그리스 북부지역 에피로(Epiro)를 다스리던 니체포로 안젤리(Niceforo Angeli)가 주도하여 성가(聖家) 벽돌을 로레토까지 배로 실어 왔을 것으로 추정하고 있다. 니체포로 안젤리는 딸 이타 마르를, 나폴리의 왕 단지오 카를로 2세의 넷째 아들로서 타란토(Taranto) 지역을 다스리던, 필립포에게 시집보내면서 "동정이신 성모 마리아, 하느님의 모친 집에서 가지고 온 성스러운 돌들"을 혼수(婚需)로 보냈다. 따라서 산타 카사 디 로레토는 혼수품으로 보낸 그 돌들을 기초로 재건한 것이 아닌가 추측한다.

로레토 성모 호칭기도

인간을 구원하시는 성모님을 칭송하는 노래는 그리스 정교회의 비공인 찬송가(Greek Akathist Hymn)에서 유래하여 800년경 라틴어로 번역되었다. 그 후 기도문에는 성모에 대한 호칭이 수정되고 또 추가되었다. 예컨대 자비의 성처녀(Virgo Clemens), 구원의 문(Ianua caeli), 사도들의 여왕(Regina Apostolorum), 원죄없는 잉태(Regina sine labe originali concepta), 거룩한 장미의 여왕(Regina Sanctissimi Rosarii), 그리고 요한 바오로 2세는 교회의 어머니(Mater Ecclesiae)라는 칭호를 추가했다.

성모찬송가는 1150년에서 1200년 사이 다른 기도문들과 마찬가지로 프랑스에서 노래로 작곡되었다. 로레토 성모님을 이름하여 만든 기도문은 1558년 작성되어, 안코나에서 가까운 그로탐마레(Grottammmare) 출신 교황 식스투스 5세에 의해 1587년 공식적으로 채택되었다. 로레토 성모기도는 신성로마제국 황제이자 마리아 테레지아 여제의 5대조 할아버지로서 신앙심 깊었던 페르디난드 2세가 널리 전파시켰다고 한다.

성모송은 주로 5월에 바쳐지는데 계송과 응송으로 화답한다. 처음 몇 구절을 하느님과 삼위일체에게 기도를 드리고, 이후에는 성모에게 여러 호칭을 부르며 하느님에게 우리를 대신하여 말해달라고 기도한다.

Kyrie, eleison,(주여, 우리를 불쌍히 여기소서)

Christe, eleison. (그리스도여 우리를 불쌍히 여기소서)

Kyrie, eleison, Christe, exaudinos,(주여, 우리를 불쌍히 여기소서, 그리스도여 우리의 기도를 들어소서)

Christe, exaudinos.(그리스도여 우리의 기도를 들어소서)

Pater de caelis, Deus,(하늘의 아버지, 하느님이시여)

miserere nobis(저희에게 자비를 베푸소서)

Fili, Redemptor mundi, Deus,(세상을 구원하는 성자여, 하느님이시여)

miserere nobis.(저희에게 자비를 베푸소서)

Spiritus Sante, Deus,(성령이시여, 하느님이시여)

miserere nobis.(저희에게 자비를 베푸소서)

Santa Trinitas, unus Deus,(성 삼위일체여, 우리의 하느님이시여)

miserere nobis.(저희에게 자비를 베푸소서)

Santa Maria,(성모님이시여)

ora pro nobis.(우리를 위하여 빌어주소서)

Santa Dei Genetrix,(하느님의 성모님이시여)

ora pro nobis.(우리를 위하여 빌어주소서)

Mater Christi,(그리스도의 어머님이시여)

ora pro nobis.(우리를 위하여 빌어주소서)

호칭 기도문이 이어지고 기도의 마지막에 계송자가 Oremus(우리 모두 기도합시다)라고 하면 응송자는 Amen(그대로 이루어지소서)으로 종결한다. 강림절, 크리스마스, 부활절에는 기도문이 약간 달라진다.

7월 17일, 안코나

모차르트 부자는 로레토 성당에서 내려와 동해안을 따라 북쪽 안코나(Ancona)로 갔다. 7월 17일 두 사람은 시원한 바다를 보며 더운 여름 하루를 안코나에서 보냈다. 밀려오는 파도를 바라보며 레오폴트는 시에나에서 들려주던 비오 2세의 터키 십자군 전쟁 이야기의 남은 부분을 모차르트에게 들려주었다.

1463년 가을, 베네치아에서 온 전령이 비오 2세 교황에게 레스보스 섬이 함락되었다고 보고했다. 꼭 10년 전인 1453년 함락된 콘스탄티노플을 비오 2세는 결코 잊지 않고 있었다. 절치부심하던 비오 2세는 1464년

6월 성 베드로 대성당에서, 다시 한번 십자군 모집을 유럽 각국에 호소하는 의식을 거행하고는 전 유럽의 십자군 집결 예정지인 안코나를 향해 출발했다. 하지만 그가 도착했을 때 안코나 앞 바다에 지원군은 아무도 없었다. 크게 실망한 그는 곧 열병에 걸렸고, 두 달 뒤 동방을 바라보며 안코나에서 선종했다.

프랑코 코넬리

안코나는 테너 프랑코 코렐리의 고향이다. 코렐리 이전의 테너들은 오페라에서 연기를 생각하지 않았다. 각각의 역할이 요구하는 소리만 내면 되었기 때문이다. 카루소를 비롯하여 대체로 테너들은 얼굴과 가슴이 컸고 작은 키에 배도 불룩 나왔다. 요컨대 비디오적이지 않았다. 그러나 코렐리는 좋은 목소리에다 큰 키와 영화배우같이 잘 생긴 외모로 오페라 무

프랑코 코넬리

대에서 진가를 발휘했다. 게다가 코렐리는 열심히 노력하는 테너였다.

"나는 자면서도 노래를 부르고 꿈속에서도 음표를 본다. 나는 항상 나 자신을 좀 더 향상시키려고 노력하고 있기 때문에 결코 휴식이란 없다. 만일 내가 완전히 자유로운 석 달 간의 휴가를 가진다면, 나는 그 기간을 내 목소리의 테크닉을 향상시키는 데 사용할 것이다."

7월 18일, 세니갈리아, 페사로, 리미니

다음날, 해가 지자마자 풀벌레들이 울기 시작하면서 어제 저녁에 본 장면이 다시 펼쳐졌다. 모차르트 부자는 더위가 한풀 꺾이자 해안을 따라 북쪽으로 갔다. 조그만 도시 세니갈리아(Senigallia)를 거쳐 페사로(Pesaro)에서 저녁을 먹었다. 페사로는 에스터하지 가(Esterhazy family)에서 바이올린 연주자로 봉직했던 루이지 토마시니의 고향인데, 모차르트는 1763년 첫 번째 뮌헨 여행시 그를 만난 적이 있다.

또한 페사로는 모차르트가 죽은 다음해인 1792년 2월 29일 태어난 로시니의 고향이기도 하다. 1980년 여름부터 매년 로시니 오페라 축제가

 여행자 노트

칼라스와 테발디의 경쟁은 가히 음악사에서 기록될 만큼 치열했다. 세 살 때 소아마비를 앓아 매일 자세 교정 훈련을 받아야 했던 테발디는 천성적으로 내성적이었다. 마을 성가대에서 노래하며 타고난 목소리란 칭송을 듣고서야 파르마 음악원에 진학했고, 1946년 아르투로 토스카니니에게 발탁되어 밀라노 라 스칼라 극장 시즌 개막 공연에 로시니의 오페라 〈이집트의 모세〉에서 기도하는 사람과 베르디의 테 데움의 소프라노 부분을 부르면서 콘서트 무대에 데뷔했다. 토스카니니는 테발디를 보체 단젤로(voce d' angelo, 천사의 소리)라고 격찬했다.

1950년 칼라스가 라 스칼라 무대에 서게 된 것은 테발디의 대역으로서였다. 그것에 대해, 당시 무섭게 성장하고 있던 칼라스에게 일격을 가하기 위해 테발디가 사전에 준비해 놓고 칼라스로 하여금 자신의 대역을 맡도록 했다는 말이 떠돌았다. 말하기 좋아하는 사람들의 입방아일 수도 있지만 어쨌거나 악마적 카리스마를 지닌 칼라스와 아름다운 천사 이미지를 가진 두 사람의 경쟁은 오페라 발전에 공이 컸다. 두 사람의 마지막은 크게 달랐다. 칼라스는 온갖 스캔들을 뒤로 하고 54세에 파리에서 의문의 죽음을 맞았고, 테발디는 51세인 1973년 공식적으로 은퇴하고 대중 앞에 모습을 드러내지 않고 은둔 생활을 하다가 82세로 생을 마감했다.

개최된다. 그리고 마리아 칼라스와 쌍벽을 이뤘던 명 소프라노 레나타 테발디가 태어난 곳이다. 1950~60년대 주세페 디 스테파노, 카를로 베르곤찌 등과 명성을 날린 명 테너 마리오 델 모나코는 피렌체에서 태어났지만 페사로 음악원에서 배웠고 또 페사로에 잠들었다.

모차르트 부자는 이탈리아 동해안의 유명한 휴양도시 리미니(Rimini)에 밤늦게 도착하여 하루를 묵었다. 아마 모차르트는 바닷물에 뛰어 들어가 몸을 식혔을 것이다. 리미니는 이탈리아의 대표적인 관광휴양도시로, 고대와 중세 시대의 역사적인 유물과 주변의 아름다운 해변 등 볼거리가 많다. 또한 이탈리아 동해안의 중요한 항구도시로서 철도, 도로, 해상 교통의 중심지이며, 산마리노 공화국과 외부를 연결하는 문호 역할을 하고 있다.

말라테스타 가문

리미니는 말라테스타 가문(Malatesta family)이 지배했던 도시이다. 말라테스타 다 베루키오는 1295년 신성로마제국 황제를 지지하는 기벨린의 지도자들을 쫓아내고 리미니 영주가 되었다. 그의 장남 잔치오토가 자기 동생 파올로와 라벤나 영주의 딸인 아내 프란체스카 다 폴렌타를 간통 혐의로 죽인 일화는 단테의 〈신곡〉에도 등장하는 유명한 사건이다.

후손 중 르네상스 군주의 본보기로 자주 거론되는, '리미니의 늑대'라는 별칭을 가진 시지스몬도 판돌포 말라테스타는 용병 대장 출신으로 예술가들의 후원자로 유명했다. 1500년 체사레 보르자가 리미니를 점령하여 말라테스타 가문의 지배는 막을 내렸다.

강가넬리 교황

리미니는 모차르트에게 황금박차훈장을 수여한 클레멘스 14세의 출생지이다. 클레멘스 14세는 그것 말고도 모차르트와 관련한 문헌에 한 번 더 언급된다.

> 1791년 12월 5일 모차르트가 사망하고 난 후 그 원인에 대해 오랫동안 논의가 분분했다. 당시 모차르트의 큰 아들 카를 토마스는 겨우 7살이었지만 다음과 같은 비망록을 남겼다.
> "돌아가시기 며칠 전 아버지의 온 몸이 너무 부어올라 조금도 움직일 수 없었으며 게다가 체내가 분해된 것을 반영하는 고약한 냄새가 났다. 그 냄새는 사망 후에 더욱 심해져 검시마저 불가능했다. 다른 특징적인 상황은 시신이 뻣뻣하고 차가워지지 않고 강가넬리 교황이나 독초로 중독되어 죽은 사람들의 경우처럼 부드럽고 탄력이 있었다."

여기서 말하는 강가넬리 교황은 클레멘스 14세를 가리키는데, 그가 사망한 후 독살당했다는 소문이 있었다. 강가넬리는 1705년 10월 31일 리미니 근처에서 태어났다. 외과 의사였던 부친과 귀족 가문의 모친 사이에 태어난 그는 리미니에서 예수회식 교육을 받고 콘벤투알 수도회에 입회하여 로마의 성 보나벤투라 신학원에서 신학박사 학위를 받은 후 철학과 신학을 가르쳤다. 그 후로도 예수회식으로 살았기 때문에 사람들은 그를 프란체스코회 수도복을 입은 예수회원이라고 불렀다. 따라서 나중에 예수회를 교회에서 추방하자는 안에 대해 그는 "교회법이 요구하면 좋고 유익하다"는 수동적인 태도를 취했다.

클레멘스 14세는 1769년 포르투갈, 스페인, 프랑스의 지역교회로부터 예수회 사제를 추방하라는 청원을 받았고 이에 대한 타협안으로 예수회를 새롭게 개혁하거나 혹은 당시 예수회 총장 로렌초 리찌 신부가 사망하면 총장을 선출하지 못하게 하고 점차적으로 해산시키자는 제안도 받았다. 4년 후 1773년 클레멘스 14세는 칙서(Dominus ac Redemptor)를 발표했는데 내용은 다음과 같다.

평화를 위하여 교황은 교회에게 가장 소중한 것들을 희생할 책임이 있으며, 과거 역사에서도 성전 기사단(Templars, 1312), 후밀리아티(Humiliati, 1571), 개혁 콘벤투알(Reformed Conventuals, 1626), 성 암브로시오와 바르나바회(Order of St. Ambrose and Barnabas, 1643), 아르메니아의 성 바시리오회(Order of St. Basil of Armenia, 1650), 예수아티(Jesuati, 1668) 등이 교회로부터 해산 결정된 전례를 들어 예수회를 해산한다는 것이었다.

이 칙서로 인해 예수회 소속 대학교 266개, 신학교 103개, 거주지 88개를 포함한 1만 1천 명의 예수회원들이 추방되었다. 그러나 칙서에 대한 유럽 국가들의 반응은 여러 가지로 나타났다. 포르투갈의 리스본에서는 축제 분위기였고, 스페인과 프랑스에서는 장엄한 칙서가 아니라는 이유로 실망하였으며, 신성로마제국의 마리아 테레지아 여제는 그 칙서를 기꺼이 받아들이지 않았고 예수회 사제들이 학교 일을 계속하도록 교구 사제로 거주지에 남는 것을 허용했다.

예수회 사제에게 배운 레오폴트는 그런 사실을 나중에 알고 크게 실망한다.

7월 19일, 포를리, 이몰라

아침 일찍 해가 뜨기도 전에 모차르트 부자는 리미니를 떠나 포를리(Forli)를 거쳐, 7월 19일 이몰라(Imola)에 밤늦게 도착했다. 이 무렵 모차르트 부자는 더위를 피해 주로 새벽 일찍 혹은 밤에 이동했다. 점심을 먹은 뒤에는 이탈리아 사람들의 풍습대로 2~3시간 시에스타(siesta), 즉 낮잠을 즐겼다. 두 사람은 이몰라에서 하루를 지냈다.

　이몰라는 비스콘티 가문의 영지로서 밀라노 공작 갈레아초 마리아 스포르차가 영주로 있었다. 1473년 스포르차는 자신의 혼외 딸 카테리나를 식스투스 4세의 조카 지롤라모 리아리오에게 시집보내면서 이몰라를 혼수로 딸려 보냈다. 이 시기는 이몰라의 전성시대였다. 1502년 다 빈치는 체자레 보르지아의 군대를 따라 이곳에 온 적이 있다.

　잠이 안 와 뒤척이는 더운 밤 레오폴트는 르네상스 시대의 군웅할거 모습을 모차르트에게 들려주었다.

　식스투스 4세는 세속적인 야심이 많은 교황으로서 메디치 가문과 알력이 심했고, 밀라노와 피렌체는 동맹과 경쟁을 되풀이했다. 중세시대 밀라노 공국의 실력 가문인 스포르차 왕조(Sforza dynasty)를 창건한 사람은 용병대장 무치오 스포르차인데, 뒤이어 아들 프란체스코 스포르차, 손자 갈레아초 마리아 스포르차, 증손자 잔 갈레아초 스포르차로 이어지면서 밀라노를 다스렸다. 그러나 잔이 일찍 사망하자 갈레아초 마리아 스포르차의 동생 루도비코 스포르차가 밀라노 공작에 취임한다.

　다 빈치는 루도비코 스포르차 대공 휘하의 일원으로 일하면서 자신의 다양한 재능들을 보다 깊이 있게 연마했다. 1499년 밀라노가 프랑스인들에게 함락되었을 당시, 다 빈치는 화가로서 뿐만 아니라 기술자, 과학자, 건축가, 음악가로서도 유명해져 있었다.

교황청은 성직 매매와 연고주의(nepotism), 즉 친인척을 고위 성직에 임명하는 관행이 있었다. 대표적인 사람이 종교개혁 수도사 사보나롤라와 대결을 벌인 알렉산데르 6세로서 그의 아들이 바로 마키아벨리가 군주론의 모델로 삼은 유명한 체자레 보르지아이다.

아마 모차르트는 인간의 놀라운 성취도 보았겠지만, 인간이란 본성이 교활하고 음모에 능하고, 겉보기와는 다르다는 것도 배웠을 것이다. 그런 자각은 나중에 모차르트의 후기 오페라 중 소위 다 폰테 3부작에 녹아든다.

7월 20일, 볼로냐(두 번째)

7월 20일 모차르트 부자는 볼로냐에 다시 돌아왔다. 4개월만이었다. 두 사람은 지난 봄 묵었던 일 페리그리노 호텔에서 가까운 비콜로 델라 체카에 있는 산 마르코 호텔(L'Osteria di San Marco)에 여장을 풀었다.

로마에서 볼로냐로 돌아오는 동안 모차르트는 온갖 모험들로 가득한 〈천일야화〉를 읽었다. 모차르트가 어떤 책을 읽었는지에 대해서는 기록이 없다. 하지만 모차르트가 사망한 후 유산 목록을 정리할 때 서재에는 수많은 오페라 대본 외에 독일문학, 시, 역사, 철학, 희곡 등이 있었다. 모차르트가 많은 책을 읽고 많은 연극과 음악연주를 본 것은 확실하다. 칼 바르트는 이렇게 말했는데, 그럴만한 이유가 있었다.

"모차르트의 음악은 하느님, 세계, 인간, 자기 자신, 하늘과 땅, 삶과 죽음에 대해 들려준다."

모차르트는 로마에서는 하느님을, 크고 작은 도시들에서는 세계와 인간을 직접 보았다. 그리고 오가는 여행 도중에 아버지 레오폴트로부터 하늘과 땅, 삶과 죽음에 대해 이야기를 들었다. 그리고 책도 많이 읽었다.

레오폴트가 몸이 불편했기 때문에 모차르트 부자는 볼로냐에서 예정보다 길게 여름을 보냈다. 다행인 것은 팔라비치니 백작의 호의로 두 달 동안 볼로냐 근교 팔라비치니 백작의 여름 별장 라 크로체 델 비아코(La Croce del Biacco)에서 머물렀다. 밤이 되어 잠자리에 들었을 때 모차르트는 건너편에 누워 있는 아버지의 끙끙 앓는 소리를 들었다. 피로에 지친 아버지는 숨 죽여 앓고 있었던 것이다.

더운 날이 이어진다. 구름이 많고 바람 한 점 불지 않는 오후는 낮잠도 잘 수 없을 정도로 무더웠다. 7월 27일 오페라 〈폰토의 왕 미트리다테〉의 대본이 도착했다. 대본은 주세페 파리니가 이탈리아어로 번역된 소설을 기초로 비토리오 치냐-산티가 만들었다.

당시 오페라 아리아들은 공연에 등장할 개별 가수의 특성과 요구에 맞춰 작곡되는 것이 상례였기 때문에 모차르트는 배역 가수들을 만나기 전까지는 아리아를 작곡할 수 없었다. 그래서 모차르트는 볼로냐에서 대본

 여행자 노트

피아체타 디 브레라(Piazzetta di Brera)에 있는 카사 델 파리니(Casa del Parini)는, 모차르트의 오페라 〈폰토의 왕 미트리다테〉를 이탈리아어로 번역했고 또 나중에 〈알바의 아스카니오〉의 대본을 쓴, 유명한 대수도원장 주세페 파리니의 저택이다. 저택 입구에 명패를 볼 수 있다.

을 바탕으로 레치타티보부터 먼저 작곡했다.

　모차르트 부자는 볼로냐를 두루 둘러보았고, 모차르트는 여러 성당에서 미사곡을 연주하거나 지휘를 했고 또 공개연주도 했다. 두 사람은 피아차 갈바니 1번지(Piazza Galvani 1)에 있는 해부극장(Anatomical Theater, Archiginnasio)을 구경했다. 8월 30일에는 피아차 산 지오반니 인 몬테(Piazza San Giovanni in Monte)에 있는 산 지오반니 인 몬테 성당(Chiesa di San Giovanni in Monte)에서 연주를 했다. 9월 29일 모차르트는 부친의 편지 끝에 어머니에게 글을 썼다. 성숙한 내용이었다.

　사랑하는 당신에게
　여보, 당신이 쓴 최후의 두 편지가 각각 9월 7일, 9월 21일인 것을 보니 9월 14일에는 편지를 안 쓴 것인가 보오.
　(중략)
　한 가지 좋은 소식은 볼프강이 오늘부터 레치타티보를 쓰기 시작했다는 사실이오. 녀석이 나처럼 당신에게 1억 번의 키스를 보낸대.

　(중략)
　교황과 포르투갈 사이에 다시 합의를 본 예수회 해산 소식은 당신도 들었을 테지. 사람들이 큰 걱정을 하고 있어. 당신과 난네를 모두 다시 만날 때까지 잘 있어.

　　　　　　　　　　　　　　　Ich bin der *alte Mozart

엄마

몇 자 적어요. 불쌍한 마르타 양이 큰 병에 걸려 고통 속에 있다 니 제 마음이 퍽 슬퍼요. 하느님의 도움으로 **마르타 양이 곧 나아질 것으로 믿어요. 하지만 그렇지 못해도 지나치게 슬퍼하 지는 마세요. 하느님은 언제나 우리를 가장 좋은 길로 인도하시 며, 우리 인간에게 이승과 저승 중 어디가 더 나은지를 가장 잘 알고 계십니다. 비가 그치면 해가 뜬다는 사실을 마르타 양에게 제 대신 당부해 주세요. 어머니께 입맞춤을 보내며. 안녕

Wolfgang Mozart

*레오폴트는 자신을 '늙은 모차르트'(alte Mozart)로 표현했다.
**마르타는 모차르트 가정의 하녀이다.

10월 4일 모차르트는 피아차 마조레 앞에 있는 바실리카 디 산 페트로 니오(Basilica di San Petronio), 10월 6일에는 피아차 산 도메니코 13번지 (Piazza San Domenico, 13)에 있는 산 도메니코 성당(Chiesa San Domenico)에 서 연주를 했다.

모차르트는 볼로냐에 머무는 동안, 1994년도 영화 〈파리넬리〉로도 잘 알려진 카스트라토 파리넬리를 만났다. 파리넬리는 두둑한 연금으로 품 위 있는 은퇴 생활을 즐기는 유명 인사였다.

그리고 당시 볼로냐에 와있던 보헤미아 출신의 유명한 갈랑스타일 작 곡가 요제프 미즐리베체크도 만났다. 모차르트는 잘 생기고 활력에 넘

왼쪽 | 파리넬리
오른쪽 | 프라하
볼타바 강변 생
가 벽에 부착된
미즐리베체크 기
념 명패

치는 미즐리베체크와 그의 작품 스타일을 좋아했고 나중에 그의 오페라
〈아르미다〉(Armida)에 나오는 아리아 "나의 귀여운 사람"(Il caro mio bene)
을 개작하여 칸초네타 "고요함은 계속 미소 짓고"(Ridente la calma, K. 152)
를 만들었다(이 곡은 진위 여부에 대해 논란이 있었다). 모차르트는 두 번째
파리 만하임 여행 때 미즐리베체크를 한 번 더 만난다. 그러나 그때 미즐
리베체크는 매독에 걸려 몰골이 말이 아니었다. 모차르트는 인간은 행동
을 조심해야 한다는 것을 그때 크게 깨달았다.

마르티니 신부와 볼로냐 아카데미아 필라르모니카
7월 20일부터 10월 13일 이곳을 떠날 때까지 약 3개월 동안 머물면서 모
차르트는 마르티니 신부로부터 많은 것을 배웠다. 특히 마르티니 신부가
개발한 대위법과 엄격한 작곡 형식(stile osservato, strict compositional style)

을 배웠다. 그리고 오페라의 대사전달 기법도 터득했다. 1811년 출판된 〈바이엘 음악사전〉은 모차르트의 음악에 대해 다음과 같이 높이 평가했는데, 이 말이 맞는다면 그것은 마르티니 신부 덕분이었다.

"모차르트는 일찍부터 화성학을 매우 깊이 있고 철저하게 공부하고 익혔기 때문에, 훈련받지 않은 귀를 가진 청중은 모차르트의 아름다움을 금방 즐기기란 어려운 일이다. 모차르트의 음악이 진정 무엇을 들려주려는 것인지를 알기 위해서는 반복해서 들어보아야 한다."

1770년 10월 9일 비아 구에라치 13번지(Via Guerrazzi, 13)에 있는, 유서 깊은 볼로냐의 음악협회 아카데미아 필라르모니카(Accademia Filarmonica) 회의장에 마르티니 신부가 14살짜리 소년 모차르트를 직접 데리고 나와 나이 많은 아카데미 회원들에게 소개했다.

"장차 우리 모두의 동료가 될 사람이오."

 여행자 노트

오페라, 오라토리오, 칸타타 등에서 주인공의 대사는 아리아(詠唱, aria)와 레치타티보(敍唱, recitativo, recitative)로 나뉘는데, 아리아는 주로 주인공의 감정을 노래로 표현하는 것이고, 레치타티보는 주인공이 처해 있는 상황을 설명하고 스토리를 말로 전달하는 것이다. 레치타티보는 다시 레치타티보 세코(recitativo secco)와 레치타티보 스트로멘타토(recitativo stromentato)로 나뉜다. 레치타티보 세코는 건조서창(乾燥敍唱)이라고 번역되며, 화성(和聲)만을 피아노 혹은 저음 건반악기나 첼로 등으로 반주한다. 나폴리악파 작곡가들이 개발했고 로시니와 모차르트가 자주 사용했다. 레치타티보 스트로멘타토는 다양한 악기와 오케스트라 반주가 붙는 서창이다. 레치타티보는 독립적으로 쓰이는 경우는 거의 없으며, 대부분 아리아를 이끌어내는 전 단계의 수단으로 쓰인다. 모차르트는 볼로냐에서 K. 73s/85, 73v/86, 122를 작곡했고, K. 94를 작곡했을 가능성이 있다.

그런 적이 없었던지라 회원들이 크게 놀랐다. 이어 모차르트는 작은 방으로 안내되어, 그레고리오 교성곡(antiphon) 하나를 4성부곡으로 편곡할 것을 지시 받았다. 교성곡은 시편 본문을 찬송하기 전후에 부르는 성가(聖歌)의 선율과 가사를 말하는데, 두 성가대가 시편 본문과 후렴을 돌림노래로 부른다. 모차르트에게 주어진 시한은 3시간이었다. 그러나 30분이 지나자 모차르트가 완료한 과제물을 들고 나왔다. 바로 〈무엇보다도 먼저 하느님의 왕국을 찾아가라〉(Quaerite primum regnum Dei, K. 86/73v)였다.

잠시 검토가 이루어졌고, 이내 만장일치의 판정이 나왔다. 마르티니 신부는 아카데미아 필라르모니카의 정식 회원으로 인정받은 모차르트에게 입회보증서를 주었다. 이로써 모차르트는 1666년 창설된 유서 깊은 볼로냐의 음악협회 아카데미아 필라르모니카의 회원이 되었는데, 20세 이상만 가입하게 되어 있는 아카데미아 필라르모니카는 14세 소년 모차르트를 입회시키기 위해 규정 자체를 바꾸어야만 했고, 1770년 8월 9일 모차르트는 비거주자 신분(alla forastiera)으로 입회가 승인되었다. 당시 모차르트가 입회심사에서 작곡한 곡의 악보 사본은 아카데미아 필라르모니카 박물관에 보관되어 있다.

 여행자 노트

스트라다 마조레 34번지(Strada Maggiore 34)에 있는 팔라초 산귀네티(Palazzo Sanguinetti)는 지금은 박물관 겸 음악도서관(Museo internazionale e biblioteca della musica)으로 사용되고 있는데, 이곳에는 모차르트의 작곡시험 원본과 마르티니 신부가 의뢰하여 그린 황금박차 십자훈장(Croce dello Sperone d' Oro)을 달고 있는 모차르트의 그림(1777년 제작)이 보관되어 있다.

왼쪽 | 마르티니 신부
오른쪽 | 볼로냐 필라
르모니카

　볼로냐의 아카데미아 필라르모니카 입회 테스트와 관련하여 몇 가지 다른 주장도 있다. 먼저 음악학자 알프레드 아인스타인에 따르면 그 시험은 마르티니 신부가 많이 가필했고, 모차르트는 그것을 깨끗이 복사하여 제출했다는 것이다. 다른 하나는 모차르트는 주어진 과제를 완료하는 데 30분이 아니라 1시간이 걸렸고, 레오폴트가 과장하여 그렇게 말을 퍼뜨렸다는 것이다. 마르티니 신부는 1736년 페르골레시가 〈슬픔의 성모〉를 작곡할 때도 몇 군데 수정해 주었다. 따라서 마르티니 신부는 모차르트가 만든 답을 (당시로서는) 너무 현대적인 해석으로 치우쳤다고 판단하여 수정을 했을 수도 있다.

　나중에 모차르트가 파리로 취업여행을 하게 되는데, 1777년 9월 30일 모차르트는 뮌헨 궁정에 들러 막시밀리안 3세 요제프 선제후를 알현한다. 선제후가 모차르트에게 물었다.

　"잘츠부르크를 완전히 떠났다고 들었네. 콜로레도 대주교와 갈등이라도?"

"아닙니다. 환경이 더 나은 곳에서 작곡을 하고 싶습니다."

"볼로냐 아카데미아 필라르모니카 입회 테스트를 겨우 30분 만에 마쳤다고?"

"아닙니다. 1시간 걸렸습니다."

볼로냐를 떠나기 며칠 전 마르티니 신부에게도 작별 인사를 했다. 평화로운 만남이자 헤어짐이었다. 여름도 끝났다. 남쪽에서 부는 가을 태풍이 일단 지나가면, 잊어버리고 있었던 듯한 정적과 풍요한 쾌청을 남긴다. 그런 시원한 날 10월 14일, 모차르트 부자는 볼로냐를 떠나 밀라노로 향했다.

10월 14일 저녁은 파르마에서 지냈다. 10월 16일은 피아첸차에서 보냈고 이곳저곳을 지나, 10월 18일 두 사람은 드디어 밀라노에 도착했다.

10월 18일, 밀라노(두 번째)

밀라노에 도착한 후 모차르트는 본격적으로 아리아 작곡에 들어갔는데, 가수들의 요구가 까다로워서 모차르트는 아리아 7곡과 1곡의 이중창을 다시 써야만 했다. 손목, 팔꿈치, 손가락, 그리고 목과 허리 등 안 아픈 곳이 없었다. 모차르트는 나중에 대본을 직접 고치기도 하고 손질을 했다. 그러나 지금은 대본은 철저히 작가의 몫이었다.

아리아는 징슈필과는 달리 오케스트라 반주를 붙여 성악과 오케스트라의 조화를 이루어야 한다. 모차르트는 화려한 선율의 음악은 귀족의 역할에 부여한 반면, 하인의 역할은 단순하고 재치 있는 선율로 처리했다. 모차르트는 이전의 바로크의 전통적 기법을 버리지 않았지만 고전시대부터 불기 시작한 개혁성향을 다각도로 활용했다. 모차르트는 풍부한 음악이 필요할 때는 오케스트라를 이용한 어캄파냐토 레치타티보(accompagnato recitativo)를, 명확한 의미를 전달하는 대화체의 음악에는 통주저음만 사용한 세코 레치타티보를 사용했고, 동시대의 작곡가들에 비해서 아리아의 수를 늘렸으며 구시대의 양식으로 여겨지는 다 카포 양식의 아리아를 지속적으로 사용했다. 이런 방식은 이탈리아 바로크 오페라에서 볼 수 없는 것으로, 모차르트의 특유의 창작기법이었다.

제8곡 미트리다테의 카바티나(Se di lauri il crine adorno)는 테너 굴리엘모 데토레가 만족할 때까지 4번이나 고쳐 썼으며, 제16번 이중창은 가수들 취향에 맞도록 여러 번 고쳤기 때문에 시파레 역을 맡은 카스트라토 피에트로 베네데티가 "만약 이 곡을 청중이 좋아하지 않는다면 나는 또 한번 거세되어도 좋다"고 말할 정도였다.

이 오페라에 출연할 가수들은 당시로서는 대스타들이었기 때문에 그들을 둘러싼 작곡가들 사이에 암투도 대단하였다. 당시 가수들은 자신에게 배정된 아리아가 덜 화려하다는 등의 이유로 다른 작곡가의 아리아를 받아 노래하기 일쑤였고, 자연스럽게 유명 가수에게 자신의 곡을 팔아 인기를 차지하려는 경쟁이 치열했다. 이번 경우처럼 작곡가가 어린 외국인이어서 그 정도는 더욱 심했다. 마지막 음표를 쓰고 모차르트는 한 숨을 쉬며 말했다.

"다 해냈어. 주님 덕분에!"
레오폴트는 리허설이 끝난 후 부인에게 보낸 편지에서 다음과 같이 썼다.

다행히도 우리는 첫 싸움에서 이겼소. 이곳의 작곡가들은 〈폰토의 왕 미트리다테〉에 출연하는 프리마 돈나를 위해 아리아들을 작곡해 놓고 볼프강의 아리아는 한 곡도 부르지 말도록 꼬드겼는데, 우리의 볼프강이 그런 터무니없는 작곡가들을 무찔렀으니 말이오.

12월 26일, 〈폰토의 왕 미트리다테〉 초연

밀라노 궁정극장 테아트로 레지오 두칼레(Teatro Regio Ducale)에서 초호화 캐스팅과 모차르트 자신의 지휘로 〈폰토의 왕 미트리다테〉의 첫 공연이 막을 올렸다.

　〈폰토의 왕 미트리다테〉는 프랑스의 극작가 장 라신이 기원전 124~88년 로마 제국을 동방에서 괴롭힌 폰투스의 왕 미트리다테 2세의 전설과 역사적 사실을 바탕으로 쓴 비극 연극이다. 줄거리는 폰투스 제국의 왕 미트리다테는 침입해 오는 로마군에 항전하기 위해, 자신의 젊은 약혼녀 아스파시아를 사이가 좋지 않은, 장남 파르나체와 이복동생 시파레에게 맡겨 두고 전쟁터로 떠나고, 남은 두 형제는 모두 아버지의 젊은 약혼녀를 사랑한다는 애정물이다.

　라신의 원작을 주세페 파리니가 처음으로 이탈리아어로 번역했다. 비토리오 치냐-산티는 키리노 가스파리니가 1767년 토리노에서 상연할 오페라를 위해 파리니의 5막짜리 대본을 3막으로 축소하는 대신에, 이스메네와 마르찌오 같은 가공의 인물들을 추가하고 또 파르나체가 최후에 극적으로 반성하는 것으로 개작했다. 모차르트는 치나-산티의 개작 대본을 사용했다.

오늘은 문자 그대로 모차르트의 날이었다. 계피색의 연주복은 금실로 수놓은 자수로 가득 메워져 있었고, 블라우스의 주름 장식에는 보석이 박혀 있었다. 최고의 이발사가 정성을 다해 만져 준 머리카락은 순은색으로 빛나고 있었다. 모차르트가 빈에서 얻은 마마 자국은 두꺼운 화장으로 가렸다.

미트리다테: 2006년 모차르트 탄생 250주년 기념 찰츠부르크 대극장

대미의 막이 내리자, 관객들은 우레 같은 박수갈채와 함께 일제히 환호성을 터뜨렸다.

"Viva il Maestrino!"(작은 거장 만세!)

〈폰토의 왕 미트리다테〉는 큰 성공을 거두어, 객석이 만원을 이루고도 22회나 상연될 만큼 인기가 높았다.

제1막 폰토 왕국의 수도 님페아

님페아 수도의 총독 아르바테는 방금 도착한 폰토의 왕 미트리다테의 작은 아들 시파레를 정중히 영접하지만, 시파레는 이복형 파르나체가 먼저

도착했다는 소식을 듣고 질투심에 불탄다. 두 형제 모두 아버지 미트리다테 왕이 전사했다는 소식을 듣고 황급히 달려왔지만 은밀하게 각각 로마, 그리스와 제휴하고 있었다. 게다가 두 왕자 모두 엉큼하게도 아버지의 약혼녀 아스파시아를 사랑하고 있었다.

아스파시아는 시파레에게 억지 사랑을 강요하는 파르나체로부터 보호해 달라는 아리아(Al destin, che la minaccia)를 부른다. 시파레는 아스파

 음악 노트

폰토의 왕 미트리다테(Mitridate Re di Ponto, K87)

형식: 3막 오페라 세리아. 3시간 20분
원작: 장 라신의 프랑스어
연극 대본: 주세페 파리니가 이탈리아어로 번역
오페라 대본: 비토리오 치냐-산티
초연: 1770년 12월 26일, 밀라노 테아트로 레지오 두칼레 극장(Teatro Regio Ducale)
등장인물(이름, 역할, 성부, 초연 가수)

- 미트리다테(Mitridate): 폰토 지역의 왕. 약혼녀 아스파시아를 사랑함. 테너 굴리엘모 데토레
- 아스파시아(Aspasia): 미트리다테와 그의 두 아들로부터 동시에 사랑을 받음. 소프라노 안토니아 베르나스코니
- 파르나체(Farnace): 미트리다테의 장남. 아스파시아를 사랑함. 알토 카스트라토 주세페 치코냐니
- 시파레(Sifare): 미트리다테의 이복 동생. 아스파시아를 사랑함. 소프라노 카스트라토 피에트로 베네데티
- 이스메네(Ismene): 파르티아의 공주. 파르나체를 사랑함. 소프라노 안나 프란체스카 바레제
- 마르찌오(Marzio): 로마의 호민관. 파르나체의 친구. 테너 가스파로 바사노
- 아르바테(Arbate): 폰토의 수도 님페아의 총독. 소프라노 피에트로 무시에티
- *카스트라토가 부족했기 때문에 남자 역을 종종 소프라노가 맡았음. 오늘날 〈이도메네오〉 등에서도 마찬가지이다.*

시아를 손에 넣을 수 있다는 희망을 가지는 한편, 형에 대한 분노를 터트리는 아리아(Soffre il mio cor non pace)를 부른다.

고분고분 말을 듣지 않는 아스파시아를 파르나체가 겁탈하려 할 때 시파레가 들어오고, 형제간의 결투 직전에 아르바테가 들어와 미트리다테 왕이 무사히 귀환했다는 뜻밖의 소식(L'odio nel cor frenate)을 전한다. 아스파시아는 자신의 비참한 운명을 한탄하는 아리아(Nel sen mipalpita dolente il core)를 부른다.

파르나체는 시파레에게 아버지의 입성을 공동으로 막자고 제안하지만, 시파레는 거부한다. 그러나 두 사람은 아스파시아에 대한 사랑은 숨기기로 합의(Parto: Nelgran cimento)한다. 파르나체는 개인적, 정치적 야망이 수포로 돌아가자 로마의 호민관 마르찌오와 만나 아버지에게 절대 굴복하지 않으리라 다짐하는 아리아(Venga pur, minacci e frema)를 부른다.

미트리다테는 로마의 명장 폼페이우스에게 참패당했지만 스스로를 위안하는 카바티나(Se di lauri il crine adorno)를 부르며, 어릴 때 파르나체와 결혼하기로 약속해두었던 파르티아의 공주 이스메네와 함께 입성한다. 미트리다테가 파르나체에게 이스메네를 소개하지만, 파르나체는 냉담하다. 이스메네는 탄식의 아리아(In faccia all'ogetto)를 부른다.

제2막 궁전
이스메네는 그 동안 너무 멀리 떨어져 있어서 애정이 다 식어 버렸다는 파르나체의 무정한 말(Va, l'error mio palesa)에 분개하며 미트리다테에게 하소연한다. 이스메네의 호소를 들은 미트리다테는 대신 더 나은 아들인 차남 시파레를 남편감으로 제의한다.

미트리다테는 아스파시아에게 결혼을 재촉하지만, 아스파시아가 머뭇거리자 파르나체가 아스파시아를 유혹했다는 시중의 소문이 사실일지 모른다고 의심하고, 시파레를 불러 파르나체를 죽이고 아스파시아에게 그녀의 본분을 깨닫게 해 주라고 지시하는 아리아(Tu, che fedel mi sei)를 부른다.

시파레는 사랑과 의무 사이에서 고민에 빠지고, 아스파시아가 시파레를 사랑한다고 고백하는 순간, 아르바테가 들어와 미트리다테 왕이 파르나체, 시파레, 아스파시아 모두 집합하라고 한 명령을 전한다. 절망한 시파레는 아스파시아의 안전을 위해서라면 기꺼이 떠나겠다는 아리아(Lungi da te, mio bene)를 부르며 퇴장한다. 아스파시아 역시 의무와 사랑 사이에서 가슴이 찢어지는 듯한 갈등을 토로하는 아리아(Nel grave tormento)를 부른다.

미트리다테는 이스메네에게 파르나체가 음모를 꾸민 것 같다고 말하는 순간 두 아들이 도착하고, 왕은 그들에게 로마를 공격하기 위한 거창한 계획을 설명한다. 이에 대해 파르나체는 로마와 화친을 맺자고 제의한다. 게다가 로마 호민관 마르찌오가 평화협정서를 들고 나타나자 미트리다테는 흥분하여 파르나체의 무장을 해제시킨 후 탑에 가둔다. 여전히 파르나체를 사랑하는 이스메네는 미트리다테에게 진정할 것을 권한다(So quanto e te dispiace).

파르나체는 로마와의 음모를 인정하면서 시파레 역시 아스파시아와 정을 통해 왔다며 폭로(Son reo; l' error confesso)하고 끌려간다. 미트리다테 왕은 뒤늦게 도착한 아스파시아에게 자신 말고 시파레와 혼인하는 것이 어떠냐고 떠본다. 아스파시아가 시파레를 사랑한다고 고백하자, 배신을 확인한 미트리다테는 두 아들과 아스파시아 모두에게 분노(Gia di pieta mi spoglio)한다.

아스파시아는 함정이었음을 깨닫고 절망하여 시파레에게 죽여 달라고 애원하지만, 시파레는 자신을 잊고 왕비가 되라고 권한다. 그러다가 시파레와 아스파시아는 차라리 함께 죽기를 기원하는 이중창(Se viver no deggio)을 부르며 막이 내린다.

제3막 감옥과 광장

시파레의 처형을 명령하는 미트리다테 앞으로 아스파시아가 뛰어들며 자신을 먼저 처형해달라고 재촉한다. 이때 이스메네는 미트리다테에게 아스파시아의 행위를 사랑의 입장에서 이해해 달라고 애원하며, 또한 파르나체에게 배반당했지만 그의 파멸을 원치 않는다며 호소(Tu sai per chi m'accese)한다.

분노를 삭인 미트리다테는 아스파시아에게 시파레의 목숨을 살려줄 테니 자신과 결혼하자고 요청한다. 아스파시아가 이 요청을 단호히 거부하자 미트리다테는 둘 다 처형할 것을 명령한다. 그 때, 아르바테가 로마 군대의 상륙을 알리고, 미트리다테는 자신의 비참한 운명을 개탄하는 아리아(Vado incontro al fato estremo)를 부르며 두 자식을 저주하며 출병한다.

아스파시아는 죽어서라도 평화를 얻고 시파레와 맺어질 수 있기를 바라는 마음에 스스로 독배를 들며 카바티나(Pallid'ombre)를 부른다. 그러나 이스메네의 도움으로 감옥에서 탈출한 시파레가 들어와 그녀를 제지하고, 자신은 비록 죄인이지만 아버지를 도와 싸움으로써 배신의 죄악을 씻고, 명예를 되찾겠다고 말하고(Se il rigor d'ingrata sorte), 전장으로 향한다.

감옥에서 사슬에 묶인 채 파르나체가 자신의 비참한 운명을 한탄하고 있는데, 마르찌오가 들어와 로마 군대를 이끌고 오겠다는 격려의 아리아

(Se di regnar sei vago)를 부른다. 하지만 양심의 가책을 이기지 못한 파르나체는 권력과 사랑과 동맹을 포기하고 명예로운 길을 선택할 것을 결심하고 아버지 미트리다테를 도우러 나간다(Gia dagli occhi il velo e tolto).

  멀리 로마 함대가 불타고 있고, 체포당할 것을 두려워하여 자해한 미트리다테가 들것에 실려 온다. 시파레의 충성을 확인한 미트리다테는 아스파시아를 그에게 준다. 시파레가 사악한 파르나체를 벌하겠다고 맹세하는 순간, 이스메네가 들어와 로마 함대에 불을 지르고 퇴각하도록 계략을 꾸민 사람이 바로 파르나체였다고 고백한다. 이 말을 들은 미트리다테는 파르나체도 용서하고 숨을 거둔다. 시파레, 아스파시아, 파르나체, 이스메네, 아르바테는 로마의 폭정에 끝까지 저항할 것을 다짐하는 내용의 오중창(Non si ceda al campidoglio)을 부르며 행복한 결말의 막이 내린다.

레지오 두칼레 극장

피아차 두오모(Piazza Duomo)에 있는, 밀라노 대공의 궁전(Royal Palace) 부속 건물인 레지오 두칼레 극장은 모차르트와 인연이 깊다. 이곳에서 1770년 12월 26일 모차르트의 오페라 〈폰토의 왕 미트리다테〉가 초연되었다. 1771년 10월 17일에는 〈알바의 아스카니오〉가 초연되었고, 1772년 12월에는 〈루치오 실라〉가 초연되었다. 그러나 이 극장은 1776년 2월 26일 화재로 소실되었다.

  그 후 앞서 말한 대로 밀라노 공국의 페르디난트 대공은 레지오 두칼레 극장을 재건하는 대신에 라 스칼라 오페라 하우스를 개관했고, 레지오 두칼레 극장 자리는 신축되어 미술관(Royal Palace)으로 사용되고 있다.

레지오 두칼레 극장

사육제와 사순절

〈폰토의 왕 미트리다테〉는 큰 성공을 거두었고, 이제 유명인사가 된 모차르트는 연말을 밀라노에서 지냈다. 그 사이 모차르트는 교향곡 〈제10번 G장조, K. 74〉를 작곡했다. 그리고 오페라를 1곡 주문받았는데, 1772년 말에서 1773년 초에 있을 사육제를 위한 오페라였다.

기독교 전통에 따라 서양에서는 부활절 40일 전부터, 예수가 광야에서 금식한 것을 본 따 예수의 고난을 기억하며, 육식을 피하는 사순절(四旬節, Lent)이 시작된다. 사육제는 그 직전에 고기와 술을 먹고 즐겁게 노는 일종의 해방기간이다.

한자어 謝肉祭는 Carnival의 번역어인데, 라틴어 '카로 발레'(caro vale, 고기여, 안녕) 또는 '카르넴 레바레'(carnem levare, 육식을 끊다)에서 비롯된 것이다. 예수가 인간이 됨을 뜻하는 단어 '인카네이션'(incarnation)도 고기를 먹는다는 것은 단순히 쾌락을 넘어서 내 안에 다른 생명을 취함으로써 영성(靈性)을 얻고자 하는 주술적인 의미를 담고 있다.

사육제가 끝나고 바로 시작되는 사순절은 2월 4일부터 3월 1일 사이에 정해지는 재의 수요일(灾의 水曜日)에 시작해 부활절 직전까지 6주간 반 계속된다(초기 교회에서는 사순절을 기념하는 기간이 다양했다).

1771년 1월 14일, 토리노

1770년 연말과 1771년 연초를 밀라노에서 기분 좋게 보낸 모차르트 부자는 1771년 1월 14일 롬바르디아 평원에 불어오는 차가운 바람을 맞으며 이탈리아 북서부 피에몬테(Piemonte, Piedmonte)의 중심도시 토리노(Torino, Turin)로 갔다. 토리노는 이탈리아 전체에서도 중요한 공업 도시인데, 기원전 3세기에 출발한 이 도시는 17세기와 18세기에 바로크식 건물이 증축되었다. 모차르트 부자가 이 도시에서 보름 동안 머물면서 어떤 연주기회를 가졌는지에 대해서는 별로 알려진 바가 없다. 그러나 적어도 레오폴트는 느긋하게 이 지방의 유명한 포도주를 마시며 즐겼을 성싶다.

두 사람은 비아 코르테 다펠레 4번지(Via Corte d'Appello 4)에 있는 도가나 누오바 호텔(Hotel Dogana Nuova)에 여장을 풀었다. 오늘날에도 호텔의 명칭을 도가나 베키아(Dogana Vecchia)로 바꾸어 영업을 계속하고 있다.

모차르트가 이 도시에서 어떤 연주를 했는지는 몰라도 모차르트 부자는 성의(聖衣)의 전설을 갖고 있는 두오모(Duomo di San Giovanni Battista),

이탈리아의 가장 서쪽 지역에 있는 피에몬테는 '산의 발'이라는 의미로 스위스와 프랑스 국경과 접해 있으며 알프스와 아펜니노 산맥에 둘러싸여 있다. 피에몬테의 기후는 계절에 따라 변화가 분명하다. 겨울은 춥고 눈이 많으며, 여름은 이탈리아에서 가장 덥고 건조하다. 봄과 가을은 추수하기 알맞게 온난하고 안개가 끼고 시원하다. 따라서 피에몬테 사람들은 지방 고유의 포도에 대한 애착이 강하여 큰 자부심을 갖고 있다. 예컨대 네비올로(Nebbiolo), 바르베라(Barbera), 브라케토(Brachetto), 프레이사(Freisa), 그리뇰리노(Grignolino) 등 레드 와인 품종은 최고급 와인 품종이다. 네비올로 품종으로 만드는 바롤로(Barolo)는 '와인의 왕이며 왕의 와인'(Wine of kings, and king of wines)이라는 별명이 붙어 있다.

레오나르도 다 빈치가 설계한 도서관, 그리고 중세시대의 주요 건물들을 구경했을 것이다.

두 사람은 이곳에 머무는 동안 사보이 궁전의 귀족들, 예컨대 사르디니아 왕국(Kingdom of Sardinia)의 외무성 장관 프란체스코 라스카리스 디 카스텔라, 기사 카를로 플라미노 라이베르티, 프란체스코 테오도로 카론 데 브리안초네 백작, 그리고 토리노 주재 스페인 대사 다길라 백작을 만났다. 아마 그들 앞에서 연주를 했을 것이다.

모차르트는 신작 오페라 〈토리노의 아니발레〉(Annibale in Torino)를 무대에 올리기 위해 이곳에서 와있던 파이지엘로를 만났고, 역시 신작 오페라 〈이세아〉(Issea)를 준비 중이던 이곳 출신 작곡가 가에타노 푸그나니도 만났다. 그리고 베르가모 출신으로 토리노에서 활동하며 토리노 대성당의 악장으로 근무하고 있던 작곡가 겸 바이올리니스트 키리노 가스파리니도 만났다. 그 외에도 바이올리니스트 카를로 프란체스코 키아브라노도 만났다.

레오폴트는 가스파리니의 작품 아도라무스 테 크리스티(Adoramus te, Christe, 그리스도를 경배
하라)를 복사했는데, 이 작품은 나중에 K. 327에 원용된다. 최근에는 K. 327 자체가 가스파리니의
것이라는 주장이 제기되었다.

파이지엘로

파이지엘로는 당시 이탈리아를 대표하는 오페라 작곡가로 모차르트에
게도 영향을 주었으며, 베토벤도 그의 아리아 주제로 변주곡을 썼다.(베
토벤은 파이지엘로의 오페라 〈방앗간 집 딸〉(Le Molinare) 중에서 2중창 '허무한 마
음'(Nel cor piu non misento)을 주제로 변주곡 〈W.O70〉을 만들었다.) 파이지엘
로는 특히 등장인물의 성격묘사에 뛰어났으며, 오페라 부파 분야에서는
모차르트도 파이지엘로에게서 배운 바가 많았다. 파이지엘로는 오페라
만도 100곡이 넘고, 12곡의 교향곡, 6곡의 피아노 협주곡 외에 교회음악
등을 작곡하며 모차르트가 오페라 무대에 등장하기 전 당대 최고의 오페
라 부파 작곡가로 군림했다. 파이지엘로의 오페라는 대부분 잊혀졌지만
〈니나〉 등이 단편적으로 전해지고 있다.

파이지엘로는 남부 이탈리아 타란토에서 태어나 나폴리에서 프란체
스코 듀란테에게 작곡을 배웠고, 나폴리에서 니콜로 피치니와 치마로사
등과 활동하던 중 1776년 러시아의 예카테리나 2세의 초청으로 상트페
테르부르크로 갔다. 그곳에서 1782년 보마르세의 동명 희곡을 바탕으로
쓴 오페라 〈세빌리아의 이발사〉를 발표, 큰 성공을 거두었다. 이 작품은
1816년 로시니도 같은 대본, 같은 곡명으로 발표했다.

1784년 파이지엘로는 상트 페트르부르크를 떠나 잠시 빈을 거쳐 나폴리의 페르디난도 왕의 궁전에서 활동하다가 1792년 나폴레옹의 초청으로 파리에서 활동했다. 나폴레옹은 파이지엘로를 교회음악 책임자 겸 튀일리 궁정악단의 지휘자로 임명했다. 파이지엘로는 1806년에 레지옹 도뇌르 훈장을 받았으나 1815년 나폴레옹이 몰락하게 되자 파이지엘로는 나폴레옹을 섬긴 죄로 모든 직책을 잃고 불행한 세월을 보내게 되었다. 만약에 모차르트가 파이지엘로만큼 오래 살았다면, 모차르트도 나폴레옹의 부름을 받았을까?

나중의 일이지만 모차르트의 〈피가로의 결혼〉은 보마르셰의 "피가로 3부작", 즉 〈세빌리아의 이발사〉(Le Barbier de Sville, 1775), 〈피가로의 결혼〉(Le Mariage de Figaro, 1778), 그리고 〈죄많은 어머니〉(La Mere coupable, 1792) 중 두 번째 작품이었다. 모차르트가 1부 〈세빌리아의 이발사〉를 제쳐두고 2부를 작곡한 것은 파이지엘로가 1782년 러시아의 상트 페테르부르크에서 이미 무대에 올렸기 때문이라는 설도 있다.

모차르트 부자는 1771년 1월 30일 토리노를 떠나 31일 밀라노에 도착하여 나흘 간 머물렀다. 모차르트는 피아차 산 페델레(Piazza S. Fedele)에 있는 산 페델레 성당(Church of S. Fedele)에서 수난곡을 지휘했다. 그리고 피아차 델 카르미네(Piazza del Carmine)에 있는 1400년대 지은 산타 마리아 델 카르미네(Church of S. Maria del Carmine)에서 미사곡을 지휘했다.

2월 4일, 밀라노, 캐노니카, 브레샤, 베로나, 비첸차

모차르트 부자는 2월 4일 밀라노를 떠나 베네치아로 떠났다. 2월 4일 밤은 캐노니카(Canonica)에서 보냈고, 그 후 브레샤(Brescia)를 거쳐, 베로나에는 두 번째 방문을 하고, 그리고 비첸차(Vicenza)를 지나, 2월 11일은 파도바(Padova, Padua)에서 체류한 것으로 보인다.

2월 11일, 파도바

모차르트가 베네치아로 가는 길에 파도바에서 무엇을 했는지는 알려진 것이 없다. 그러나 신심 깊은 레오폴트가 모차르트를 데리고 산 안토니오 바실리카(Basilika del Sant'Antonio)에 들러 기도를 드렸을 가능성은 매우 높다. 1231년 착공되어 1307년 완성된 파도바의 산 안토니오 바실리카에는 성 안토니오의 무덤이 있고, 높은 제단에는 도나텔로가 제작한 동상과 양각 조각물이 있다. 바실리카 앞 광장에는 1453년 도나텔로가 청동으로 세운 베네치아의 용병대장 에라스모 다 나르니의 기마상이 있다. 이 기마상은 '아첨 잘하는 고양이' 라는 의미로 가타멜라타(Gatta-melata)라고도 한다.

파도바는 이탈리아 고대 도시들 가운데 가장 세련된 도시이다. 라틴어로는 파타비움(Patavium)인 파도바는 이탈리아 북서부 베네토 지방의 경제와 교통의 중심지이다. 고대에는 군사력도 막강하여 무려 200,000명의 군사를 동원할 수 있었다. 하지만 452년 훈족의 지도자 아틸라가 이탈리아를 침입하여 여러 도시들을 약탈했을 때 파도바도 베로나, 브레샤,

베르가모, 밀라노와 함께 큰 피해를 입었다.

　그 후 서로마 제국 최후의 황제 오도아케르와 동고트족의 왕 테오도리크 대제의 통치를 받았고, 그리스의 지배를 받은 적도 있었으며, 568년에는 동로마제국 치하에 들어갔다. 1222년 설립된 파도바대학교는 이탈리아에서 볼로냐대학교 다음으로 오래되었고, 르네상스 시대에 크게 번창했다. 근대 이후 파도바는 다른 이탈리아 도시국가들과 동일한 경로를 밟아 통일 이탈리아에 흡수되었다.

2월 20일, 베네치아

모차르트 부자는 2월 20일 세찬 바다 바람을 맞으며 베네치아에 도착했다. 베네치아는 117개의 섬과 150개의 운하 그리고 378개의 다리로 연결되었고, 그 한가운데를 흐르는 대운하가 있다. 베네치아는 오페라 발달 역사에 어느 도시들보다 큰 기여를 했다. 각종 길드의 후원으로 17세기 말까지 16개의 오페라하우스가 설립되었고, 350곡이 넘는 오페라가 창작되었다.

여기서 한 가지 궁금한 것은 모차르트 부자는 2월 11일 파도바에 머물었고, 2월 20일 베네치아에 도착했는데 그렇다면 열흘간 두 사람의 행적은 어땠는가 하는 것이다. 이 시기의 행적에 대해 문헌에는 알려진 것이 없다.

한 달 전에 15살 생일을 맞은 사춘기의 모차르트는 베네치아에서 성에 눈을 뜨게 되었고, 또 목소리도 변했다. 잘츠부르크를 떠날 때 하겐아우어는 베네치아에서 대규모 상업을 하는 친구 요한 비더를 레오폴트에게 소개해주었는데, 비더는 이곳에서 벤투리나 로제티라는 여인과 결혼하여 아이를 무려 19명이 낳았으나 6명만 유아기를 넘어 살아남았다. 그런데 그 6명이 모두 딸이었다.

베네치아의 상가들은 가게 문을 일찍 열었으며 거리에는 일찍 일어난 나그네와 아침 장사를 하러 나온 상인들로 활기가 넘쳤다. 1개월 동안 모차르트는 사육제에 들뜬 베네치아의 저자와 극장, 산마르코 광장과 카페와 거리를 비더의 딸들과 더 없이 재미있게 어울려 다녔다. 낭만적인 곤돌라도 타면서 말이다. 그런 반면 레오폴트는 베네치아를 이탈리아에서 가장 위험한 도시라고 생각했다.

베네치아 산 마르코 대성당

20일 가량 베네치아에서 지내는 동안 모차르트는 제노아 출신으로 이탈리아의 외교관이자 극장 감독 자코모 두라초 백작을 만나 오페라 시장, 음악계의 암투, 그리고 오페라를 공연한다는 것은 음악활동만이 아닌 정치활동이라는 사실을 배웠다. 두라초 백작은 글루크가 이탈리아 오페라를 개혁하는데 협조한 사람이었지만, 빈 궁정악장 칼 로이터의 계략으로 1764년 빈을 떠났다. 칼 로이터는 1740년 하이든을 성가대로 뽑은 사람으로서 1751년부터 빈 궁정악장을 맡고 있었다. 한때 모차르트의 작품으로 알려진 〈De profundis, KV. 93〉은 로이터가 작곡한 것으로 판명되었다.

모차르트는 귀향길에 밀라노에서 주문받은 오페라의 내용이 확정되었다는 전갈을 받았다. 그것은 모차르트가 밀라노에서 작곡한 3편의 오페라 중 마지막 작품인 〈루치오 실라〉로서, 1772년 12월 26일 공연된다. 또한 빈으로부터 마리아 테레지아 여제의 3남 페르디난트 대공의 결혼식에 사용할 오페라가 필요하다는 연락도 받았다. 그것이 바로 1771년 10월 17일 밀라노에서 초연된 〈알바의 아스카니오〉이다.

모차르트 부자는 3월 12일 베네치아를 떠나 고향으로 향했다. 레오폴트는 베네치아를 떠나며 들뜬 아들에게 타일렀다.

"이 세상의 소란에는 그 어떤 가치도 부여하지 말거라. 세상의 호감을 얻으려고 하다가는 아무 것도 이룰 수가 없단다."

카페 플로리안

1554년 이스탄불에 세계 최초의 카페인 차이하네(Chaihane, 이란어로 찻집)가 문을 열었고, 곧이어 이스탄불에는 600개가 넘는 카페가 생겼다. 르네상스 시대 말기쯤 해서 이탈리아에는 동양으로부터 커피가 들어왔다. 터키 주재 베네치아 대사 지안 프란체스코 모로시니는 1585년 베네치아로 귀환하면서 커피를 갖고 와서 이렇게 말했다.

"터키인들은 까만색 물을 뜨겁게 하여 마시는데, 그것은 Cavee라고 불리는 나무의 씨앗으로서 남자들을 깨어있게 한다."

그 직후 베네치아의 거리에 보테가(Bottega)라고 불리는 가게에서 커피를 팔기 시작했다. 카페 플로리안의 공식 홈페이지에 따르면, 플로리아니 프란체스코니가 산 마르코 광장에 이탈리아에서 최초로 카페 플로리안(Cafe Florian)을 개업한 것은 1720년 1월 29일이었다. 그 후 이곳은 유명한 커피하우스(botega da caffe)로 자리 잡았고, 괴테, 니체, 나폴레옹, 스탕달, 바이런, 릴케, 찰스 디킨스, 화가 모네와 마네 등이 찾았다.

1683년 터키 군대가 빈에서 퇴각할 때 커피원두를 몇 포대 두고 갔는데, 그 후 빈에서는 비너카페하우스(Wiener Kaffeehaus)가 크게 유행했고 그 유행을 따라 잘츠부르크에서도 1705년 카페 토마셀리(Cafe Tomaselli)가 문을 열었다. 이곳은 모차르트 부자가 궁정에서 퇴근하여 게트라이데가세의 집으로 가는 길목에 있기 때문에 두 사람이 종종 들렀을 터이다. 하지만 모차르트는 커피와 관련된 일화는 없다. 그러나 로만틱 가도의 도시 로텐부르크는 매년 모차르트 음악제를 개최하는데, 그 이유는 모차르트가 여행을 하다가 잠시 마차의 말을 교체하는 동안 이 마을에서 커피 한 잔을 마시고 떠났다는 것이다.

바흐의 커피 칸타타

바흐, 베토벤, 브람스 소위 3B는 모두 커피 애호가였다. 바흐가 활동했던 1700년대 초반, 독일에서도 엄청난 커피 열풍이 불었는데 의사들은 커피가 불임의 원인이 되며 얼굴빛이 검어진다고 여겨 여성들에게 커피를 못 마시게 했다. 바흐는 커피를 좋아해서 커피 칸타타를 작곡했다. 칸타타에서 커피를 좋아하는 딸을 가진 아버지는 이렇게 한탄한다.

"딸 가진 부모는 천 가지 걱정을 안고 산다."

하지만 딸은 부모의 걱정도 아랑곳없이 이런 말을 하며 커피를 마셔 댄다.

"아, 커피의 맛은 얼마나 기가 막힌가! 천 번의 키스보다 더 사랑스러우며 포도주보다도 달콤하다네. 내게 즐거움을 주려거든 제발 커피 한 잔을 따라줘요."

바흐는 이런 내용의 커피 칸타타(BWV, 211)를 작곡했는데, 원제목은 〈조용하게, 떠들지 말고〉(Schweigt stille, plaudert nicht)이다. 원래 이 곡의 대본은 아버지의 승리로 끝나게 되어 있으나 커피 애호가인 바흐는 딸이 결혼 후에도 커피를 계속 마시는 것으로 내용을 바꾸었다. 바흐는 이 곡을 라이프치히의 커피하우스에서도 연주했다.

베토벤은 아침식사로 항상 커피만 마셨다. 아침마다 최상급의 원두를 정확히 60알 넣어 끓여 마셨다. 브람스도 매일 아침 5시경에 일어나 담배와 함께 진한 커피를 한 잔 마셨다. 브람스는 자신이 마실 커피는 꼭 자신이 타먹었다. 그리고는 그 이유를 이렇게 말했다.

"아무도 나처럼 커피를 진하게 만들 수는 없으니까."

로시니는 롤빵 한 개와 커피 한 잔, 그것도 매우 큰 잔으로 아침식사를 대신했다.

이탈리아를 사랑한 바그너, 베네치아에서 숨을 거두다

필자는 현대 경영학의 아버지로 불리는 피터 드러커를 캘리포니아 클레어몬트 자택에서 만나 종종 대화를 나누었다. 어느 해 겨울 드러커 박사가 나의 다음 행선지가 어디냐고 묻기에, 내가 캐나다라고 답하자 이렇게 질문했다.

"겨울철 캐나다 사람들이 가장 많이 사는 도시가 어딘지 알아요?"

"그야 토론토지요."

"아닐세, 겨울철에는 은퇴한 캐나다인, 돈 많은 캐나다인, 휴가를 온 캐나다인 등등 합해서 세계에서 캐나다인이 가장 많이 사는 도시는 LA이지."

알프스 이북 추운 지역에 사는 사람들에게 따뜻하고 아름다운 이탈리아는 동경의 땅이다. 리하르트 바그너는 이탈리아를 좋아했는데, 1852년 7월 처음으로 이탈리아를 방문한 후, 1883년 2월 베네치아에서 죽을 때까지 이탈리아를 아홉 번 여행했다.

아홉 번의 여행 중 다섯 번은 북이탈리아를 중심으로 1~2주 정도의 여행이었지만, 장기 체류도 많았다. 바그너는 남쪽으로 볼로냐, 피렌체, 시에나, 로마, 나폴리, 시칠리아 섬까지 갔다. 여섯 번째 여행 때는 소렌토에서 프리드리히 니체를 만났다. 1882년 여덟 번째 여행 때는 시칠리아 섬에 머물렀고 〈파르지팔〉(Parsifal)의 총보를 완성했다. 그때 화가 르누아르가 방문하여 바그너의 초상화를 그렸는데, 그 그림은 지금 루브르 미술관에 소장되어 있다.

바그너가 베네치아에서 장기간 휴가를 즐기던 1883년 2월 12일, 동행한 화가가 독서 중인 바그너를 스케치했다. 다음날 13일 바그너와 코지마 부부는 베니스에서 대운하를 가로 지르는 팔라초 벤드라민(Palazzo Vendramin)을 구경하고 있던 중 갑자기 바그너가 바닥에 쓰러졌고, 오후 3시 반경 심장 발작으로 코지마의 팔에 안겨 숨을 거두었다. 70세 생일을 두 달 앞두고. 2월 16일 바그너의 유해는 곤돌라로 베네치아 역까지 옮겨지고, 기차로 뮌헨을 경유해 바이로이트로 옮겨졌고 반프리트 저택(Villa Wahnfried)에서 장례식이 치러졌다.

바그너가 베네치아에서 처음 숙박한 호텔 다니엘리(Hotel Danieli)는 '탄식의 다리'(Ponte dei Sospiri) 앞을 지나 동쪽으로 바다를 바라보는 곳에 있다. 이 호텔은 발자크, 드뷔시, 조르주 상드 등도 머물렀다. 바그너는 1840년 〈독일 음악의 본질에 대하여〉에서 이렇게 말했다.

"하이든은 '할아버지 하이든'이라는 말이, 모차르트는 '청년 모차르트'라는 말이 잘 어울린다."

3월 13일, 파도바에서 〈베툴리아 리베라타〉를 주문받다

귀향길, 모차르트 부자는 3월 13일 파도바에 도착하여 마침 강물이 녹은 브렌타 강에서 봄을 맞는 뱃놀이를 했다. 저녁에는 소규모 연주회를 가졌다. 모차르트 부자는 배를 한 대 빌려 베네치아에서 온 비더 가족, 파도바의 오르테스 사제(Abbe Ortes)와 함께 한나절을 느긋이 즐겼다. 다음날 아침 모차르트는 비아 카바차(Via Cavazza)에 있는 바실리카 산타 주스티나(Basilica Santa Giustina)에 가서 기도를 드렸고, 오후에는 피아차 델 산토(Piazza del Santo)에 있는 바실리카 디 산토(Basilica di Santo)의 오르간을 연주했다.

베툴리아 리베라타: 2006년 잘츠부르크 실황

모차르트는 파도바에서도 만남과 배움,

그리고 작곡 주문을 받았다. 산 안토니우스 수도원의 음악가 안토니오 발로티를 만나 작곡기법에 대해 이야기를 나누었다. 주세페 히메네스, 조반니 도메니코 페란디니 등 이곳의 유력자들 앞에서 연주했고 또 그들로부터 메타스타시오의 대본에 기초한 2막짜리 오라토리오 〈베툴리아 리베라타〉(La Betulia liberata, K. 118)를 주문받았다. 모차르트는 이 곡을 나중에 잘츠부르크에서 완성하여 주문자에게 송부했다. 그러나 이 작품은 모차르트 생전에는 연주되지 않았다.

3월 14일, 비첸차

모차르트 부자는 1771년 3월 14일, 베네치아와 베로나 길목에 있는 교통의 요지, 비첸차에 도착하여 이틀간 체류했다. 레오폴트는 3월 1일 베네치아에서 고향의 안나에게 다음과 같이 쓴 편지가 있지만, 구체적으로 어떤 활동을 했는지는 그 후 3월 14일의 편지에서도 별다른 언급이 없다.

우리는 베네치아를 떠나 비첸차에서 2~3일 머물러야 하겠소. 이유는 이 지방의 코르네로 가문(Cornero house)의 주교께서 자신의 점심 초대에 응하지 않으면 도시를 통과시켜 주지 않는다는 말을 해왔기 때문이요.

비첸차 주변의 모습이 어땠는지는 괴테가 묘사한 글이 도움이 된다. "베로나에서 이곳 비첸차로 오는 길은 아주 평탄하다. 산맥을 따라 북동쪽으로 달리다 보면 왼편으로는 사암과 석회석, 점토와 이회암(泥灰巖)으로 이루어진 산기슭이 이어진다. 비첸차 근처에 이르면 다시 북쪽에서 남쪽 방향으로 오르막길인 언덕이 있어서 이곳에서 평야가 끝난다. 이 언덕은 화산 활동으로 형성된 것이라고 한다."

모차르트 부자가 이곳에서 누구를 만났고 또 어떤 음악활동을 했는지는 알려진 것이 없다. 그러나 그로부터 15년 후인 1786년 9월 20일 괴테가 이곳에서 모차르트의 오페라를 본 것은 우연이라고 해도 좋을 것이다. 괴테는 모차르트의 팬이었지만 이 날의 비평은 혹독했다.

> 오페라 공연이 자정 넘어서까지 계속되었기 때문에 나는 자고 싶었다. 〈세 명의 술탄〉과 〈후궁 탈출〉은 누더기 같은 몇 개의 단편을 가지고 졸렬한 솜씨로 꿰맨 듯한 작품이었다. 음악은 듣기에 편안했지만 아마추어의 작품인 것 같았다. 나를 감동시킬 만한 새로운 착상도 없었다. 그 반면에 발레는 아주 훌륭했다. 주연 무용수 한 쌍이 알레망드(allemande)를 추었는데, 그지없이 우아한 춤이었다.

괴테가 말한 〈3명의 술탄〉(Les Trois Sultanes)은 1761년 샤를르 시몽 파바르의 작품으로 3각 연애관계를 바탕으로 한 희극이다. 파바르는 프랑스의 오페라 코미크(Opra Comique)의 창시자 중 한 사람이다. 1743년 오페라 코미크 극단의 무대 관리인이 되었고, 1758년 이 극단의 연출을 맡았다. 파바르는 전원극도 썼는데, 모차르트의 〈바스티앙과 바스티앙느〉

의 프랑스어 원작이 바로 그의 작품이다.

그리고 〈후궁 탈출〉은 모차르트가 1781년 작곡의뢰 받은 것으로 요제프 2세 황제가 그 해 9월 중순 러시아 예카테리나 2세의 장남 파벨 대공의 빈 방문에 맞춰 공연할 예정이었다. 하지만 공연계획은 여러 가지 사정으로 연기되었다. 모차르트는 〈후궁 탈출〉을 작곡하면서 이런 편지를 잘츠부르크의 부친에게 썼다.

"아버지, 음악은 귀를 괴롭혀서는 안 되며 청각을 매료시켜야 합니다."

며칠 후 레오폴트의 답장이 왔다.

"〈후궁 탈출〉 공연이 지연된 건 나도 안다. 내가 빈 궁정악단 사정에 밝은 사람을 통해 알아봤는데, 반드시 무대에 올려질 것이라고 하더구나."

해가 바뀌어 1782년 7월 16일 빈의 궁정극장에서 징슈필 〈후궁 탈출, K. 384〉(Die Entfuhrung aus dem Serail, K. 384)이 초연되었다. 공연이 끝난 뒤 축하 파티에까지 직접 참석한 요제프 2세 황제가 소감을 피력했다.

"너무도 아름다운 음악이었소, 모차르트. 그런데 음표가 너무 많아."

모차르트는 이렇게 대답했다.

"폐하, 꼭 필요한 음표만 있습니다."

하지만 모차르트가 했다는 이 말은 다른 말들과 마찬가지로 출처와 진실이 의심스러운 대목이다. 모차르트는 그렇게 말하지 않았을 것이다.

팔라디오의 빌라 로톤다

비첸차에는 소위 팔라디오 양식을 창출한, 안드레 팔라디오의 유명한 건축물 빌라 로톤다(Villa Rotonda, 1550-1551)가 있다. 팔라디오는 16세기 북부 이탈리아에서 가장 위대한 건축가로 평가된다.

중세 시대를 마감하는 르네상스 시대에 변화의 주체는 부유한 상공인과 시민계층이었다. 특히 금융상인들의 재산과 권력은 막강했으며, 귀족들의 그것에 뒤지지 않았다. 그들은 자신들의 주거지로써 도시 내에는 대규모 저택인 팔라초(palazzo), 그리고 교외지역에는 별장(villa)을 지었다.

팔라초는 중세의 부유한 상인 주택과는 달랐다. 상인 주택은 직주겸용이었던 반면, 팔라초는 전용 주택이었다. 팔라초는 중정을 중심으로 폐쇄된 공간 구성을 하고 있었는데, 주택의 공간적 중심인 중정은 열주랑으로 둘러싸여 상징적인 성격과 함께 전시공간의 성격을 띠었다. 그에 비해 중세 상인주택은 개방형이었다.

전원주택 빌라는 르네상스 시대 귀족계층과 도시 상류계층의 별장이었다. 그들은 교외에 넓은 토지를 소유하고는 정원과 농원을 조성했고, 주거기능과 농장과 부속시설을 지었다. 그 가운데에 주변의 경관을 압도하는 건물을 지어 연회 및 휴식의 장소로 이용하였다. 이런 빌라에 고전적인 질서체계와 좌우대칭을 위주로 하는 르네상스 기법이 적용되었는데, 팔라디오가 건축한 빌라 로톤다(Villa Rotonda)가 대표적이다. 이 건물은 대각선이 거의 동서남북을 가리키도록 배치되어 있는데, 그것은 하루 사이에 한 번도 햇빛이 들지 않는 부분이 없도록 하고, 사방의 동질성을 높이기 위한 것이었다. 사면에 있는 신전풍의 열주랑 현관은 이 건물의 특징으로서, 건축미의 근거를 이루는 요소이다. 기능주의적인 관점으로는 설명할 수 없는 신전풍의 열주랑 현관의 존재 이유를 팔라디오는 간단하게 말했다.

"모든 방향에서 아름다운 조망을 즐길 수 있어서요."

괴테는 1786년 9월 19일 비첸차에 도착하여 팔라디오의 건축물들을 보았다. 괴테가 이곳을 방문할 당시 비첸차에는 외국인들의 편의를 위해 친절하게도 예술에 대한 전문 지식이 담긴 본문을 동판 인쇄한 작은 책이 있었다. 괴테는 빌라 로톤다를 보고 이렇게 설명했다.

"팔라디오가 설계한 올림피코 극장은 두 눈으로, 실물 크기로, 구체적으로 봐야만 한다. 건축물들을 추상적으로 윤곽으로만 파악하지 말고 원근법을 고려해 다가서거나 물러서거나 하면서 건축물 전체의 아름다운 조화를 충분히 음미해야 할 것이다. 따라서 나는 팔라디오가 내적인 구상력과 외적인 실행력 양면 모두에서 위대한 인물이었다고 생각한다."

9월 21일 괴테는 빌라 로톤다를 보고 이렇게 기록했다.

"오늘은 빌라 로톤다를 보러 갔다. 그 저택은 시내에서 30분 가량 떨어진 곳의 완만한 언덕 위에 있다. 위쪽으로 채광이 되는 둥근 홀을 에워싸는 정사각형의 건물이다. 건물 사방으로 모두 넓은 계단이 나 있어서, 6개의 코린트 식 기둥이 서 있는 주랑 현관에 쉽게 이를 수 있다. 아마도 이 세상에 이보다 더 호화로운 건물을 남긴 건축술은 없을 것이다."

빌라 로톤다

다 빈치의 인체 비례도

팔라디오는 기원전 46~30년에 활동한 고대 로마의 건축 이론가 비트루비우스를 자신의 스승이자 안내자로 삼았다. 비트루비우스의 생애에 관해서는 거의 알려진 것이 없으며 어느 황제를 위해 건물을 지었는지 전혀 밝히지 않았지만 아마도 초대 황제 아우구스투스를 위해 건물을 지은 것으로 추측되고, 기원전 27년 이후에 〈건축 십서〉(De architectura)를 썼다. 비트루비우스는 신전 건축의 규준을 설명하는 기록 중에 이런 기록을 남겼다.

"인체는 비례의 모범이다. 팔과 다리를 뻗음으로써 완벽한 기하 형태인 정방형과 원에 딱 들어맞기 때문이다. (중략) 자연이 만들어낸 인체의 중심은 배꼽이다. 등을 대고 누워서 팔 다리를 뻗은 다음 컴퍼스 중심을 배꼽에 맞추고 원을 돌리면 두 팔의 손가락 끝과 두 발의 발가락 끝이 원에 붙는다. (중략) 정사각형이 된다. 사람 키를 발바닥에서 정수리까지 잰 길이는 두 팔을 가로 벌린 너비와 같기 때문이다."

이 말은 레오나르도 다 빈치를 비롯한 르네상스 시대 예술가에게 큰 영향을 끼쳤다. 다 빈치가 38살 무렵인 1490년경 그린 이 〈인체 비례도〉(비트루비우스적 인간, Vitruvian Man)는 지금 베네치아 아카데미아에 보관되어 있는데, 이것은 다 빈치의 궁극적 호기심을 가장 잘 보여주는 데생이다. 인체상은 그전에도 나

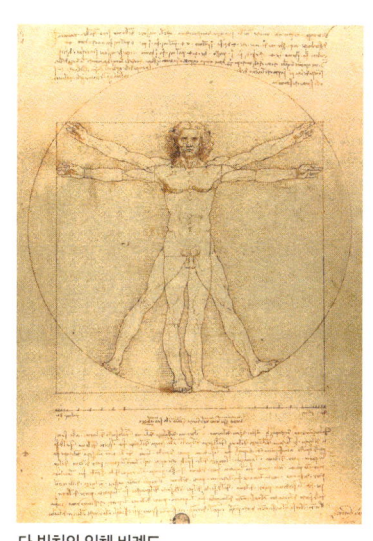

다 빈치의 인체 비례도

타났지만 다 빈치의 그림으로 인해 비트루비우스는 명성이 높아졌다.

　다 빈치에게 있어 그림은 예술만이 아니라 과학을 포괄하는 넓은 의미를 가졌다. 인체라는 소우주와 지구라는 대우주 사이의 유사성을 포착하기 위한 것이었다. 물의 흐름은 그의 그림에서 두 발이나 옷의 주름과 관련되어 있고, 공기의 농도에 따라 달라지는 풍경은 대기원근법을 가능하게 했다. 물론 인체의 신경이나 호르몬에 대해서는 몰랐지만, 다 빈치는 당시 사람들이 믿는 것처럼 영혼은 온몸에 퍼져 있는 것이 아니라 뇌의 한가운데 있다고 생각했다.

3월 16일, 베로나(세 번째)

모차르트 부자는 3월 16일 베로나에 도착했다. 세 번째 방문이었다. 바쁜 귀국길이었지만 두 사람은 닷새를 베로나에서 보냈다. 이번에도 루지아

 여행자 노트

모차르트가 셰익스피어의 로미오와 줄리엣 스토리와 관련된 장소도 둘러보았는지에 대해서는 언급된 문헌이 없다. 셰익스피어의 희곡 〈로미오와 줄리엣〉의 창작 연도는 1595년경으로 추정되며 초판은 1597년에 나왔다. 이 작품은 이탈리아의 소설가 마테오 반델로의 1554년도 작품 혹은 1562년 아서 브루크의 〈로메우스와 줄리엣의 비화〉를 참고한 것으로 추정되는데, 셰익스피어는 무대를 베로나로 설정했으나, 이탈리아에는 비첸차를 비롯하여 줄리엣의 집 소재지를 주장하는 도시들이 더러 있다. 따라서 만토바가 〈리골레토〉를 이용하는 것처럼, 베로나도 〈로미오와 줄리엣〉을 관광 목적으로 이용하는 것으로 본다면, 모차르트 당시에는 로미오와 줄리엣의 집으로 표시된 집은 존재하지 않았을 가능성이 크다.

티의 신세를 졌다. 3월 17일 모차르트는 밀라노의 페르디난트 대공과 모데나 공국의 데스테 공주의 결혼식이 1772년 10월 15일 경에 거행될 것이고, 이를 축하하기 위한 오페라를 주문할 것이라는 소식을 전해 받았다.

3월 20일, 로베레토, 트렌토, 볼차노, 브레사노네

3월 20일 두 사람은 베로나를 떠났고, 그날 저녁은 로베레토에서 묵었다. 다음날 두 사람은 트렌토, 볼차노, 브레사노네 등지에서 하루씩 묵으며 봄을 시샘하는 찬바람을 맞으며 북쪽으로 마차를 달렸다.

3월 25일, 인스부르크, 바트 라이헨할

모차르트 부자는 3월 25일 인스부르크에 도착했다. 3월 하순이었지만 알프스는 아직도 추웠다. 그래서 레오폴트는 이렇게 메모했다.

"세찬 바람과 눈보라, 엄청난 추위에 떨었다."

3월 26일 늦은 아침을 먹은 모차르트 부자는 잘츠부르크를 향해 떠났다. 사랑하는 안나 마리아와 딸 난네를을 위해 털장갑을 품에 안고 말이다. 보고 싶은 마음이 간절했다.

두 사람은 바트 라이헨할의 상트 제노 대학교회(the collegiate church of St. Zeno)에 들러 미사도 드리고, 수난극을 구경했다. 1136년 건립되었고 1803년 폐쇄된 이 성당은 중세시대부터 아우구스티누스 수도사들이 단선율과 다선율 합창 음악과 오르간 곡을 발전시켰다. 레오폴트가 여행길에 이 도시를 일부러 들른 것은 수도사들이 부르는, 정말이지 어릴 때 자신이 즐겨 불렀던 그레고리안 성가를 듣고 싶어서였는지도 모른다.

3월 28일, 잘츠부르크의 사랑하는 가족 품에

1771년 3월 28일 모차르트 부자는 잘츠부르크에 도착했다. 레오폴트와 모차르트는 차례대로 안나와 난네를을 포옹했다. 오랫동안 말이다. 모차르트 가족은 서로를 아끼는 좋은 사람들이었다. 그래서 모차르트가 빈에 정착하여 가족간에 만나지 못하는 상황이 되었을 때 그 슬픔과 서운함은 더 할 수 없이 컸다.

　고향에 온 모차르트는 늘 하던 대로 돌아가 미사 참례, 친구들과의 놀이, 음악회 구경, 그리고 작곡으로 바빴다. 하지만 황금박차 십자훈장을 달고 다니다가 친구들에게 조롱을 당하고는 그 후로 모차르트는 훈장을 달고 다니지도, 기사(von Ritter)라는 호칭도 사용하지 않았다.

 여행자 노트

모차르트와 동시대 이탈리아 출신 작곡가로서 일생을 대부분 파리와 베를린에서 보낸 가스파로 스폰티니는 가슴에 훈장을 가득 차고 한 음악제에 나타났다. 그것을 본 한 음악가가 빈정거리면서 옆 사람에게 이렇게 소곤거렸다.

　"이봐, 스폰티니의 가슴에는 훈장이 주렁주렁하지 않니? 모차르트는 훈장이 단 하나밖에 없는데 말이야."

이 말을 엿들은 스폰티니는 뒤를 돌아보며 엄숙하게 말했다.

　"모차르트는 이런 것이 없어도 누구나 다 알잖아요."

모차르트는 3월에서 7월 사이 오라토리오 〈베툴리아 리베라타〉(K. 118)를 작곡했다. 형식이 아돌프 하세와 레오나르도 레오의 것과 유사한 이 곡은 아시리아의 여장부 유디스와 폭군 홀로페르네스에 관한 이야기로서, 하느님의 손을 몸소 체현한 인물인 유디트는 폭군 홀로페르네스를 죽이고, 그 목을 베툴리아에 바침으로써 억압받던 나라를 해방시킨다는 줄거리이다. 모차르트는 메타스타시오가 각색한 대본을 바탕으로 솔로 아리아 16곡, 합창과 오케스트라로 구성한 2막극을 완성했다. 〈베툴리아 리베라타〉는 작곡을 완료한 뒤 의뢰자에게 납품했으나 모차르트 생전에는 연주되지 않았다. 그러나 이 작품은 헨델과 하이든이 개척하여 훌륭한 성과를 남긴 오라토리오 분야에서도 모차르트가 기여한 작품이다.

3월 말 모차르트는 오스트리아 궁정으로부터 중요한 작품의 작곡을 정식으로 주문받았다. 앞서 말한 대로 오스트리아령 롬바르디아의 총독 페르디난트 공작과 모데나 공국의 공주 마리아 베아트리체 데스테 사이의 결혼식을 위한 축전 세레나타를 작곡해 달라는 것이었다. 작곡완료 시한이 겨우 7개월이었지만, 오페라 내용과 대본은 결정되지 않았다.

카페 토마셀리 앞 광장

로베르토 슈만의 부인이면서 당대 가장 뛰어난 피아니스트로 활동했던 클라라 슈만은 어느 날 모차르트의 〈피아노 소나타 제14번 C단조〉(K. 457)를 연주하고 나서 브람스에게 이런 편지를 보냈다.

"모차르트의 소나타 제14번은 너무 훌륭해서 흘러넘치는 눈물을 억제할 수 없었습니다. 특히 2악장의 아다지오는 마음을 밑바닥으로부터 뒤흔드는 것 같아, 이걸 치고 있으면 천국의 기쁨이 온 몸이 흘러내립니다. 이런 사람이 이전에 살아있었다니요. 나는 지금 온 세상을 꼭 안아 주고 싶은 심정입니다."

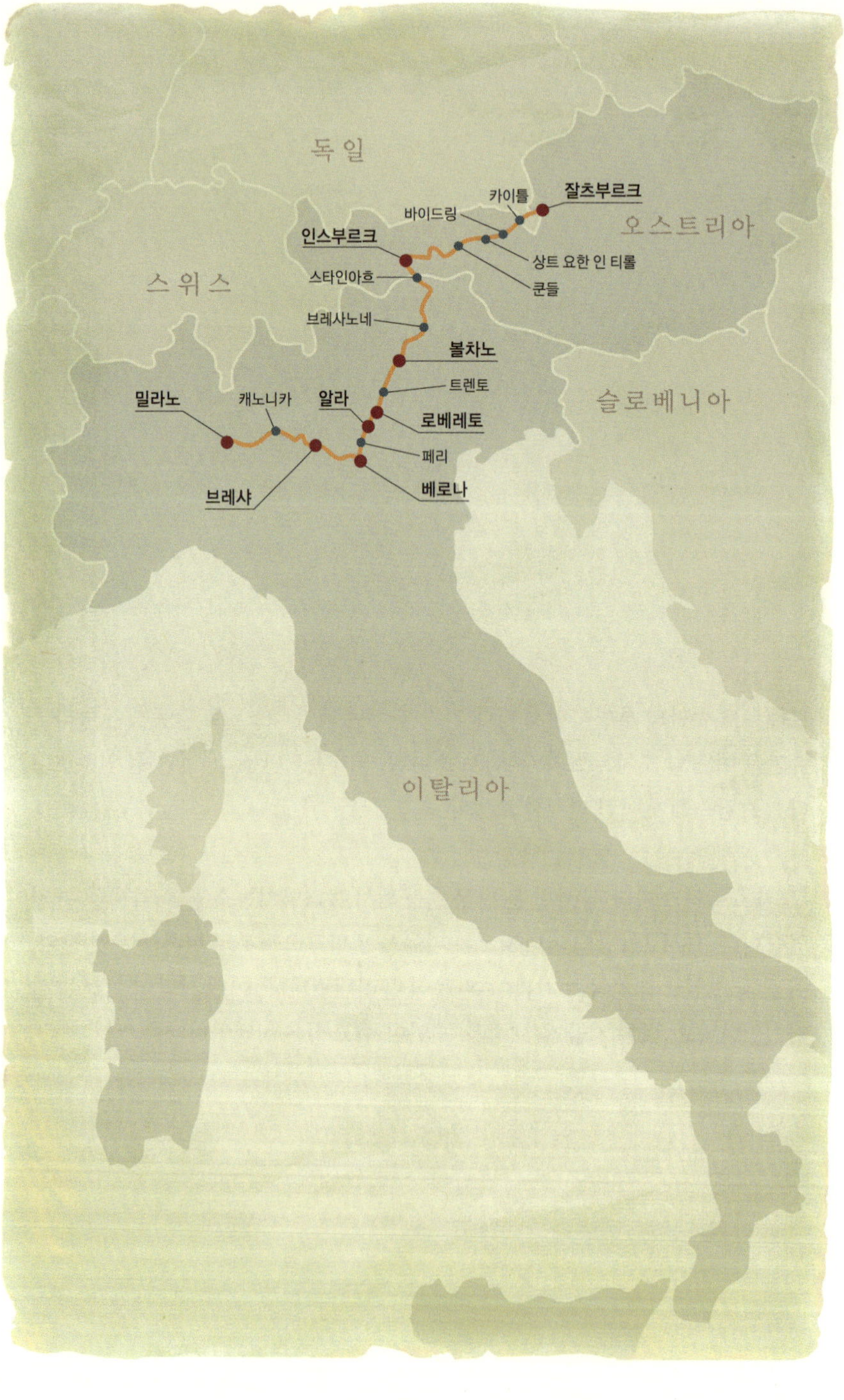
독일
스위스
오스트리아
슬로베니아
이탈리아
잘츠부르크
카이틀
바이드링
상트 요한 인 티롤
쿤들
인스부르크
스타인아흐
브레사노네
볼차노
트렌토
로베레토
알라
페리
베로나
브레샤
캐노니카
밀라노

2

두 번째 이탈리아 여행

1771. 8. 13 - 12. 15

너희 나라는 싸워라, 행복한 오스트리아는 결혼을 하리라

마리아 테레지아 여제에게 오는 10월 15일 거행될 셋째 아들의 결혼식은 매우 중요했다. 이 정략결혼은 이탈리아 북부지방에 대한 오스트리아의 지배력을 한층 공고하게 만드는 것이기 때문이다. 따라서 보름 이상에 걸쳐 롬바르디의 수도 밀라노에서 거행될 축제는 정치적 중요성에 걸맞게 호화로워야만 했다.

정말이지, 합스부르크 가문에 있어 결혼은 생존 전략이었다. 합스부르크 왕가의 중시조 막시밀리안 1세 황제는 3번의 결혼과 자식들의 혼인동맹을 통해 통치영역을 확장했는데, 다음과 같은 유명한 말을 남겼다.

"Bella gerant alii, tu felix Austria, nube!"

(너희 나라는 싸워라, 행복한 오스트리아는 결혼을 하리라.)

막시밀리안 1세 황제가 사망하자 그의 손자 카를 5세와 프랑스 부르봉 왕가의 프랑수아 1세가 차기 신성로마제국 황제 자리를 놓고 격돌했는데, 결국 푸거 가문의 자금을 동원한 카를 5세가 승리하여 1516년 신성로마제국의 황제가 되었다. 그 후 내내 부르봉 왕가와 합스부르크 왕가는 상호 적대적이었다. 마리아 테레지아 여제는 프리드리히 2세가 이끄는 프로이센을 타도하기 위해서는 200년간의 숙적이었던 프랑스와 화해할 필요가 있다고 판단했다. 그래서 여제는 자녀들을 부르봉 가문과 정략적으로 결혼시켰다. 여제는 자식들 각각에 대해 편애가 심했는데, 그중에서도 4녀 마리아 크리스티나를 가장 사랑했으며 그녀에게만은 연애결혼을 승낙해 주었다. 다른 딸들은 부르봉 왕가의 파르마 공작이나 나폴리 왕 등에 시집보냈고, 아니면 수녀원에 보냈다. 여제는 프랑스 왕비가 된 막내딸 마리 앙투아네트를 항상 걱정했는데, 다 아는 대로 앙투아네트는 1793년 단두대의 제물이 되었다.

　넷째 자식이자 장남인 요제프 2세 황제는 부르봉 왕가의 파르마 공국 이사벨라 공주와 결혼했고, 부친의 뒤를 이어 신성로마제국의 황제가 되었다. 차남 레오폴트 2세는 스페인의 카를 3세의 딸 마리아 루이자와 결혼했는데, 1790년 형 요제프 2세 황제가 서거한 뒤 황제 위에 올랐다.

1771년 8월 13일, 카이틀, 바이드링, 상트 요한 인 티롤

마리아 테레지아 여제는 축제를 위해 오페라 한 곡과 세레나타 한 곡을 각각 최고의 작곡가와 대본작가에게 맡겼다. 오페라 〈루지에로〉(Ruggi-ero)의 작곡과 대본은 각각 72세의 노 작곡가 하세와 73세의 궁정시인 메타스타시오에게, 세레나타 〈알바의 아스카니오〉의 작곡과 대본은 각각 모차르트와 주세페 파리니에게 의뢰했다. 모차르트는 곧 작곡에 착수하려고 했으나 대본이 빈 궁정의 검열 때문에 좀처럼 입수되지 않았다. 모차르트는 대본과는 무관한 서곡만 먼저 완성시켰다.

　작곡 완료 시점까지는 2개월도 채 남지 않은 1771년 8월 13일 모차르트 부자는 밀라노로 출발했다. 두 번째 이탈리아 여행은 왕복 4개월이 걸리는 여정이었다.

　잘츠부르크의 여름은 길다. 낮 시간을 이용하여 가능하면 멀리까지 갔다. 카이틀(Kaitl)에 도착하여 툼제슈트라세(Thumseestrasse)에 있는 카이틀 여관의 식당에서 두 사람은 점심을 먹었다. 레오폴트는 편지에 이 식당의 쇠고기 요리가 아주 맛있다고 종종 언급했다. 두 사람은 바이드링

(Waidring)을 경유하여 그날 밤 늦게 상트 요한 인 티롤(St. Johann in Tyrol)에 도착하여 타페른 추 바이드링(Tafern zu Waidring) 호텔에서 하루 묵었다. 지금은 가스트호프 포스트(Gasthof Post)로 이름이 바뀌었다. 호텔 입구에 모차르트의 부조가 있다.

8월 14일, 뵈르글, 쿤들, 인스부르크, 볼차노

두 사람은 뵈르글을 지나 8월 14일 쿤들(Kundl)에서 1박했다. 그리고 15일 아침 일찍 떠나 인스부르크, 스타인아흐, 그리고 브렌네르 패스를 넘어 브레사노네에서 하루 잤다. 빨리 밀라노에 가야했기 때문에 중간 도시에 지체할 여유가 없었다. 16일 밤은 볼차노에서 묵었다.

8월 17일, 알라

8월 17일 아침 일찍 볼차노를 떠난 모차르트 부자는 트렌토를 지나 점심 무렵 로베레토에 도착했다. 두 사람은 비아 리알토 47번지(Via Rialto, 47)에 있는 조반니 바티스타 데 코시미의 저택에 초대받아 점심을 먹었다. 오후에 두 사람은 알라(Ala)에 도착했다.

　알라는 로베레토와 베로나 사이에 위치해 있는 직물산업이 발달한 소규모 교역 도시로서 마차역이 있는 교통의 요지이다. 이곳은 예술 후원자 조반니와 피에트로 피치니 형제의 도시이기도 하다. 이날 저녁 모차르트 부자는 비아 산 카테리나(Via S. Caterina)에 있는 팔라초 피치니

필자는 2009년 1월 1일 오후 늦게 트렌토 역에 도착했다. 흰눈이 수북한 역 앞 광장에는 거대한 단테의 조각이 버티고 있었다. 그 뒤편 공터에는 크리스마스 장식용 대나무로 만든 거대한 거위 한 마리가 발을 눈 속에 파묻고 있었다. 문득 1783년 모차르트의 미완성 오페라 〈카이로의 거위〉(L'oca del Cairo)가 생각났다.

필자는 그랜드 호텔 트렌토(Grand Hotel Trento)에서 하루를 묵었다. 그리고 저녁식사는 호텔이 신년축하 행사로 특별히 마련한 메뉴(Menu del giorno, Giovedi 1 gennaio, 2009)를 시켰다. 식사대는 30유로였고, 세 가지 요리에다 음료와 하우스 와인이 포함되었다. 새해를 축하하기 위해 늙은 부모와 꼬마를 동반한 가족 손님들로 식당은 만원이었다. 밤에는 밝은 조명을 받고 있는 트렌토 성채와 성당을 둘러보았다. 2009년 1월 2일 아침 일찍 필자는 알라로 갔다. 중세시대 이탈리아 소도시의 모습을 보려면 필자는 알라를 추천한다. 규모가 작은 도시, 골목은 겨우 자동차 한 대가 지나갈 정도, 유지보수를 한다 해도 별로 나아질 것 같지 않아 보이는 오래된 건물들. 아직 이른 시간인데도 마을 입구에 있는 눈 덮인 공동묘지에는 꽃을 든 아낙이 무덤 앞의 눈을 치우고 있었다. 필자는 마을에서 제일 큰 성당에 갔다. 제단 옆방에는 아침미사를 드리는 늙은이들로 가득 차 있었다. 미사가 끝나자 사제와 신자들은 뺨에다 키스를 하며 반가이 서로 인사를 했다.

트렌토의 거위

위 | 알라
아래 | 알라 무덤

(Palazzo de Pizzini von Hochenbrunn)에 체류하며 연주를 했는데, 그 후 이탈리아를 오가는 길에 두 사람은 자주 이곳을 들렀고, 피치니 형제는 두 사람을 잘 대접했다.

팔라초 피치니의 외벽 벽화를 보면 중세 지방 귀족의 삶의 수준을 가늠케 해준다. 팔라초 피치니의 입구에는 레오폴트 모차르트의 편지에 나오는 글귀가 부착되어 있다. 이 지역은 마르체미노 품종의 와인을 생산하는데 이탈리아의 포도산지 품평에 따르면 '점잖은 맛'으로 평가되고 있다. 모차르트는 〈돈 조반니〉에서 "부어라 와인을! 맛좋은 마르체미노 와인을"이라는 대사를 넣어 이 때의 경험을 잊지 않았음을 보여준다.

8월 18일, 베로나(네 번째)

18일 아침 모차르트 부자는 피치니 형제의 배웅을 받으며 알라를 떠나 페리(Peri)에서 점심을 먹고, 저녁에 베로나에 도착했다. 베로나에서 이틀을 지낸 두 사람은 20일 아침 베로나를 떠나 브레샤에서 잤다.

8월 21일, 밀라노(세 번째)

모차르트 부자는 8월 21일 아침 일찍 브레샤를 떠나 캐노니카에서 점심을 먹었고, 아직도 열기가 가시지 않은 더운 오후 늦게 밀라노에 도착했다. 모차르트가 공연을 위해 세 번째로 밀라노로 왔을 때 레지오 두칼레 극장의 관계자는 모차르트를 이 극장 옆에 있는 라르고 아우구스토(Largo

Augusto)에 거주하도록 배려했다. 오늘날 졸리 호텔 프레지던트(Jolly Hotel President)가 바로 그곳이다.

모차르트가 대본을 받은 것은 8월 29일이었고, 공연까지 두 달이 채 안 남은 시점이었다. 모차르트는 손가락이 아플 정도로 빠르게 음표를 적어 내려갔다. 레오폴트는 은근히 걱정이 되었다. 모차르트는 아버지의 그런 걱정을 알아채고는 이렇게 말했다.

"아빠, 시간 안에 해낼게요. 약속해요."

레오폴트가 말했다.

"너를 믿는다만, 다른 사람들도 염두에 둬야 한다. 사람들이 능력들은 없으면서 어찌나 시기심은 그토록 많은지. 사람이 머리끝에서 발끝까지 작심하고 나쁜 마음을 품으면 정말 위험해 질 수 있는 법이다!"

정말이지 인간이란 언제나 다른 사람을 오해하고 싶어서 좀이 쑤시는 존재이다. 모처럼의 진의를 오해하는 경우가 비일비재하다. 모차르트는 레치타티보와 합창부분을 먼저 끝내고, 출연가수들이 도착하자 가수들 사정에 맞추어 아리아까지 20여 일 만에 모두 완료했다. 극장용 세레나타 〈알바의 아스카니오〉는 9월 23일에 완성되었고, 리허설은 9월 28일부터 시작되었다.

세레나타

이탈리아어로 '저녁 음악'이라는 뜻의 세레나타(serenata, serenade)는 전통적으로 궁정 연회에서의 여흥을 위해 저녁에 연주되었다. 중요한 인물의 생일과 같은 특별한 날을 기념하여 만들었으며 유럽 궁정, 특히 빈 궁정에서 대단히 유행했다. 주제는 신화나 고대시로부터 따왔으며, 가사는 우의적(友誼的) 성격을 지녔고, 당대의 귀인과 대비시켜 상징적으로 처리

칸타타, 오라토리오, 오페라의 다양한 특징들을 결합한 18세기 성악음악 형식 역시 세레나타라고 하는데, 이 경우의 세레나타는 극적 성격을 어느 정도 지니고 있으나 오페라보다 길이가 짧고 무대장치도 화려하지 않으며 단순하고 꾸밈이 없다. 보통 소규모 관현악단과 몇 명의 분장한 가수가 등장한다.

하여 권력자에게 아첨하는 내용이었다.

일반적으로 오페라와 세레나타는 같은 날 공연되어 세레나타가 오페라의 서막 노릇을 하거나, 오페라의 각각의 막이 오르기 전 여흥거리 역할을 했다. 그러나 〈알바의 아스카니오〉의 경우는 예외적이었다. 오페라 〈루지에로〉는 10월 16일, 세레나타 〈알바의 아스카니오〉는 10월 17일에 독립적으로 공연되었다.

〈알바의 아스카니오〉

〈알바의 아스카니오〉의 원작과 대본을 쓴 주세페 파리니는 국가적 행사의 성격에 걸맞게 은유(隱喩)로 가득 찬 신화를 바탕으로 세레나타 장르에 맞게 대본을 작성했다. 극의 흐름을 단절하는 막(act) 대신에 부(part)를 써서 느슨하게 구성하고, 발레와 합창 등을 삽입하여 즐거운 여흥거리로 만들었다.

〈알바의 아스카니오〉의 줄거리는 다음과 같다. 아스카니오의 아버지 아에네아스는 베네레(로마 신화의 비너스)의 아들로, 트로이 전쟁에 참전하고 일찍이 이탈리아 알바에 터를 잡았다. 그리고 로마를 건국한 쌍둥이 형제 로물루스와 레무스는 아스카니오의 후손이다. 따라서 원래 신화의 내용은 아스카니오가 알바 시를 건설하는 과정이 중심이었다.

그러나 파리니는 대본을 만들 때 로마 건국의 배경이 된 알바 시의 건설 대신에 여신 베네레가 주관하는 아스카니오의 결혼에 초점을 맞추었다. 극의 모든 구성요소들과 등장인물들은 그런 은유와 연관을 맺고 있다.

아들을 통해서 이탈리아를 지배하는 베네레는 마리아 테레지아 여제이고, 백성들이 바라는 새 지도자 아스카니오는 페르디난트 대공이며, 헤라클레스의 후예 님프 실비아는 모데나의 공주 마리아 베아트리체이다. 실비아는 아름답다기보다는 현명한 님프로 미화되는데, 모데나의 공주가 실제로 아름답지 않았다고 한다. 요컨대 대본은 극적인 갈등보다는 등장인물들에 대한 찬미로 일관하고 있다. 이런 속사정 때문에 대본이 합스부르크 궁정의 검열을 받는 데 오랜 시간이 걸렸다.

〈루지에로〉와 〈알바의 아스카니오〉 두 공연 모두 최고의 작가와 출연진이 참여하여 그 자체만으로도 대단한 볼거리였다. 특히 〈알바의 아스카니오〉는 모차르트가 직접 지휘하고 카스트라토 조반니 만추올리가 아스카니오 역을 맡아, 전날의 〈루지에로〉를 앞지르는 대성공을 거두었고, 축하 기간 중 5회나 공연되었다.

하세는 자신의 최후의 작품인 〈루지에로〉의 실패를 바라보며 이렇게 한숨 지었다.

"저 소년은 우리 모두를 잊히게 만들 것이다."

알바의 아스카니오: 2006년 잘츠부르크 실황

알바의 아스카니오(Ascanio in Alba, K. 111)

형식: 2부로 된 세레나타(Serenata), 약 2시간 40분

대본: 로마 신화를 바탕으로 주세페 파리니가 쓴 이탈리아어 대본

초연: 1771년 10월 17일, 밀라노 궁정 극장(Teatro Regio Ducale)

등장인물(이름, 역할, 성부, 초연 가수)

• 베네레(Venere): 미의 여신 비너스. 소프라노 젤투르드 팔치

• 아스카니오(Ascanio): 베네레의 손자. 아에네아스의 아들. 카스트라토 조반니 만추올리

• 실비아(Silvia): 헤라클레스의 피를 이어 받은 님프. 소프라노 마리아 기렐리

• 아체스테(Aceste): 베네레의 신관. 테너 주세페 티발디

• 파우노(Fauno): 양치기의 우두머리. 소프라노 카스트라토 아다모 솔치

• 정령과 양치기 남녀들

제1부 로마의 신화 시대

평원 한 가운데 있는 베네레 여신을 위한 제단 앞, 정령들과 미의 세 여신들이 우아한 발레를 추고, 베네레를 찬양하는 합창을 부른다(Di te piu amabile). 베네레가 손자 아스카니오를 데리고 온다. 베네레는 아스카니오에게 알바 지역이 여신인 자신과 명장 아에네아스가 이미 방문했던 신성한 곳이라고 설명한다. 이 선택된 땅에 세워질 국가의 백성은 자신이 가장 아끼는 종족이 될 것이지만 여신인 자신이 몸소 다스릴 수가 없으니 아스카니오가 대신 다스릴 것이라고 아리아(L'ombre de'rami tuoi)를 부른다.

베네레는 아스카니오에게 신의 피를 이어받은 자 중 가장 현명한 님프인 실비아와 혼인하게 될 것이라 말하고 정령들과 미의 세 여신들의 합창(Di te piu amabile)을 들으며 퇴장한다.

홀로 남은 아스카니오는 여신이 내려 준 시련을 한탄하지만, 실비아를 만나게 될 희망에 부풀어 노래(Cara lontano ancora)한다. 양치기 우두머리 파우노가 이끄는 한 무리의 양치기들이 등장해 베네레에게 이 땅에 내려와 모두를 사랑의 포로가 되게 해 달라고 기원(Venga, de'sommi eroi)한다. 신분을 감춘 아스카니오가 등장해 파우노에게 무슨 일이냐고 묻는다. 파우노는 오늘은 베네레의 축일이며, 오늘이 바로 자신들의 지도자가 온다는 날이라고 말한다(Venga, de'sommi eroi).

신분을 묻는 파우노에게 아스카니오는 알바 지역이 행복하다는 소문을 듣고 온 나그네라고 말하자, 파우노는 베네레의 사랑을 받는 이 땅의 백성들은 행복하다고 아리아(Se il labbro piu non dice)를 부른다.

이 때 베네레 신전의 신관 아체스테가 실비아와 함께 무리를 이끌고 나타난다. 남녀 양치기들과 님프들이 춤추며 실비아를 찬미한다(Hai di Diana il core). 아체스테는 제단에 다가와 해가 지기 전까지 베네레의 약속이 이루어져 지도자 아스카니오가 곧 나타날 것이라고 말하자 양치기들은 다시 베네레를 찬미(Venga, de'sommi eroi)한다. 아체스테는 자신이 보호해 온 실비아에게 곧 다가올 행복을 기뻐하는 아리아(Per la gioia in questo seno)를 부른다. 실비아는 당혹해 하며 꿈 속에서 본 이름 모를 젊은이와 이미 사랑에 빠졌다고 고백하는 내용의 카바티나(Si, ma d'un altro amore)를 부른다. 두려워하는 실비아에게 아체스테는 꿈속의 그 젊은이는 여신의 조화이며 아스카니오가 틀림없다고 안심시키자 실비아는 사랑과 행복의 아리아(Come e felice stato)를 부른다. 양치기들은 또다시 베네레를 찬양하는 합창(Venga, de'sommi Eroi)을 한다.

이들이 모두 퇴장하자 숨어서 모든 일을 지켜보고 있던 아스카니오가 실비아의 고운 마음씨를 칭송하며 아리아(Ah di si nobil alma)를 부른다.

그러나 베네레는 실비아의 덕성을 좀 더 시험해야 하고 또 아스카니오가 신에 가까워질 것이라는 아리아(Al chiaror di que'bei rai)를 부른다. 발레와 합창이 어우러지는 가운데 정령들은 알바 지역의 건설에 착수한다(Di te piu amabile).

제2부 알바 지역

실비아는 예언대로 자신에게 행복이 다가오고 있다고 말하며 희망에 찬 아리아(Spiega il desio, le piume)를 부르고, 양치기 소녀들은 축하의 합창 (Gia l'ore sen volano)을 한다.

아스카니오가 나타나 양치기 소녀 가운데 있는 실비아를 보고 다가가자 실비아는 그가 꿈속에서 보았던 멋진 젊은이임을 알아보지만, 그가 아스카니오인지는 확신하지 못한다. 정체를 밝힐 수 없는 아스카니오 역시 괴로워한다. 둘이 가까워지려고 하는 순간, 파우노가 나타나서 아스카니오에게 전후 사정을 설명하고 실비아에게서 떨어져 있으라고 부탁(Dal tuo gentil sembiante)한다.

괴로워하는 실비아를 보고 아스카니오는 안타까워하는 아리아(Al mio ben mi veggio avanti)를 부른다. 실비아는 신들에게 이러한 갈등으로부터 해방시켜 달라고 호소하는 아리아(Infelici affetti miei)를 부른다. 양치기 소녀들은 실비아를 동정하는 합창(Che strano evento)을 한다. 아스카니오는 사랑의 아리아(Torna mio bene, ascolta)를 부르고, 양치기들은 베네레를 찬미하는 합창(Venga, de'sommi Eroi)을 한다. 아체스테는 괴로워하는 실비아에게 고통은 곧 끝난다고 알려준다(Sento, che il cor mi dice).

아체스테는 베네레를 맞이할 의식을 시작하도록 명한다. 모두들 여신이 나타날 것을 기원하는 합창(Scendi celeste Venere)을 부르자 베네레가 구름에 둘러싸인 마차를 타고 내려온다. 양치기들과 양치기 소녀들이 계속해서 합창(No, non possiamo vivere)하고, 아체스테가 여신의 도래를 선포하자 양치기와 님프는 다시 합창(Scendi, celeste Venere)한다.

베네레는 실비아와 아스카니오를 만나게 해주고, 실비아와 아스카니오와 아체스테는 여신에 대한 감사와 연인들에 대한 축복을 담은 삼중창(Ah caro sposo, oh Dio!)을 부른다. 베네레는 두 연인을 맺어주고 새로 건설된 알바를 번성시키는 일만이 남았음을 알리자, 아스카니오와 실비아와 아체스테는 다시 한 번 사랑의 기쁨과 여신에 대한 찬미를 담은 삼중창(Che belpiacer io sento)을 되풀이한다. 그 자리에 있던 모든 참가자들은 여신에게 감사하며 지구상의 모든 이에게 행복을 기원하는 합창(Alma Dea, tutto il mondo governa)을 하고, 화려한 발레와 함께 막이 내린다.

보상 받지 못한 기대

두 살 위의 페르디난트 대공은 어릴 적 모차르트가 쇤브룬에서 연주하는 것을 본 적이 있었다. 그 후 대공은 주로 밀라노에서 살았고 롬바르디아 지역을 통치했다. 공연에 참석한 페르디난트 대공은 열렬히 박수를 쳤고, 레오폴트가 그토록 바라던 말을 했다.

"당신 아들은 크게 출세하게 될 것이오! 여제에게 연락하여 빈 궁정 산하에 종신직 작곡가 자리를 하사하시도록 청하겠소."

이 세레나타에 감동한 페르디난트 대공은 진심으로 모차르트를 고용하려 했다. 사실 당시의 호응만으로 볼 때 모차르트에게는 앞으로 작품 위촉이 끊이지 않을 것만 같았다. 그러나 기대는 빗나갔다. 페르디난트 대공의 모친 마리아 테레지아의 반대로 모차르트는 궁정 작곡가가 되지 못한다. 레오폴트는 한 술 더 떠 모차르트가 궁정작곡가 하세와의 작곡

경쟁에서 완승했다고 떠들었다. 이런 이야기마저 높은 사람들의 귀에 전달된다는 사실도 모르고 말이다.

〈알바의 아스카니오〉 공연이 성공리에 끝난 뒤 모차르트 부자는 밀라노에서 며칠을 더 보냈다. 페르디난트 대공이 수주일 동안 신혼여행을 즐기러 밀라노를 떠나 있었기 때문이다. 모차르트는 대공의 귀환을 기다리는 동안 비아 클레리치 5번지(Via Clerici 5)에 있는 팔라초 클레리치(Palazzo Clerici)의 음악홀 개관 기념식에 참석했다.

그러는 동안에도 모차르트는 교향곡 〈K. 112〉, 클라리넷 곡 〈디베르티멘토 K. 113〉을 작곡했다. 레오폴트의 눈에 오늘은 클라리넷을 연주하고 있는 아들의 모습이 짜증스레 비쳤다.

"그건 왜 작곡했니?"

모차르트가 대답했다.

"클라리넷 애호가가 주문한 거예요."

모차르트 부자는 밀라노 궁전으로부터 좋은 소식을 기다렸으나, 기다림은 별 소득 없이 끝나 버렸다. 11월 30일 레오폴트가 궁전으로 갔지만 시종장은 침착한 어조로 말했다.

"대공은 부재 중입니다."

실망한 레오폴트가 한 가닥 희망을 갖고 물었다.

"무슨 전갈은 없었는지요?"

역시 냉정한 대답만 들었다.

"없었오."

12월 6일, 두 번째 귀향길

페르디난트 대공으로부터 아무런 전갈도 받지 못한 레오폴트 부자는 12월 6일 브레샤, 7일 베로나, 8일 알라, 9일 트렌토, 10일 볼차노, 11일 브레사노네, 그리고 13일 인스부르크에서 자고 12월 15일 잘츠부르크로 돌아왔다.

페르디난트 대공은 약속대로 빈의 모친 마리아 테레지아 여제에게 청탁 편지를 썼고, 12월 12일 밀라노로 답장이 왔다. 마리아 테레지아 여제는 어쩌면 3년 전 1768년 레오폴트가 〈바보 아가씨〉의 공연 지연과 관련하여 흥행사 주세페 아플리지오에 대해 불평하는 탄원서를 보았을 것이고, 혹은 1771년 10월 16일 공연된 하세의 오페라 〈루지에로〉의 실패 때문인지는 몰라도, 1771년 12월 12일 페르디난트 대공에게 보낸 편지에서 모차르트에 대한 평가는 처참했다. 페르디난트 대공은 다음과 같은 내용을 읽고 얼굴이 빨개졌다.

"대공이 그렇게 하려면 말리지는 않겠소. 하지만 그런 종류의 사람들을 정식으로 채용하여 부담을 떠안고 또한 직위를 부여하는 것은 바람직하지 않소. 그들이 (잘츠부르크 대주교 소속이면서 각지를 돌고 있는 것처럼) 대공의 궁정 소속이 된 후 거지처럼 연주여행을 하며 돈을 벌고 다니면 대공의 체면과 품위가 손상될 수 있소. 그리고 모차르트에게는 딸린 가속도 많소."

따라서 페르디난트 대공은 모차르트 부자가 떠났다는 소식에 내심 반가웠다.

12월 16일, 슈라텐바흐 대주교 사망하다

잘츠부르크에 도착한 레오폴트는 도시 분위기가 무겁다는 것을 직감하고는 안나 마리아에게 물었다.

"여보, 무슨 일이오?"

안나가 침울한 표정으로 대답했다.

"슈라텐바흐 대주교가 중병이래요."

모차르트 부자를 호의적으로 대했던 슈라텐바흐 대주교는 그 다음날인 1771년 12월 16일 서거했다. 레오폴트가 잘츠부르크 소속 음악가이면서도 모차르트와 함께 장기간 유급 여행을 할 수 있었던 것은 순전히 대주교 슈라텐바흐 백작의 호의와 아량 덕분이었다.

해가 바뀌어 1772년 1월 27일, 모차르트는 16살이 되었다. 잘츠부르크는 1월이면 언제나 그렇듯이 매일 함박눈이 내렸다. 모차르트는 〈교향곡 제14번, K. 114〉를 작곡했다. 그리고는 몸이 아프기 시작했다. 누적된 피로 때문이었다. 정말이지 모차르트는 그 전후로도 늘 병을 달고 다녔다. 한 달쯤 후 원기를 회복한 모차르트는 〈네 손을 위한 소나타, K. 381〉, 〈디베르티멘토 K. 136, 137, 138〉 등을 작곡했다. 잘츠부르크의 후임 영주는 한 달 반이 지났는데도 결정되지 않았다.

1772년 3월 14일, 콜로레도 대주교, 잘츠부르크 영주로 부임하다

슈라텐바흐 대주교의 후임은 30번의 선거 끝에, 잘츠부르크 남쪽 카린티아 지역의 작은 도시 구르크(Gurk)의 영주 겸 주교 히에로니무스 폰 콜로레도 백작이 1772년 3월 14일 선출되었다.

콜로레도 대주교는 1200년대부터 여러 군주, 추기경, 대주교 등을 배출한 출중한 귀족 가문 출신으로 인맥이 탄탄했다. 그의 부친은 신성로마제국의 고위관료인 황제의 고문관 콜로레도-멜츠 운트 발제 백작이었고, 콜로레도 대주교는 합스부르크제국의 황제가 여행할 때 수행하는 고위 귀족 중 한 명이었다. 영주 콜로레도 백작은 신앙만을 앞세우는 대주교가 아니었다. 그는 혹독한 긴축재정을 펼치고 있는 요제프 2세 황제와 뜻을 같이하는 개혁적인 군주였다. 걱정이 된 안나 마리아는 레오폴트에게 물었다.

"신임 대주교는 어떤 사람일까요?"

"볼테르와 루소를 추종하는 계몽군주래. 지난 해 로마에서 잠깐 만난 적이 있소."

레오폴트는 까칠한 상사를 만나게 될 것을 직감했다. 나중의 일이지만 그 예감은 옳았다. 콜로레도 대주교의 등장은 모차르트 가족에게는 유리한 쪽으로 작용하지 않았다. 하지만 처음부터 그랬던 것은 아니었다. 3월 하순 콜로레도는 정식으로 권좌에 오르기도 전에 궁정 내 여러 직무들에 대한 재정비에 나섰다. 그 중에서도 특히 음악가 집단이 주요 구조조정 대상이었다. 대주교의 대변인이 궁중 음악가들을 모아 놓고 대략 다음과 같은 말을 했다.

"콜토레도 내주교는 슈라텐바흐 대주교와 마찬가지로 이달리아 음악가를 궁정악장으로 임명하셨다. 레오폴트 모차르트는 부악장으로 재임명한다. 경제적 이유 때문에 앞으로는 오페라극장이 폐쇄되고, 미사곡도 절반 수준으로 줄이게 될 것이다. 그렇지만 전하께서는 음악의 질적 수준은 높이 유지할 것이므로 여러분의 헌신을 기대하고 계신다."

콜로레도 대주교는 아무리 가톨릭적 행동이나 관습이라 해도 예수회와 관련된 사항은 엄격히 통제했고, 교회 내에 촛불의 수, 성상, 성인의 유골, 교회음악 등 모든 것을 규제했다. 일부 개혁은 의미가 있었다. 예컨대 미사 시간은 45분을 넘기지 못하게 했고, 규모가 작은 교회가 음악을 큰 소리로 연주하거나 지나친 통곡 소리를 내지 못하도록 금지했다. 미사 시간 45분 중 말로 하는 미사 예절을 빼고 나면 음악 연주는 20분 이내의 짧은 미사곡(Missa Brevis)이어야만 했다. 따라서 장엄미사곡(Missa Solemnis)이나 긴 미사곡(Missa Longa)을 즐겨 작곡한 모차르트로서는 불편한 조치였다.

잘츠부르크의 음악 연주는 대성당, 궁전, 대학극장 등에 집중되었는데, 콜로레도 대주교는 대성당의 음악도 규모를 축소했다. 잘츠부르크 궁전 극단은 폐쇄되었고, 극장은 주로 순회극단이 공연했다. 잘츠부르크 궁전에서의 음악활동은 콜로레도 대주교 자신이 바이올린을 종종 연주했기 때문에 어느 정도 지속되었는데, 그나마 이탈리아 출신 음악가들이 주류를 이루고 있었다.

예수회

이 책에 종종 등장하는 예수회(Society of Jesus)는 언제나 논쟁을 불러일으키는 단체였다. 예수회가 어떤 이들에게는 공포의 대상으로 보이고, 또 어떤 이들에게는 가톨릭교회에서 가장 존경할 만한 대상으로 보였기 때문이다.

예수회는 프로테스탄트 종교개혁에 맞대응해 가톨릭교회의 내적 갱신을 목표로 추진한 반(反)종교개혁을 수행하는 주도적인 단체로, 후에는 교회를 현대화시키는 중심 세력으로 간주되었다. 1556년 창시자 이

그나티우스 로욜라가 죽었을 때는 약 1,000명의 예수회 사제들이 유럽, 아시아, 아프리카, 신대륙 전역에서 활동하고 있었다. 1626년경 예수회 사제들의 수는 1만 544명이었고, 1749년에는 2만 2,589명에 달했다.

가톨릭의 여러 수도회 가운데서 예수회가 차지한 탁월한 위치와 교황에 대한 옹호로 인해 그들은 많은 시기와 질투, 그리고 반대에 부딪혔다. 18세기 중엽에는 평신도와 성직자를 막론하고 여러 반대자들이 예수회를 없애려고 시도했다. 1773년 교황 클레멘스 14세는 특히 프랑스, 스페인, 포르투갈 정부의 압박에 못 이겨 예수회를 폐지하는 칙서를 공포했다. 그 결과 예수회 단체는 러시아에만 남게 되었는데, 예수회 활동을 금지시키려는 교회법이 예카테리나 2세의 반대로 인해 시행되지 못했기 때문이다.

그러나 예수회가 특히 교육과 선교 영역에서 수행하던 일을 다시 맡아야 한다는 요구가 끈질기게 계속되자 1814년 교황 피우스 7세는 예수회를 재건했다. 재건된 뒤 예수회는 가장 큰 남자 수도회로 성장했다.

세레나타 〈스키피오의 꿈〉

잘츠부르크의 신임 대주교는 1772년 4월 29일 정식으로 취임했고, 이를 축하하기 위해 공연된 것이 세레나타 〈스키피오의 꿈, K. 126〉(Il sogno di Scipione)이었다. 〈스키피오의 꿈〉의 실제 주인공 스키피오 에밀리아누스는 기원전 185년 밀 혹은 184년 초에 에밀리우스 파울루스의 아들로 태어났다. 그는 기원전 168년 명문인 코르넬리우스 스키피오 가문의 양자가 되었는데, 그를 받아들인 사람이 바로 기원전 202년 자마(Zama) 전투에서 한니발을 무찔렀던 명장 스키피오 아프리카누스(Scipio Africanus)였다.

양자 스키피오는 정계에 입문
한 후, 원로원으로부터 뛰어난 지
략과 외교술을 인정받아 다시 불
거진 카르타고 문제를 해결하기
위한 사절로 아프리카로 파견된
다. 그가 중대한 임무를 띠고 카
르타고의 이웃 나라 누미디아
(Numidia)의 마시니사(Massinissa)
왕의 궁전에 머물고 있을 때, 이
극과 같은 내용의 꿈을 꾸게 되었
다고 한다.

키케로가 쓴 이런 내용의 스키
피오의 꿈(Somnium Scipionis)에

스키피오의 꿈: 2006년 잘츠부르크 실황

바탕을 둔 메타스타시오의 대본 〈스키피오의 꿈〉은 본래 1735년 안토니
오 프레디에리를 위해 쓰여진 작품이었다. 마리아 테레지아 여제의 부친
카를 6세를 칭송하는 목적으로 쓰인 이 대본을 모차르트가 그대로 차용
했다. 모차르트의 악보에는 메타스타시오의 원작에 나오는 카를 6세를
뜻하는 카를로(Carlo)를 삭제하고, 신임 대주교 히에로니무스 콜로레도
를 칭송하는 의미로 히에로니무스의 라틴어식 이름 지롤라모로 고쳤다.
그러나 〈스키피오의 꿈〉은 신임 콜로레도 대주교의 관심을 끌지 못했다.
이 작품이 취임 당일인 4월 29일 공연되었는지, 아니면 5월 1일에 공연
되었는지도 확실하지 않다.

모차르트는 5~6월 동안 교향곡 〈K. 128, 129, 130〉, 〈레지나 코엘리,
K. 127〉, 그리고 〈디베르티멘토, K. 131〉을 작곡했다.

〈레지나 코엘리〉는 "하늘의 여왕이여, 기뻐하소서"(Regina coeli, laetare)로 시작하는 로마가톨릭의 예배음악으로, 교송(交誦, antiphon)이라고도 한다. 미사 때 시편 본문을 찬송하기 전과 후에 부르는 성가의 선율과 가사로서 두 성가대가 돌림노래로 부른다. 모차르트는 〈레지나 코엘리〉를 세 곡 (K.108, 127, 276) 작곡했다. 디베르티멘토(divertimento)는 기분전환 또는 여흥이라는 뜻의 이탈리아 말인데, 가볍고 유쾌한 성격의 18세기 여흥 음악 양식이다.

모차르트는 많은 디베르티멘토를 썼는데, 가장 대표적인 것이 〈K.525〉 아이네 클라이네 나흐트 뮤직(Eine Kleine Nacht Music)이다.

8월 15일, 모차르트 유급 콘체르트마이스터가 되다

콜로레도 대주교는 궁정 업무를 파악하는 과정에서 한 가지 흥미로운 사실을 발견하게 된다. 바로 모차르트가 지금까지 무급으로 궁정 수석연주자 노릇을 해 왔다는 것이다. 아랫사람이 자신을 위해 무료로 봉사하고 있다는 사실을 참을 수 없었던지 아니면 자비심 때문인지, 콜로레도 대주교는 8월 15일 모차르트에게 연간 150플로린에 해당하는 봉급을 지급하도록 지시했다. 16살 모차르트가 연봉 150플로린의 잘츠부르크 궁정 악단의 콘체르트마이스터(Konzertmeister), 즉 수석연주자가 된 것이다.

가족과 친구 등 주변 사람들은 모차르트가 첫 유급 직장을 갖게 된 것을 축하했다. 더운 8월이었지만 모차르트는 작곡을 게을리하지 않았다. '장엄한 평정'(Die grossmutige Gelassenheit), '비밀 사랑'(Geheime Liebe), '가난한 사람의 행복'(Die Zufriedenheit im niedringen Stande) 등의 시에 곡

을 붙였다. 이 세곡은 각각 〈K. 149〉, 〈K. 150〉, 〈K. 151〉로 분류되고
있으나 사실은 레오폴트의 작품이라는 주장도 있다.

요한 네포묵 델라 크로체가 그린 모차르트(1780/1781)

"우리들 중 간혹 매우 열심히 노력해서 하늘로 다가가는 사람이 있지만, 모차르트는 아예 하늘에서 내려왔어."

— 요세프 크립스(Josef Krips, 1902~1974, 지휘자)

"친구들은 종종 듣기 좋으라고 내가 뛰어나다고 말하지. 하지만 모차르트는 내 위에 서 있네."

— 하이든

"나는 죽는 날까지 모차르트의 숭배자라고 스스로 생각한다."

— 베토벤

"(어린 모차르트의 피아노 연주를 듣고) 저 녀석의 수명이 길면 길수록 우리들의 수명은 짧아질 게야."

— 살리에리

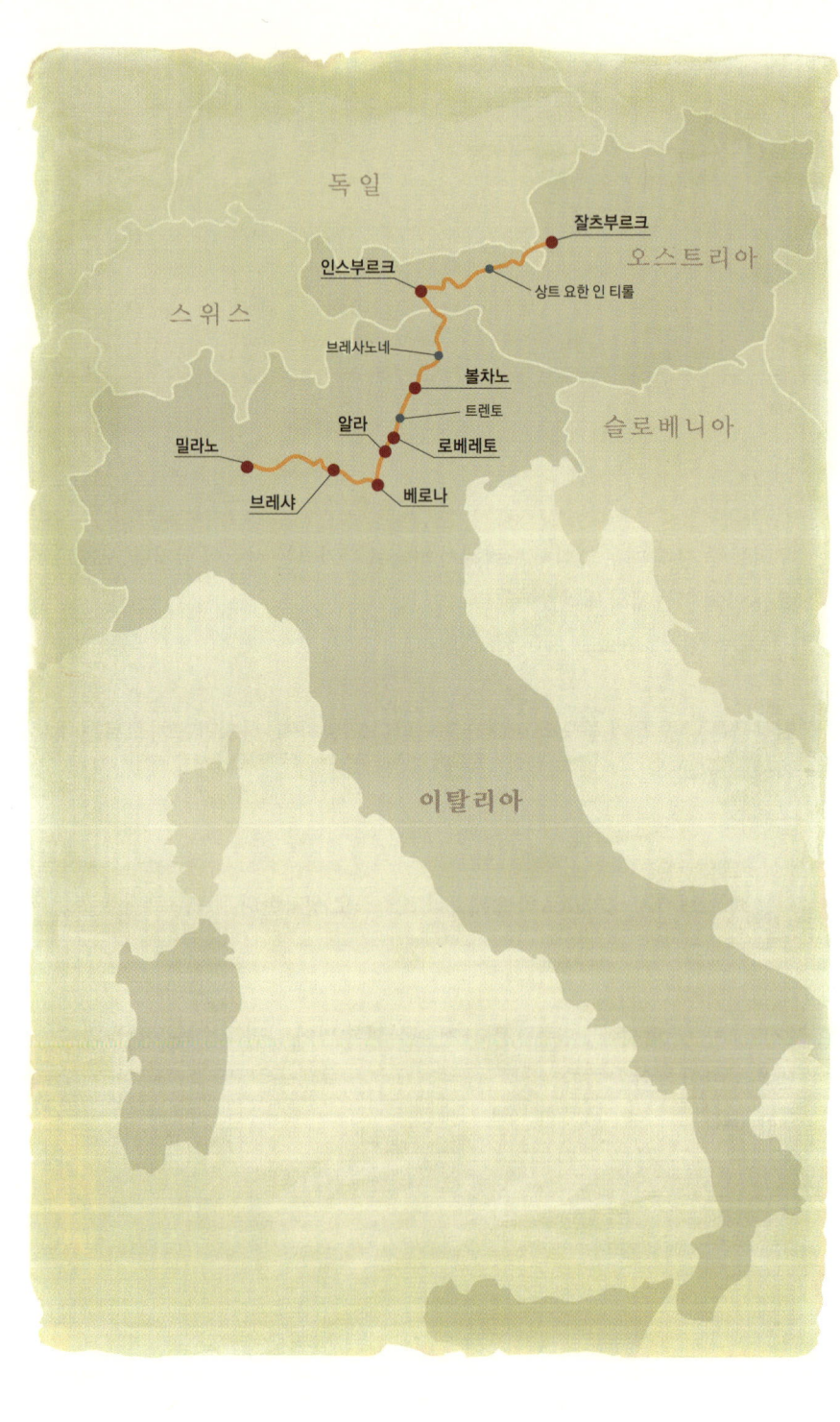

3

세 번째 이탈리아 여행

1772. 10. 24 - 1773. 3. 13

1772년 10월 24일, 오페라 대본만 들고 또 다시 밀라노로

전임 슈라텐바흐 대주교와는 달리 콜로레도 대주교는 모차르트와 사이가 나빴다. 콜로레도는 계몽사상에 경도된 계몽영주였고 도시국가 잘츠부르크의 마지막 영주였다. 후일 모차르트의 잠재력과 가능성을 알아보지 못하고 내쫓으며 그는 이렇게 말했다.

"Mag er geh'n, ich brauch' ihn nicht!"

(떠나도 괜찮아, 나는 그가 필요 없어!)

그러나 그것은 앞으로 10년 후의 일이고, 지금은 모차르트가 밀라노 대공에게 오페라를 작곡하여 납품한다는 사실에 호의를 갖고 레오폴트 부자의 밀라노 여행을 허락했다. 대주교는 같은 합스부르크제국 산하 도시에서 모차르트가 성과를 올린다는 것은 잘츠부르크의 궁정에 보탬이 될 것으로 판단했을 것이다.

1772년 10월 24일 모차르트 부자는 잘츠부르크를 떠나 밀라노로 향했다. 이번이 세 번째이자 마지막 이탈리아 여행이 될 터였다. 겨울을 재촉하는 늦가을의 비가 마차의 창문을 때리고 있었다. 모차르트는 어머니와 난네를을 포옹하며 미적거렸다. 레오폴트가 한껏 성숙해진 아들에게 부드럽게 말했다.

"이제 마차에 타거라."

마차에 몸을 실은 모차르트의 손에는 새 오페라의 대본 중 레치타티보만 일부 완성된 채 쥐어져 있었다. 모차르트는 〈알바의 아스카니오〉의 작곡을 위촉받기 조금 전인 1771년 3월 14일, 밀라노의 사육제 시즌을 위한 새 오페라 작곡을 위한 계약서에 서명했다. 〈폰토의 왕 미트리다테〉와 〈알바의 아스카니오〉의 성공에 뒤이어 다시 한 번 오페라 세리아를 작곡할 기회를 얻게 된 것이다. 이렇게 하여 추진된 것이 오페라 세리아 〈루치오 실라〉였다.

완성된 대본을 확보하는 일은, 그 전의 경우와 마찬가지로 이번에도 간단치 않았다. 모차르트는 빈의 궁정시인 조반니 데 가메라의 대본을 바탕으로 레치타티보는 이미 마무리했다. 그런데 가메라가 완성한 대본을 메타스타시오가 부분적으로 수정했기 때문에, 이미 일부 완성된 레치타티보를 고쳐야 했다.

10월 25일, 인스부르크

모차르트 부자는 10월 24일 밤을 상트 요한 인 티롤에서 묵었다. 벌써 겨울이 오기 시작했고 바깥 날씨는 매섭게 차가웠다. 두 사람은 1772년 10월 25일 밤 10시 헤어초크 프리드리히 스트라세 6번지에 있는 황금 독수리 여관(Zum Goldenen Adler)에 도착하여 27일까지 숙박했다. 당시 이 여관은 인스부르크에서 가장 좋은 숙박시설이었다. 모차르트 외에 이곳에 머문 명사는 괴테, 스웨덴의 구스타브 3세, 그리고 요제프 2세가 프랑스의 마리 앙투아네트 왕비를 방문하고 귀국길에 팔켄스타인 백작이라는 가명으로 묵었다.

모차르트는 어릴 때부터 호사스런 여행을 했고, 좋은 음식을 먹었고, 좋은 곳에서 잤다. 귀족의 초대를 받아 연주를 할 때면 좋은 옷을 입었다. 레오폴트가 그렇게 가르쳤고, 그것은 전략이었다. 모차르트는 이렇게 생각했는지도 모른다.

"나는 음악에서 왕이다."

위 | 인스부르크의 황금 독수리 여관
아래 | 황금 독수리 여관의 모차르트가 투숙했던 방

필자는 이곳에서 며칠 머물렀다. 지금 이 호텔은 옛 이름을 그대로 사용하고 있으며 베스트 웨스턴 체인 호텔이다. 호텔 내부에는 각 방마다 투숙한 유명인사의 이름을 부착해두었고, 호텔 입구 기둥에는 유명인사들의 이름을 대리석에 음각해두었다. 상술이라기보다는 역사적 사실의 기록으로 보는 것이 옳을 것이다.

모차르트는 10월 26일 인스부르크에서 머무는 동안 그곳에서부터 7마일 떨어진 할 인 티롤(Hall in Tyrol)로 가서, 클로스터슐가세 2번지(Klosterschulgasse 2)에 있는 여자수도원(Damenstift)의 오르간을 연주했다. 모차르트는 그런 식으로 가는 곳마다 교회에서 미사를 드리고, 그곳 오르간을 연주했으며, 미사 중에는 그곳 성가대를 지휘했다. 또 장터와 박물관과 큰 건물을 구경했다. 그곳의 귀족이나 부유한 사람들로부터 귀여움을 받았고, 칭찬을 들었으며, 선물도 받았다. 그리고 실망도 많이 했을 것이다. 요컨대 모차르트는 인간의 희노애락을 일찍 경험했다.

10월 28일, 다시 볼차노에서

모차르트 부자는 시간을 아끼기 위해 27일 아침 일찍 떠나 그날 밤은 브레사노네에서 잤다. 28일은 볼차노에 도착하여 지난번처럼 태양여관에 여장을 풀고는 피아차 도메니카니(Piazza Domenicani)에 있는 도미니코 수도원의 비첸츠 란프틀(Father Vicenz Ranftl) 수도사를 방문했다. 정말이지 모차르트는 여행을 즐겼고 또 쉴새 없이 작곡을 했다. 밤에 〈현악4중주,

K. 155/134a〉를 작곡했다.

아이스맨 외치

모차르트가 볼차노를 거쳐 다녀간 지 219년 후인 1991년 이탈리아와 오스트리아 국경 외츠탈 알프스(Oetztal Alps)에서 5300년이나 된 미라가 한 구 발견되었다. 미라를 처음 발견한 오스트리아의 시몬 부부는 그 이름을 지역명 외츠탈과 전설적인 눈사람 예티(yeti)를 합성하여 외치(Oetzi)로 명명했다. 옷, 무기, 소지품 등 석기시대 생활상을 잘 보여주는 5300여 년 전의 미리 외치는 현재 냉동하여 볼차노 고고학박물관에 전시돼 있다. 외치의 유해를 분석한 결과 그는 싸움 중에 죽은 청동기시대 인간으로 밝혀졌다.

　예상보다 많은 사람들이 미라를 보러 오면서 볼차노 주정부가 수백만 유로의 관광 수입을 벌어들이게 되자, 1994년 볼차노 주정부는 감사의 표시와 외치 발굴 비용으로 시몬 부부에게 5200유로를 제의했지만 거절당했다. 그 사이 에리카와 함께 외치를 발견한 남편 헬무트 시몬은 등반

 여 행 자 노 트

외치가 신고 있는 신발을 재현한 체코의 코머스바타대학 교수는 거친 지형과 뜨겁고 찬 날씨에서도 발을 완벽히 보호해주는 외치의 신발에 감탄했다. 그러나 외치의 신발이 아무리 우수하다 해도 그는 '일용할 양식을 찾아' 하루 종일 헤맸을 것이다. 1833년 영국의 공장법(The Factory Act)은 하루 노동시간을 12시간으로 정했다. 1847년 개정된 공장법은 근무시간을 1일 10시간으로 규정하였다. 하루 근무시간 2시간을 단축하는데 14년이 걸린 것이다. 그로부터 67년이 지나 1914년 헨리 포드는 종업원의 하루 근무시간을 8시간, 주 5일 근무를 규칙으로 삼았다. 요컨대 인류가 지금처럼 하루 8시간만 일하고도 살 수 있기까지는 무려 5300년이나 걸린 셈이다.

사고로 사망했다.

이에 대한 보상금으로 볼차노 주정부는 5만 유로를 제안했다. 2006년 초 법원은 냉동인간인 외치를 발견한 에리카에게 적절히 보상해야 한다고 판결했다. 하지만 같은 해 9월 볼차노 주정부는 항소했다. 에리카가 제시한 25만 유로는 너무 과하다는 이유였다. 2009년 주정부와 에리카는 보상금 15만 유로에 합의했다.

10월 29일, 다시 로베레토, 알라, 베로나를 지나서

다음날 아침 볼차노를 떠난 두 사람은 트렌토에서 점심을 먹고 로베레토에서 하루를 잤다. 두 사람은 피아차 수프라지오 27번지(Piazza Suffragio 27)에 있는 지안 줄리오 피치니 남작(Palazzo Baron Gian Giulio Pizzini)의 저택에 저녁 식사를 초대 받았다.

10월 30일 두 사람은 알라에 도착하여 역시 피치니의 저택에서 하룻밤 신세졌다.

11월 1일 모차르트 부자는 베로나에 도착했다. 이곳에서 이틀을 지내고, 3일은 브레샤에서 자고, 4일 밀라노에 도착했다.

메타스타시오의 도움으로 빈 궁정에 자리잡고 있던 시인 조반니 가메라는 플루타르크의 저작에 영감을 얻어 루치오 실라의 대본을 작성했는데, 가메라는 예의상 메타스타시오에게 완성한 대본을 보내 의견을 구했다. 대본을 본 메타스타시오는 어떤 장은 통째로 삭제하고, 또 새로운 장을 삽입하는 바람에 모차르트에게 대본 전달이 상당히 지연되었다.

메타스타시오형 오페라

모차르트가 이탈리아 여행 기간 동안 작곡한 3편의 밀라노 오페라는 오페라 세리아와 같은 유형의 세레나타와 오라토리오로서, 소위 메타스타시오형 오페라에 속한다. 메타스타시오형 오페라는 18세기 후반에는 가장 유행하는 오페라였으나, 오늘날에는 매우 생소하다. 따라서 모차르트의 초기 오페라를 평가하기 위해서는 메타스타시오형 오페라의 특징을 알아야 한다.

'메타스타시오형 오페라'라는 명칭은 원래 '신 나폴리 악파 오페라'로 불리었는데, 오스트리아의 궁정 시인이자 유명한 대본작가 피에트로 메타스타시오의 대본에 의한 3막짜리 오페라를 의미한다. 대본의 소재는 고대 신화와 역사에 등장하는 영웅들의 애국심, 충성, 우정, 관용, 극기, 시련, 갈등, 승리 등이다. 극의 전개는 등장인물들의 대화, 즉 레치타티보로 진행되며, 주인공의 생각이나 감정은 아리아로 표현된다. 등장인물은 주인공과 그의 연인, 다른 커플 한 쌍 등 네 사람을 중심으로 결정된다.

메타스타시오형 오페라에서 순수 기악은 서곡에 한정되었고, 합창은 중시되지 않았으며, 중창도 대체로 여러 사람이 공통된 감정을 나타낼 때만 썼고, 레치타티보는 작곡가의 역량에 따른 큰 차이가 없다. 따라서 메타스타시오형 오페라의 성공은 결국 주인공들의 아리아에서 결판난다. 그것이 바로 작곡가의 몫이다.

요컨대 메타스타시오형 오페라는 레치타티보에 의해 연결된 아리아의 연작이다. 따라서 작곡가는 아리아를 부를 가수들의 목소리에 맞추어 아리아를 한 곡씩 써나갔다. 이탈리아에서 모차르트가 사용했던 작곡 방식이 바로 메타스타시오형 오페라의 작곡방식이었다. 아리아는 보통 4

행씩 2절로 이루어지는 8행시를 텍스트로 한다. 아리아를 분류할 때 텍스트를 바탕으로 A–B–A 순으로 작곡한 것을 다 카포 아리아(Da Capo Aria)라고 하는데 두 번째 A는 처음 A를 되풀이하지만 가수가 장식음을 넣는 경우도 있다. 레치타티보와 아리아 중간에 A–B–A–B 형식으로 이루어진 것을 카바티나 아리아(Cavatina Aria)라고 한다. 모차르트의 초기 오페라에서는 거의 이 두 가지 유형이 기초를 이룬다. 카발레타(Cabaletta)는 주로 막의 끝에 등장하는 아리아로서 화려한 종말을 장식한다. 초기 오페라에서는 글루크가 종종 사용했으나 모차르트 시대가 지나고 19세기 로시니와 베르디가 주로 사용했다.

18세기의 아리아는 이런 형식 외에도 여러 방식으로 분류되었다. 노래의 분위기에 따라 '거장이 부르는 아리아'(Aria di Brabura), '서정적 아리아'(Aria Cantabile), '말하는 아리아'(Aria Parlante), 아리아의 감정의 유형에 따라 '분노의 아리아', '환영과 유령의 아리아' 등이 있다.

 여 행 자 노 트

메타스타시오는 로마에서 태어나 52살에 비엔나로 와서 호프부르크 앞 미하엘러하우스(Michaelerhaus)에서 살았다. 그의 무덤은 미하엘러 성당 지하에 있다.

왼쪽 집이 메타스타시오의 집이고, 오른편이 그의 무덤이 있는 비엔나의 미하엘러 성당이다.

대본작가는 이런 분류를 확실히 의식하고 창작했고, 작곡가도 각 유형의 아리아를 가수의 능력에 맞춰 작곡했다. 따라서 메타스타시오형 오페라는 훗날 작곡가의 개성을 중시하는 오페라와 많은 차이가 있다.

11월 4일, 밀라노(네 번째)

밀라노에는 또 다른 문제가 기다리고 있었다. 가수들이 제때에 도착하지 않자 모차르트는 서곡과 합창곡을 먼저 작곡하며 그들을 기다리느라 아까운 시간을 낭비했다. 뿐만 아니라 주역을 맡은 가수가 병 때문에 갑자기 초연에 참가하지 못하게 되는 일도 벌어졌다. 급히 대역을 찾는데 고생한 것은 물론, 그 대역 역시 12월 17일이 되어서야 밀라노에 도착하는 바람에 〈루치오 실라〉를 위한 아리아들은 초연을 며칠 남겨 두지 않은 시점이 되어서야 완성되었다.

12월 18일 〈루치오 실라〉의 마지막 음표를 적었다. 이 오페라의 아리아 18곡을 쓰는 데 불과 한 달밖에 주어지지 않았지만, 모차르트는 풍부한 경험을 바탕으로 주요 등장인물의 성격을 어떻게 음악으로 표현할 수 있는지를 잘 보여주었다. 모차르트의 작품은 늘 그런 식으로 마감일 직전에 완료되었다. 앞으로도 종종 그렇게 된다. 그 다음날 바로 리허설에 들어갔다.

그날 저녁 모차르트는 부친의 편지 말미에 누나에게 오페라 〈루치오 실라〉의 작곡 진행 사항을 적어 보냈는데, 편지글을 앞뒤로, 왼쪽에서 오른쪽으로 바꾸어 썼다.

누나가 이 편지를 받을 때는, 내 오페라 〈루치오 실라〉가 무대에 올려지는 날 저녁쯤일 거야. 나를 생각하며 누나도 멀리서나마 무대를 보고 듣고 있겠지. [편지를 뒤집어 볼 것]

내일은 폰 마이어 씨 댁에서 만찬을 하기로 되어 있어. 내일 극장에서 리허설이 있어. 그렇지만 극장 주인 카스틸리오니는 아무에게도 말하지 말라고 하더군. 자칫 이야기가 새나가면 사람들이 몰려올까봐서 그런다나. 그러니, 우리 꼬마 아가씨도 리허설 건은 비밀로 해두기 바래. 안 그러면 친척들이 잔뜩 몰려올지도 몰라! [오른쪽에서 왼쪽으로 읽을 것]

(중략)

나의 누나, 내가 벌레에 물렸어, 등 좀 긁어줘.

12월 26일, 〈루치오 실라〉 초연

로마 공화정 말기 공포 정치로 유명한 루키우스 코르넬리우스 실라는 여러 모로 기이한 인물이었다. 많은 공을 세운 군인이었던 그는, 기원전 88년 로마에 내전이 일어나자, 소아시아에서 미트리다테 6세에 대한 공격을 감행하던 중 돌연 군사를 이끌고 로마로 진입해 정권을 차지한다. 그런데도 실라는 다 잡은 권력을 휘두르기는커녕, 친나를 집정관으로 임명한 후에 다시 소아시아 정복을 위해 전쟁터로 되돌아간다.

몇 년간의 원정을 성공리에 마친 후 다시 로마로 돌아온 실라는 기원전

82년 독재관이 되어 정적 마리우스 일파를 죽이고, 40명의 반대파 원로
원 의원들과 수백 명의 귀족들을 추방했다. 그의 마지막 행동 역시 이상
하기 짝이 없었는데, 무소불위의 권력을 휘두르던 그는 기원전 79년 특
별한 이유 없이 독재관 지위에서 스스로 물러났다.

　가메라의 대본은 이런 역사적 사건보다는, 실라가 자신이 추방한 원로
원 의원의 약혼녀를 짝사랑하는 과정에서 발생하는 갈등을 다루고 있다.
실제 역사에서 아무리 잔혹했던 독재자라도 극중에서는 자비의 화신으
로 표현되는 것이 18세기 오페라 세리아의 규범이었으므로, 가메라는 수
수께끼 같은 실라의 사임에 대해 근거를 붙인다. 그러나 대본에 나타나
는 인물들은 주니아를 제외하면 지극히 평범하며 그들의 행동동기의 설
명도 불충분하다.

루치오 실라: 2006년 잘츠부르크 실황

　12월 26일 차가운 겨울 저녁,
모차르트가 지휘대에 섰다. 페르
디난트 대공이 두 시간이나 늦게
극장에 도착하여 막이 늦게 올랐
고, 막간 휴식과 각 막 사이에 발
레가 곁들여졌기 때문에 총 공연
시간이 6시간이나 되어 새벽 2시
가 되어서야 막이 내렸다. 주연
체칠리오 역에는 당시 최고 인기
카스트라토 라우찌니가 출연했
다. 그는 나중에 모차르트의 〈엑
술타테 유빌라테〉를 불렀다.

〈루치오 실라〉는 시즌 중 26회나 공연되었고 또 레오폴트는 잘츠부르크로 보내는 편지에서 〈루치오 실라〉가 엄청난 성공을 거두었다고 썼으나, 사실은 실패를 맛보았다. 〈루치오 실라〉는 밀라노의 테아트로 레지오 두칼레 극장 공연목록에서 곧 제외되었다.

모차르트는 이탈리아 여행을 통해 〈폰토의 왕 미트리다테〉, 〈베툴리아 리베라타〉, 〈알바의 아스카니오〉, 〈루치오 실라〉 등 초기 시대의 오페라 작품들을 주문받았고, 마르티니 신부, 작곡가 피치니, 요멜리, 파이지엘로 등을 만나 배웠다. 그러나 정규직 일자리는 얻지 못했다. 그것 역시 우리 인류에게는 다행이었다. 만약 모차르트가 이탈리아에서 일자리를

 음악 노트

루치오 실라(Lucio Silla, K 135)

형식: 3막 오페라 세리아, 약3시간 30분

대본: 역사적 사실을 바탕으로 조반니 가메라의 대본

오페라 대본: 메타스타시오가 수정한 이탈리아어 대본

초연: 1772년 12월 26일, 밀라노 테아트로 레지오 두칼레

등장인물(이름, 역할, 성부, 초연 가수)

• 루치오 실라(Lucio Silla): 로마의 독재관. 테너 바사노 모르노니
• 주니아(Giunia): 실라의 정적 마리우스의 딸. 체칠리오의 약혼녀. 소프라노 안나 데 아미치스-부온솔라즈
• 체칠리오(Cecilio): 추방된 원로원 의원. 소프라노 카스트라토 베난치오 라우찌니
• 루치오 친나(Lucio Cinna): 체칠리오의 친구. 실라의 숨은 적. 소프라노 펠리치타 수아르디
• 첼리아(Celia): 실라의 누이동생. 친나의 연인. 소프라노 다니엘라 미엔치
• 아우피디오(Aufidio): 로마의 호민관. 실라의 친구. 테너 주세페 오노프리오
• 위병들, 원로원 의원들, 귀족들, 병사들, 군중, 여인들

얻어 정착했다면, 교향곡과 피아노곡, 그리고 〈마술피리〉 등을 비롯한 모차르트의 위대한 후기 작품들은 탄생하지 않았을는지도 모른다.

제1막 로마 테베레 강변

실라에 의해 원로원에서 추방된 체칠리오는, 겉으로는 실라의 친구인 척 행세하는 친나를 만나 약혼녀 주니아의 안부를 묻는다. 친나는, 주니아는 체칠리오가 죽였다고 믿고서 슬픔에 잠겨 조상들과 고대 영웅들이 묻혀 있는 지하 묘지에 자주 들른다는 사실과 지하 묘지로 가는 비밀 통로를 알려준다. 친나는 체칠리오에게 사랑은 반드시 이루어 질 것이라 용기를 북돋우는 아리아(Vieniov'amor t'invita)를 부르고 퇴장한다. 체칠리오도 곧 주니아를 만날 수 있다는 기대와 기쁨에 가득 찬 아리아(Il tenero momento)를 부른다.

실라가 호민관 아우피디오, 누이동생 첼리아와 함께 주니아 문제를 상의하고 있다. 첼리아는 오직 사랑만이 그녀의 마음을 얻을 수 있을 것이라 오빠에게 조언하며 실라의 이해를 촉구하는 아리아(Se lusinghiera speme)를 부르고 퇴장한다. 아우피디오는 체면 불구하고 강제로 밀어 붙이라고 조언하다. 그때 주니아가 들어온다. 주니아는 아버지를 죽이고 연인을 추방한 실라를 경멸하고 또 실라를 폭군이라고 독설을 퍼붓는 아리아(Dalla sponda tenebrosa)까지 부르고 나가 버리자, 실라는 진짜 폭군처럼 행동해 주겠노라고 다짐하는 복수의 아리아(Il desio di vendetta)를 부른다

지하묘지 입구에서 체칠리오는 주니아가 오기를 기다린다. 주니아는 아버지의 영혼에게 기도하며, 여인들과 귀족들은 영웅의 망령들에게 실라에 대항해 궐기해 줄 것을 기원하는 합창(Fuor di queste urne dolenti)을 부른다. 일행이 돌아가고, 혼자 남은 주니아가 실라에 저항할 힘을 달라

고 죽은 체칠리오의 영혼에게도 기도하려는 순간, 체칠리오가 그녀 앞에 모습을 드러낸다. 기쁨에 찬 두 연인의 사랑의 맹세 이중창(D'Elisio in sen m'attendi)과 함께 막이 내린다.

제2막 실라의 궁전으로 통하는 회랑

아우피디오는 주니아를 사형에 처하려는 실라를 만류하며, 주니아에 대한 대중의 인기가 높고, 또한 실라에 의해 이미 제거된 그녀의 아버지 마리우스를 따르는 무리도 적지 않기 때문에, 그녀를 죽이는 것보다는 대중과 원로원 의원들의 승인 하에 주니아와 결혼하여 반대파들에게 화합의 제스처를 보이는 것이 좋겠다고 건의한다. 아우피디오는 두려움은 용사에게는 걸맞지 않는 것이라고 설교하는 아리아(Guerrier, che d'un acciaro)를 부르고 퇴장한다.

실라가 퇴장한 직후 체칠리오가 검을 들고 나타난다. 꿈속에 나타난 마리우스의 망령의 명령에 고무되어 무모하게도 혼자서 실라를 살해하려는 계획을 세운다. 그를 따라 들어온 친나는 그를 제지하며 좀 더 신중하라고 말한다. 체칠리오는 실라에 대한 참았던 증오심을 폭발시키는 아리아(Quest' improvviso tremito)를 부르고 퇴장한다.

이어서 첼리아가 등장한다. 친나와 첼리아는 서로 사랑하는 사이이지만, 첼리아는 수줍음 때문에, 친나는 실라에 대한 증오심 때문에 서로 애정을 고백하지 못하고 있다. 첼리아는 자신의 본심을 내보이려고 노력하지만, 복수가 목전에 다가온 친나는 의도적으로 그녀의 시선을 외면한다. 첼리아는 자신은 눈을 통해 사랑을 읽을 수 있다며 냉담한 척 하는 친나에게 호소하는 아리아(Se il labbro timido)를 부르고 물러간다.

혼자 남은 친나에게 주니아가 나타난다. 실라가 자신을 데리고 의사당으로 가려고 한다는 주니아의 말을 듣고 친나는 이 기회에 실라를 살해할 수 있다고 생각한다. 친나는 주니아에게 신방에서 실라를 죽일 것을 종용하지만, 주니아는 이를 거절하고 체칠리오를 구할 사람은 친나밖에 없다고 호소하는 아리아(Ah se il crudel periglio)를 부르고 나간다. 선택의 여지가 없어진 친나는 그렇다면 자신이 손수 실라를 살해하리라 결심하고, 복수의 결심을 다지는 아리아(Nel Fortunato istante)를 부른다.

광장에서, 실라는 아우피디오에게 만일 로마 시민들이 자신에게 저항한다면 거리를 피바다로 만들 것이라고 선언한다. 주니아는 실라의 청혼을 거절한다. 화가 치민 실라는 이제는 폭군의 참맛을 톡톡히 보여 주겠노라며 분노의 아리아(D'ogni pieta mi spoglio)를 부른다.

몰래 숨어 들어온 체칠리오가 나타나 그녀와 마지막이 될 지도 모르는 포옹을 한다. 체칠리오는 이별에 앞서 자신은 죽어도 상관없지만 주니아가 위험에 처할까 봐 두렵다는 아리아(Ah se a morir mi chiama)를 부르며 사라진다. 이어서 첼리아가 등장하여, 실의에 빠진 주니아를 위로한다. 그리고 오빠 실라가 자신이 친나와 결혼하는 것을 허락했다며 기쁨의 아리아(Quando sugl'arsi campi)를 부르고 퇴장한다.

그녀의 말에 용기를 가지게 된 주니아는 자신도 원로원 의원들을 동원해 체칠리오의 구명을 요청하리라고 결심하고, 거부되면 차라리 죽는 편이 낫겠다고 생각하며 죽음을 동경하는 아리아(Parto, m'affretto)를 부른다.

의사당 안으로, 실라가 원로원 의원들과 아우피디오를 대동하고 등장한다. 원로원 의원, 군중들, 병사들은 실라를 찬양하는 웅장한 합창(Se gloria il crin to cinse)을 부르며 그를 맞이한다. 뒤따라 주니아도 등장한다. 실라는 원로원 의원들에게 주니아와의 결혼을 승인해서 실라파와 마리우스파 간의 해묵은 분쟁을 종식시킬 수 있도록 협조해 달라고 요청한다. 이어서 실라는 주니아를 결혼 제단으로 인도하려고 하지만 그녀는 완강하게 거부한다. 그 순간 체칠리오가 검을 휘두르며 실라에게 달려든다. 그러나 호위병들에게 체포되고, 친나의 암살 계획 역시 물거품이 되고 만다. 체칠리오의 대담한 출현에 놀라면서도 화를 참지 못하는 실라는 두 연인을 감옥에 가두라고 명령한다. 사랑과 분노의 대조적인 감정이 뒤섞인 주니아, 체칠리오, 실라의 삼중창(Quell'orgogliososdegno)이 고조되며 막이 내린다.

제3막 감옥

사슬에 묶여 있는 체칠리오에게 친나와 첼리아가 찾아온다. 친나는 체칠리오와 주니아 모두를 반드시 구해 내겠노라고 약속한다. 첼리아는 자신은 이러한 위험 속에서도 친나에 대한 사랑 때문에 희망을 가지게 된다고 아리아(Strider sento la procella)를 부른 후 나간다. 친나는 만약 그녀의 말조차 통하지 않는다면 이번에는 자신이 목숨을 걸고서라도 폭군 실라를 죽이겠다고 맹세하는 아리아(De' piu superbi il core)를 부른 후 퇴장한다.

아우피디오와 위병들이 그를 재판정으로 압송하기 위해 등장한다. 주니아는 그에게 마지막으로 작별을 고한다. 체칠리오는 자신이 죽는다 해도 주니아에 대한 일편 단심에는 변함이 없으리라는 아리아(Pupille amate)를 부른 후 끌려 나간다. 망연자실한 주니아는 연인의 망령에게 횡설수설하는 아리아(Fra I pensier piu funesti di morte)를 부른다.

의사당 앞 대 광장, 시민들과 병사들, 원로원 의원들이 가득한 광장. 환호하는 군중 앞에 선 실라는 놀랍게도 체칠리오와 주니아가 결혼해야 한다고 선언한다. 자신의 살해 음모를 자백한 친나도 용서하고 첼리아와의 결혼을 허락한다. 모든 추방자들의 로마 귀환을 허용하는 동시에 아우피디오의 과오도 모두 용서한다. 실라는, 영혼에게 필요한 것은 가식적인 화려함보다 결백과 미덕이라는 사실을 깨달았다고 말하며 독재관의 지위에서 스스로 사임한다. 행복해 겨운 연인들의 중창을 끼고 실라의 덕을 소리 높여 찬양하는 군중들의 합창(Il gran Silla a Roma in seno)이 울려 퍼지고 대단원을 맞는다.

1773년 1월 17일, 모테트 〈엑술타테 유빌라테〉 초연

모차르트는 마지막 이탈리아 여행 중 주문받은 오페라 〈루치오 실라〉를 작곡하면서도 틈나는 대로 다른 장르의 작품을 작곡했다. 그것이 바로 모테트 〈엑술타테 유빌라테〉(Exsultate, jubilate, K. 165)와 〈밀라노 4중주〉이다.

독창 모테트 〈엑술타테 유빌라테〉는 모차르트가 밀라노로 여행 중이었던 1772년 말과 1773년 초 겨울에 작곡한 것인데, 1773년 1월 17일 밀라노의 비아 산 안도니오 5번지(Via S. Antonio 5)에 있는, 사람들이 테아티네 교회(Theatine Church)라고 부르는 산 안토니오 아바테 성당(Church of St. Antonio Abate)

베난치오 라우찌니(Venanzio Rauzzini)

에서 개최된 라우찌니의 독창회는 청중에게 천상의 희열을 느끼게 하는데 모자람이 없었다. 이날은 대수원장 성 안토니오의 기념일이었다.

모차르트의 현악4중주

모차르트는 1770년 3월 최초의 현악4중주곡 〈로디〉를 작곡한 후 1790년까지 20년 동안 모두 23곡의 현악4중주곡을 작곡했는데 그 사이 1774~1782년까지는 이 장르를 작곡하지 않았기 때문에 작품의 분위기로 보면 23곡 중 13곡의 초기 작품과 빈에 완전히 정착한 후에 쓴 10곡으로 나뉜다. 모차르트의 현악4중주들은 생전에는 〈하이든 4중주〉 6곡과 〈K. 499〉만 출판되었다.

　모차르트의 현악4중주들을 작곡 장소에 따라 분류하면, 첫째, 이탈리아 여행 시기(1770~1773), 둘째, 1773년 8월과 9월 빈에 잠시 체제하면서 작곡한 시기, 셋째, 빈에 완전히 정착한 1782년 이후 1790년까지로 3구분할 수 있다. 13곡의 초기작품과 빈에 정착한 후 10곡의 걸작으로 분류된다.

　초기의 현악4중주 7곡은 모두 이탈리아 여행 중에 작곡한 것이다. 최초의 현악4중주(1번, K. 80, 일명 〈로디〉)는 로디에서(자필악보에 적힌 기록에 따르면 작곡 완성은 1770년 3월 15일 로디에서로 되어 있고, 제4악장은 1773년 혹은 1774년 빈이나 잘츠부르크에서 썼다) 작곡되었다. 모차르트는 그 후 더 수준 높은 현악4중주곡을 작곡했지만 이 첫 시도에 특별한 애착을 보였다. 전형적인 이탈리아풍인 제1, 제2악장, 잘츠부르크풍인 미뉴에트, 그리고 전형적인 프랑스풍의 론도로 구성된 이 작품은 여러 민족의 음악양식을 혼합한 것으로, 겨우 14세인 모차르트의 범상치 않은 능력을 엿볼 수 있다.

2번(K. 155)은 볼차노에서 시작하여 베로나와 밀라노에서 완성했고, 3번(K. 156), 4번(K. 157), 5번(K. 158), 6번(K. 159)은 밀라노에서, 7번(K. 160)은 밀라노에서 시작하여 잘츠부르크에서 완성했다. 2번에서 7번까지는 작곡한 지역 이름을 빌어 〈밀라노 4중주곡〉으로 불린다.

모차르트의 현악4중주곡 중에서 초기 작품 7곡은 이탈리아 여행 중 들은 것, 접촉했던 음악가 등으로부터 강한 영향을 받았다. 당시 현악4중주는 하나의 장르로서는 아직 형성되는 과정에 있었는데, 모차르트는 호기심과 소년기를 벗어나 청년기로 향하는 시기의 마음을 표현하였으며, 예술가로서의 성장을 반영하는 작품들이다.

〈밀라노 4중주곡〉 6곡은 1번 〈로디〉 이후 거의 2년 반이 지나 세 번째 이탈리아 여행(1772년 10월 24일~1773년 3월 13일) 동안 연작 형태로 작곡되었다. 세 번째 이탈리아 여행은 첫 번째 이탈리아 여행 때 밀라노 궁정극장에서 주문받은 오페라 세리아 〈루치오 실라〉의 작곡과 공연을 위한 것이었다.

〈밀라노 4중주곡〉 중 첫 번째 곡은 1772년 10월 28일 볼차노에서 시작하여 1773년 1월 4일 밀라노에 도착하여 완성된다. 작곡 동기를 알 수 있는 자료는 없다. 그러나 1772년 10월 28일 레오폴트가 볼차노에서 쓴 편지에 다음과 같은 내용이 있다.

"지금 아들은 지루함을 달래려고 4중주곡을 쓰고 있소."

당시 일반적으로는 6곡 1조로 된 4중주곡 출판이 관행이었고, 레오폴트가 1772년 2월 7일 브라이트코프 출판사에서 보낸 편지에서 "4중주곡, 즉 바이올린2, 비올라, 첼로에 의한 곡도 있습니다"라면서 모차르트가 작곡한 작품을 열거하고, 동 출판사가 출판할 의사가 있는지 묻고 있다. 따라서 모차르트가 이 곡을 심심해서 작곡했다기보다는 출판을 염두에 두고 있었는지도 모른다. 그러나 이 작품은 생전에 출판되지 않았다.

〈밀라노 4중주곡〉 6곡 모두 〈제1번〉과 마찬가지로 신포니아의 3악장 형식으로 씌여졌으며 악상도 이탈리아적 선율이지만, 모차르트는 이탈리아의 현악4중주 작곡가들, 즉 보케리니(Luigi Rodolfo Boccherini, 1743~1805, 현악4중주의 발전에 영향을 미쳤으며 최초로 현악5중주와 피아노5중주를 작곡했다)나 삼마르티니의 작품을 직접적으로 모방하지는 않았고 독자적인 표현을 추구하고 있다. 그러나 〈밀라노 4중주〉는 교향적인 요소에서 실내악적인 요소까지 포함하는 과도기적 현악4중주곡으로서, 청년기에 들어선 모차르트의 다감한 감정의 표출을 들을 수 있는데, 그런 주관적인 감정 표현은 당시의 사교적인 교향곡이나 디베르티멘토에서는 결코 찾아볼 수 없는 것이다.

나머지 현악4중주들(8~23번)은 장소적으로 모두 빈에서 작곡되었다. 빈에서 작곡된 것들은 1773년에 작곡한 6곡(8~13번, 일명 〈빈4중주곡〉)과 1782년에서 1785년 사이 하이든에게 증정한 6곡(14~19번), 그리고 호프마이스터 출판사에게 보낸 20번(K. 499)과 프로이센의 프리드리히 빌헬름 2세를 위해 작곡한 3곡(21~23번)이다. 현악4중주는 당시 실내악 작곡의 관습에 따라 양식적인 단정함을 지닌 6곡 연작으로 쓰여졌다. 출판은 하이든 4중주 6곡과 K. 499 등 7곡만 생전에 대중적으로 출판되었다.

1773년 8월에서 9월 사이 빈에서 〈빈4중주곡〉 6곡을 작곡한 후 모차르트의 악풍은 갈란트 양식으로 바뀌었고, 잘츠부르크 시대에서 만하임과 파리 여행 시대까지는 현악4중주곡을 한 곡도 쓰지 않았다. 모차르트가 이 분야의 곡을 다시 쓰기 시작한 것은 빈으로 옮겨온 1782년 말인데, 그것은 하이든의 현악4중주 33번에서 받은 깊은 감동 때문이었다.

바흐와 헨델을 통해 최고의 절정기로 치닫던 바로크 음악의 불꽃이 꺼져 갈 무렵 빈 음악계에 등장한 하이든은 고전주의(classicism)의 토대를 쌓으면서 서양 음악사의 새로운 지평을 열었다. 만약 고전주의 음악가의 표상이자 전형으로서 하이든이 없었다면 음악의 천재 모차르트나 음악의 성인 베토벤은 고전음악의 기초공사를 위해 보다 많은 시간을 투자해야만 했을 것이다. 따라서 요제프 하이든은 고전주의 음악가의 표상이자 모범으로서 모차르트나 베토벤에게는 스승이었고 그들의 앞길을 열어준, 훌륭한 인품을 가진 음악가였다.

고전음악의 형식을 완성시켰고 또 108곡이나 되는 교향곡을 작곡한 공로로 '교향곡의 아버지'라는 별칭을 듣는 하이든은 현악4중주를 74곡이나 작곡한 덕분에 '현악4중주의 아버지'라 불리기도 한다. 하이든은 거의 평생을 에스테르하지가(House of Esterhazy)에 종속되어 전근대적인 인생을 살았지만, 음악가로서만큼은 시대를 이끌어가는 개혁가였다. 음악 역사에 있어 고전주의라고 하는 사조의 이름이 붙여진 이유는 당시의 음악이 이전의 바로크나 이후의 낭만음악에 비해 보다 논리적이고 질서정연한 스타일을 보여주기 때문이었다.

고전주의가 생겨난 때는 근대 시민사회의 성립기이

 여행자 노트

비엔나 영웅광장에 있는 마리아 테레지아 여제의 동상 밑부분이다. 전면의 큰 얼굴이 하이든, 모차르트, 베토벤을 후원했던 판 스비헨이고, 그 뒤 아이가 모차르트, 오른쪽이 하이든이다.

자 계몽주의 시대였는데, 개인의 직접적 경험을 바탕으로 한 이성적인 사고와 합리성을 추구한 계몽사상의 정신이 잘 반영된 것이 바로 하이든의 음악이다. 괴테가 "하이든의 음악은 진실을 노래하는 이상적인 언어이다"라고 한 말 역시 그의 계몽주의적 음악관을 대변하는 것이다. 진정한 주제라고 할 수 있는 것이 없었던 바로크 음악과는 달리 하이든은 명확한 주제를 제시했으며, 이를 논리적으로 전개시켜나감으로써 연주자나 청중들에게 음악 양식의 변화에 주목할 수 있게 했다. 이것은 계몽주의 시대로 나아가는 시기에서 하이든이 보여준 시대정신의 반영이었다.

모차르트는 6곡의 연작을 묶어 1785년 1월 15일 하이든을 자신의 집에 초대하여 초연했고, 또 하이든을 향한 진심어린 헌사를 붙여 출판했다. 음악학자 알프레드 아인슈타인은 하이든에게 증정한 6곡을 "모차르트의 '가장 개인적인 음악'으로서 역사상 모든 실내악의 최고봉을 이룬다"고 평했다.

이후 모차르트의 관심은 현악5중주곡으로 옮겨갔지만 1788년 베를린을 방문한 후 아마추어 첼리스트인 프로이센 왕 프리드리히 빌헬름 2세에게 헌정할 목적으로 6곡의 연작을 쓰기 시작한다. 궁핍함 때문에 항상 분주했던 모차르트는 3곡만 완성했고 중단하지만 이들은 모두 만년의 맑고 투명한 양식을 보여주는 걸작이다.

1월 27일, 피렌체(두 번째)

1773년 1월 27일 모차르트가 17살이 되는 날, 밀라노에는 큰 눈이 내렸다. 그날 모차르트 부자는 일자리를 구하러 피렌체로 내려갔다. 토스카나의 레오폴트 대공 부인은 스페인의 공주 마리아 루이자였는데, 마리아 루이자는 모차르트의 음악을 별로 좋아하지 않았다. 세 번째 이탈리아 여행의 결과는 무위로 끝났다. 모차르트 부자는 며칠 후 밀라노로 발걸음을 돌렸다.

마리아 테레지아 여제의 셋째 아들 페르디난트 대공이 다스리는 밀라노, 차남 레오폴트 대공이 다스리는 피렌체, 사위 페르디난도 왕이 다스리는 나폴리는, 아마도 마리아 테레지아 여제의 의중이 전달되었는지, 모차르트에게 궁정 일자리를 제공하지 않았다. 설상가상으로 모차르트의 오페라가 이탈리아인들의 기호와 구미에 맞지 않았는지 오페라 〈루치오 실라〉 이후 이탈리아에서는 더 이상 오페라 주문도 없었다. 레오폴트는 이렇게 자신을 합리화했다.

"주님께서 우리를 다른 용도로 쓰실 모양이지."

3월 4일, 굿바이 밀라노

1773년 3월 4일 밀라노에 봄눈이 내렸다. 꽃잎 같은 눈이 바람을 타고 봄의 날벌레처럼 날아서 땅으로 떨어진 다음에는 더 이상 흔적도 없었다. 그런 날 모차르트 부자는 밀라노를 떠나 북쪽으로 발걸음을 옮겼다.

모차르트에게 이탈리아 여행은 배움의 결실이 컸지만, 레오폴트에게는 실망만이 가슴에 가득 남았다. "희망은 원대함을 요한다"고 하지만 말이다.

시대의 추세에도 두 가지가 있다. 하늘의 추세와 사람의 추세. 하늘의 추세에는 저항할 수가 없다. 하지만 사람의 추세는 움직이려고 생각하면

움직일 수가 있는 것이다. 지혜와 용기의 문제인 것이다. 인간은 자기합리화의 동물이다. 레오폴트는 속으로 말했다.

"열심히 일하고 먹고 살만큼 벌고, 건전한 인간으로 행동하며 주님이 보시기에 좋은 인생을 살면 되지."

5일에는 캐노니카를 거쳐, 브레샤에서 하루를 묵었다. 6일은 베로나에서, 8일은 알라에서, 10일은 트렌토에서, 11일은 브레사노네에서 잤다. 12일 또 북쪽으로 마차를 달렸다. 희망에 들떠 넘었던 브렌네르 패스를 실망이 가득한 채 다시 넘었다. 이제 다시는 브렌네르 고개를 넘는 일은 없을 터였다.

저녁 늦게 인스부르크에 도착했다. 이번에도 황금 독수리 여관에 여장을 풀었다. 마음 같아서는 잘츠부르크로 계속 갔으면 했지만 이미 밤은 너무 어두웠고 몸도 피곤했다. 게다가 초봄이었지만 추웠다.

3월 13일, 모차르트의 소년 시대가 끝나다

다음날 새벽을 깨우는 성당 종소리에 모차르트는 눈을 떴다. 벌써 굴뚝마다 가볍고 따뜻한 흰 연기가 모락모락 피어나고 있었다. 두 사람은 잘츠부르크로 가는 마차에 몸을 실었다.

열일곱 살 모차르트는 여기저기서 산발적으로 성공을 거두었지만 높은 연봉을 받는 안정된 일자리를 구하지는 못했다. 레오폴트가 지난 몇 년 간 온갖 애를 썼지만 뮌헨도, 빈도, 파리도, 런던도, 밀라노도, 피렌체도, 로마도, 나폴리도 모차르트를 고용하지 않았다. 모차르트 부자가 접근해보지 않은 유럽의 대도시는 프리드리히 2세의 도시 베를린과 예카테리나 2세의 도시 상트 페테르부르크 정도였다. 한 곳은 프로테스탄트의 도시요, 다른 한 곳은 그리스정교회 도시였으므로 가톨릭 신자인 레오폴트가 일부러 가지 않은 곳이었다.

레오폴트는 야심을 가진 사람이었다. 처음에는 자기 자신이 음악세계에서 왕이 되려고 했다. 적어도 그런 야심을 가진 계몽주의적 시민이었다. 그러나 자신의 역량이 부족하다는 사실을 알고는 그 일을 아들 모차르트에게 맡겼다.

그는 전략을 세웠다. 먼저 세상에 천재가 있다는 사실을 알리기 위해 여행을 계획했다. 오늘날 기준으로도 아들을 데리고 몇 년간 여행을 한다는 것은 무엇보다도 엄청난 비용이 드는 일이고, 또한 '그랜드 투어'라는 것은 적어도 귀족 자제들에게나 가능한 일이었는데도 레오폴트는 18세기 중반 그런 일을 계획하고 추진했다. 우선 모차르트를 데리고 유럽과 빈을 여행했다. 실망스런 일도 있었지만 모차르트가 기적의 아이라는 사실은 인정받았다.

그 다음에는 모차르트가 반짝하다가 사라지는 신동이 되지 않도록 배움의 기회를 제공했다. 그것이 이탈리아 여행의 일차적 목적이었다.

모차르트는 이탈리아를 여행하면서 군주와 귀족과 부르주아 앞에서 연주를 했고, 그들의 도움을 받았으며, 또 18세기의 훌륭한 음악가들을 만나서 배웠다. 모차르트는 이탈리아에서 마르티니 신부에게서 대위법을 배웠고, 삼마르티니, 파이지엘로, 요멜리, 마요 등 당대의 대작곡가들의 음악을 듣고 이야기를 나누었다. 돌아오는 마차 속에서 레오폴트가 물었다.

"볼프강, 이탈리아 여행에서 배운 것이 무엇이니?"

모차르트가 시무룩한 얼굴로 대답했다.

"아빠, 사람이 아무리 노력해도 안 되는 일이 있는 것 같아요."

레오폴트는 달래는 음성으로 말했다.

"물론 그렇지. 노력도 중요하지만, 기도를 게을리해서는 안 된단다."

레오폴트는 본인도 신앙심이, 특히 성모 마리아에 대한 신심이 깊었고 또 아들을 가톨릭적으로 키웠다. 레오폴트가 또 질문했다.

"이탈리아에서 만난 작곡가들에 대해서는 어떻게 생각하느냐?"

이번에 모차르트는 또렷이 대답했다.

"청중이 달라서 그런 것인지, 사회 분위기가 그래서인지는 몰라도 뮌헨, 만하임, 파리, 런던, 그리고 빈에서 만난 음악가들과는 많이 다른 것 같아요. 음악이 좀 더 밝고 코믹하고 가볍고 화려했어요. 그리고 아빠, 시대가 달라지면서 건축물이 달라졌어요. 나의 음악도 그래야 되겠지요?"

모차르트의 음악은 청중, 즉 고객에 따라, 장소에 따라, 가수에 따라 달라졌다. 궁중이나 귀족의 연회에서 사용되는 음악, 일반 대중을 위한 예약연주회용 작품, 초기의 메타스타시오형 오페라, 다폰테 3부작, 그리고 마술피리 등 상황에 적합한 음악으로 나타났다.

"그렇단다. 그리고 건물이야 눈에 보이는 것이지만, 눈에 직접 보이지는 않지만 본 것은 무엇이지?"

"사람의 마음은 처음부터 선하다거나 악한 것이 아니라, 상황에 따라 달라지는 것 같아요."

모차르트의 음악은 소수의 예외를 제외하고 모두 의뢰자의 주문에 따라 작곡된 것이다. 베토벤의 경우 자신이 작곡을 먼저 하고 출판사에 판매를 의뢰했지만, 모차르트는 먼저 작곡하는 경우는 드물었다. 게다가 주문계약이 제대로 이행되지 않으면 작곡을 하다가도 중단하는 경우도

미라벨 정원에서 본 호헨 잘츠부르크

많았다. 모차르트는 "고객이 듣고자 하는 음악을 생산하는 음악기술자" 였다. 그 반면 베토벤은 "자신이 들려주고 싶은 곡을 작곡하는 음악전도 사"였다.

그날 저녁, 그러니까 1773년 3월 13일 모차르트 부자는 세 번째이자 마지막 이탈리아 여행에서 돌아왔다. 말하지 않으면 안 되는 것을 가슴 밑바닥 가득히 쌓아 가지고 말이다. 레오폴트 부자와 안나 마리아 모녀 는 깊은 포옹을 했다. 찬란했지만 고통스러운 모차르트의 소년시대는 그 렇게 끝났다.

에 필 로 그

몹시 서둘렀기 때문에 마지막에 와서 가장 중요한 것을 말하게 되었다. 이 책의 주제는 결코 모차르트의 천재성에 초점을 맞춘 것이 아니다. 모차르트의 음악은 체계적으로 차근차근 조금씩, 그리고 성공과 실패를 거듭하면서 완성되었기 때문이다. 특히 모차르트가 오페라에서 발휘한 천재성은 처음부터 한꺼번에 이루어진 것이 아니다. 모차르트는 드라마에 등장하는 각각의 인물이 상황에 맞추어 목소리를 내도록 했다. 오케스트라는 성악과 무대장치와 어울리도록 했을 뿐 아니라 그것들이 보여주지 못하는 것을 들려주었다. 모차르트의 오페라에 나오는 공간에서는 정지된 것이 없다. 모차르트의 오페라는 모두 다르다. 분위기 또한 다양하다.

사회학, 심리학, 음악학에 조예가 깊었던 독일의 철학자 테오도르 아도르노는 음악 감상을 3가지 유형으로 분류했다. 첫 번째는 음악을 배경음악 혹은 가구음악으로 들으며 삶을 즐기는 감상자, 두 번째는 작곡가 또는 연주자가 의도한 바를 분석하는 식견 높은 분석적 감상자, 세 번째는 음악에 자신의 상상력을 보태어 음악이 주는 연상과 이미지를 가지고 듣는 문학적 감상자이다.

이 책은 아도르노가 분류한 음악감상 유형자들 중 어느 특정 유형을 염두에 둔 것은 아니다. 굳이 그런 분류를 한다면 두 번째 유형에 가장 가까울 것 같다. 이 책을 간단히 마무리하면 다음과 같다. 모차르트는 11살 때 잘츠부르크에서 종교극 오페라 〈첫째 계명의 의무〉와 〈아폴로와 히아킨

투스〉를 작곡했고, 12살 때 빈에서 〈바스티앙과 바스티엔느〉와 〈바보 아
가씨〉를, 그리고 밀라노에서 〈폰토의 왕 미트리다테〉, 〈알바의 아스카니
오〉, 그리고 〈루치오 실라〉를 작곡했으나 그 후 별로 연주되지 않았다. 3
편의 밀라노 오페라들 사이에 모차르트는 잘츠부르크에서 작곡한 극장
용 세레나타 〈시피오네의 꿈〉과 구약성서에 나오는 유디스와 홀로페르
네스 이야기를 바탕으로 한 오라토리아 〈베툴리아 리베라타〉(Betulia
liberata)도 마찬가지로 연주되지 않았다.

그 후 모차르트는 〈이집트 왕 타모스〉를 1773년 빈에서 공연했으나 실
패했고, 1775년 잘츠부르크에서 재공연했다. 하지만 한 차례로 끝이었
다. 1774년에는 뮌헨에서 오페라 부파 〈가짜 여자 정원사〉를, 1775년에
는 잘츠부르크에서 오페라 세리아 〈목자의 왕〉을 발표했다. 그리고 1779
년 작곡한 〈자이데〉는 미완성이었고, 1781년 25살 때 〈이도메네오〉를
발표했다.

〈이도메네오〉 이전의 모차르트의 초기 오페라들은 〈바스티앙과 바스
티엔느〉를 제외하면 아직 미숙한 습작품으로 취급된다. 메타스타시오
식 대본이 고식적인데다, 등장인물의 성격이나 심리를 음악으로 충분히
설명하지 못한다고 본 것이다. 모차르트가 대본을 검토하고 또 수정하면
서 작곡한 것은 〈이도메네오〉가 처음이었기 때문에 이런 주장은 수긍이
가는 측면도 있다.

하지만 모차르트가 작곡한 초기의 오페라 세리아들은 작곡 배경과 조건이 다르기 때문에, 모차르트가 빈에서 '자유 독립 예술가'로 작곡한 작품을 기준으로, 예컨대 〈다 폰테 3부작〉을 기준으로 그 이전의 작품을 '미성숙한 작품'으로 낙인찍는 것은 타당하지 않다.

모차르트의 초기 오페라가 부활한 것은 1970년대부터였다. 잘츠부르크 시는 매년 1월에 열리는 '모차르트 주간'에 모차르트의 초기 오페라를 한 곡씩 당시 최고의 가수들에게 공연하도록 조치했다. 이 때의 실황 공연 레코딩으로 모차르트의 초기 오페라가 가진 독특한 매력을 시청자들이 확인할 수 있게 되었다. 모차르트의 초기 오페라에 자주 출연했던, 성악계의 백작부인으로 불렸던 엘리자베트 슈바르츠코프는 모차르트가 성악가에게 요구했던 것은 다음과 같다고 말했다.

"모차르트의 곡을 부르기 위해서는 나처럼 가냘픈 목소리를 가진 사람조차 품위와 의젓함을 갖추어야 합니다. 그래야 목소리가 청중에게 잘 전달된답니다. 나의 스승이었던 마리아 이보겐은 늘 이렇게 말했습니다. '예야, 품위를 갖도록 해라!' 라고요."

모차르트의 초기 오페라들, 특히 밀라노 3부작은 연주자가 품위 있게 연주해야 할 뿐만 아니라 청중은 품위를 갖추고 들어야 한다.

♪ 음악 노트

세련된 무대 매너와 우아한 기품으로 성악계의 백작
부인으로 불렸던 엘리자베트 슈바르츠코프가 노래했
으며, 1772년 12월 26일 카스트라토 베난치오 라우
찌니가 처음으로 불렀던 〈엑술타테 유빌라테〉
는 나의 애장품이다. 엘리자베트는 모차르
트 탄생 250주년 행사가 한창이던 2006
년, 잘츠부르크에서 가까운 슈룬스
(Schruns)에서 91세로 품위 있는 일생을
마감했다.

찾아보기 인명

니콜 크리스타니(Nicol Cristani)

니콜로 피치니(Niccolo Piccinni, 1728~1800)

ㄷ

다길라 백작(count d'Aguilar)

다니엘라 미엔치(Daniella Mienci)

단테(Durante degli Alighieri, 1265~1321, Dante는 Durante의 약자이다)

덴차(Luigi Denza, 1846~1922)

도나텔로(Donatello, 1386~1466)

도메니코 베카푸미(Domenico Beccafumi, 1486~1551)

ㄹ

라우찌니(Venanzio Rauzzini, 1747~1810)

라자로 팔라비치니(Lazzaro Pallavicini)

러더퍼드(Ernest Rutherford, 1871~1937)

레나타 테발디(Renata Tebaldi, 1922~2004)

레오 10세(Leo X, 1513~1521)

레오나르도 다 빈치(Leonardo da Vinci, 1452~1519)

레오나르도 레오(Leonardo Leo, 1694~1744)

레오네 바티스타 알베르티(Leone Battista Alberti, 1404~1472)

레오폴트 2세 토스카나 대공(Leopold II, 1747~1792)

레오폴트 모차르트(Leopold Mozart, 1719~1787)

레오폴트 안톤 폰 피르미안 대주교(Archbishop Leopold Anton von Firmian, 재위
   1722~1744)

레오폴트 프란츠 큐니글 백작(Count Leopold Franz Kunigl)

로드론 백작(Count Lodron, 1716~1779)

로렌초 리찌(Lerenzo Ricci)

로렌초 디 피에로(Lorenzo di Piero de' Medici, 1492~1519)

로렌초(Lorenzo di Medici, Il Magnifico, 1449~1492)

로망 롤랑(Romain Rolland, 1866~1944)

마리아 아말리아(Maria Amalia, 1746~1804)

마리아 카롤리네(Maria Caroline, Queen of Naples and Sicily, 1752~1814)

마리아 칼라스(Maria Callas, 1923~1977)

마리아 테레지아 여제(Maria Theresia, 1717~1780)

마리아 테레지아(Maria Theresia, 1772~1807)

마리오 델 모나코(Mario Del Monaco, 1915~1982)

마지니(Giovanni Maggini, 1579~1630)

마키아벨리(Niccolo Machiavelli, 1469~1527)

막시밀리안 1세 황제(Maximilian I, 1459~1519)

만추올리(Giovanni Manzuoli, 1720~1782)

말라테스타 다 베루키오(Malatesta da Verucchio, 1212~1312)

메르카단테(Saverio Mercadante, 1795~1870)

메리 2세(Mary II, 1662~1694)

메타스타시오(Pietro Metastasio)

멜로초 다 포를리(Melozzo da Forli, 1438~1494)

멜키올 그림 남작(Friedrich Melchior Grimm, 1723~1807)

무치오 스포르차(Muzio Attendolo Sforza, 1369~1424)

미렐라 프레니(Mirella Freni, 1935~)

미카엘 2세 투른 운트 탁시스(Michael II von Thurn und Taxis)

미켈란젤로(Michelangelo Buonarroti, 1475~1564)

미하엘 하이든(Johann Michael Haydn, 1737~1806)

ㅂ

바르톨레메오 주세페 과르네리(Bartolomeo Giuseppe Guarneri, 1698~1744)

바르톨로메오 크리스토포리(Bartolomeo Cristofori, 1655~1731)

바사노 모르노니(Bassano Morgnoni)

바오로 3세 → 알렉산드로 파르네세

발다사레 코사(Baldassare Cossa)

발렌티니(M. Valentini)

베난치오 라우찌니(Venanzio Rauzzini)

베네딕투스 13세(Benedictus XIII, 1394~1423)

베르니니(Giovanni Lorenzo Bernini, 1598~1680)

벤베누토 첼리니(Benvenuto Cellini, 1500~1571)

벤젤 카우니츠(Wenzel Kaunitz, 1711~1794)

벤투리나 로제티(Venturina Rossetti)

벨리니(Vincenzo Bellini, 1801~1835)

보마르세(Beaumarchais, 1732~1799)

보카치오(Boccaccio, Giovanni, 1313~1375)

볼테르(Voltaire, 1694~1778)

볼프강 아마데우스 모차르트(Wolfgang Amadeus Mozart, 1756~1791)

브라만테(Donato Bramante, 1444~1514)

브루넬레스키(Filippo Brunelleschi, 1377~1446)

비스콘티 가문(Visconti family)

비오 2세(Pius II, 재위 1458~1464)

비토리오 치냐–산티(Vittorio Amedeo Cigna-Santi)

비트루비우스(Marcus Vitruvius Pollio)

빈첸초 갈릴레이(Vincenzo Galilei, 1520~1591)

빈첸초 말베치(Vincenzo Malvezzi) 추기경

ㅅ

사르토레티 부인(Signora Sartoretti)

사베리오 델라 로자(Saverio della Rosa, 1745~1821)

살바토레 자코모(Sallbatore Giacomo, 1860~1934)

삼마르티니(Giovanni Battista Sammartini, 1700~1775)

샤를르 시몽 파바르(Charles-Simon Favart, 1710~1792)

성 암브로시우스(St. Ambrosius, 339~397)

슈라텐바흐 대주교(Sigismund III von Schrattenbach, 재위 1753~1771)

스키피오 아프리카누스(Scipio Africanus)

스키피오 에밀리아누스(Publius Cornelius Scipio Aemilianus)

스탕달(Stendhal, Marie-Henri Beyle, 1783~1842)

스파르타쿠스(Spartacus, 기원전 109~71)

시지스몬도 판돌포 말라테스타(Sigismondo Pandolfo Malatesta, 1417~1468)

식스투스 4세(Sixtus IV, 1471~1484)

식스투스 5세(Sixtus V, 재위 1585~1590)

ㅇ

아니타 데 프로비저(Anita De Probizer)

아다모 솔치(Adamo Solzi)

아돌프 하세(Johann Adolph Hasse, 1699~1783)

아르투로 토스카니니(Arturo Toscanini, 1867~1957)

아우피디오(Aufidio)

아이작 뉴턴(Sir lsaac Newton, 1642~1727)

아틸라(Attila, ? ~453)

안나 데 아미치스-부온솔라즈(Anna de Amicis-Buonsolaz)

안나 마리아 루도비카(Anna Maria Ludovica, 1667~1743)

안나 프란체스카 바레제(Anna Francesca Varese)

안드레 팔라디오(Andrea Palladio, 본명 Andrea di Pietro della Gondola, 1508~1580)

안드레아 네그로니(Andrea Negroni)

안드레아 만테냐(Andrea Mantegna, 1431~1506)

안드레아 아마티(Andrea Amati, 1520경~1578경)

안토니아 베르나스코니(Antonia Bernasconi)

안토니오 발로티(Antonio Valotti)

안토니오 브란치포르테(Antonio Branciforte)

안토니오 스트라디바리(Antonio Stradivari, 1644년경~1737)

안토니오 살리에리(Antonio Salieri, 1750~1825)

안토니오 체스티(Antonio Cesti, 1623~1669)

안토니오 칼다라(Antonio Caldara, 1670~1736)

안토니오 페라리(Antonio Ferrari)

안토니오 프레디에리(Antonio Predieri, 1688~1767)

안톤 아들가서(Anton Adlgasser, 1729~1777)

안톤 쿠르츠바일(Anton Kurzweil)

안톤 폰 구머(Anton von Gummer)

알레그리(Gregorio Allegri, 1582~1652)

알레산드로 데 메디치(Alessandro de' Medici, 1510~1537)

알레산드로 파르네세(Alessandro Farnese, 1468~1549, 바오로 3세 재위 1534~1549)

알렉산더 4세(Alexander IV, 재임 1254~1261)

알렉산데르 5세(Alexander V, 1339~1410)

알렉산데르 6세(Alexander VI, 1492~1503)

알베르티(Leone Battista Alberti, 1404~1472)

알브레히트 2세(Albert II of Habsburg, 1397~1439)

알프레드 아인스타인(Alfred Einstein, 1880~1952)

암브로스(August Wilhelm Ambros, 1816~1876)

앙리 2세(Henry II, 1519~1551)

앙리에타 마리아(Henrietta Maria, 1609~1669)

앙주 가의 로베르 1세(Robert of Anjou, 1277~1343)

앙텔름 브리야–샤바랭 (Brillat-Savarin. Anthelme, 1755~1826)

앤(Anne, 1665-1714, 재위 1702~1714)

야코포 델라 케르치아(Jacopo della Quercia, 1374~1438)

야코포 코르시(Jacopo Corsi, 1567~1604)

야코포 페리(Jacopo Peri, 1561~1633)

야코포네 디 토디(Jacopone da Todi, 1228~1306)

야콥 안톤 비머(Jakob Anton Marianus Wimmer, 1725~1793)

에드워드 8세(Edward VIII, 1894~1972년 5월 28일)

에라스모 다 나르니(Erasmo da Narni)

에라스무스(Desiderius Erasmus, 1469~1536)

에르콜레 1세 데스테(Ercole I d'Este, 1431~1505)

에르네스트 그레트리(Andre Ernest Modeste Gretry, 1741~1813)

에른스트 에베를린(Johann Ernst Eberlin, 재임 1749~1762)

에밀리우스 파울루스(Aemilius Paullus)

엔리코 카루소(Enrico Caruso, 1873~1921)

엘리자베트 슈바르츠코프(Elisabeth Schwarzkopf, 1915~2006)

엠마 하트(Emma Hart)

예카테리나 2세(Ekaterina II, 1729~1796, 재위 1762~1796)

오도아케르(Odoacer, 433경~493)

오르가니스트 자코모 아리기(Giacomo Arrighi)

오를란도 디 타소(Orlando di Lasso, 1530~1594)

오를레앙 공 앙리 2세(Henry II, 1519~1559)

오타비오 리누치니(Ottavio Rinuccini, 1563~1621)

올리버 크롬웰(Oliver Cromwell, 1599~1658)

요멜리(Niccolo Jommelli, 1714~1774)

요제파 두세크(Josepha Duschek, 1754~1824)

요제프 미즐리베체크(Joseph Myslivecek, 1737~1781)

요제프 하이든(Franz Joseph Haydn, 1732~1809)

요한 23세(Antipope John XXIII, 1370~1419, 재위 1410~1415)

요한 네포묵 스파우어 백작(Count Johann Nepomuk Spaur)

요한 비더(Johann Wider)

요한 아담 비란트(Johann Adam Wieland, 1710~1774)

요한 세바스챤 바흐(Johann Sebastian Bach, 1685~1750)

요한 크리스챤 바흐(Johann Christian Bach, 1735~1782)

우르바노 4세(Urban IV, 재임 1265~1268)

우르바노 6세(Urbano VI, 재위 1378~1389)

우르바노 8세(Urban VIII, 1623~1644)

월리스 워필드 심프슨(Wallis Warfield Simpson)

윌리엄 3세(William III, 1650~1702, 재위 1689~1702)

윌리엄 오컴(William of Ockham, 1285~1349)

윌리엄 워즈워스(William Wordsworth, 1770~1850)

윌리엄 해밀턴(William Hamilton, 1730~1803)

율리우스 2세(Julius II, 재위 1503~1513)

이그나츠 안톤 바이저(Ignaz Anton Weiser, 1701~1785, 재임 1772~1775)

이그나티우스 로욜라(Saint Ignatius of Loyola, 1491~1556)

ㅈ

존 메이너드 케인스(John Maynard Keynes, 1883~1946)

존 밀턴(John Milton, 1608~1674)

존 위클리프(John Wycliffe, 1324~1384)

주니아(Giunia)

주세페 아플리지오(Giuseppe Affligio, 1722~1778)

주세페 안토니오 브리디(Giuseppe Antonio Bridi)

주세페 오노프리오(Giuseppe Onofrio)

주세페 치코냐니(Giuseppe Cicognani)

주세페 콜라(Giuseppe Colla, 1731~1806)

주세페 크라포나라(Giuseppe Craffonara, 1790~1837)

주세페 타르티니(Giuseppe Tartini, 1692~1770)

주세페 티발디(Giuseppe Tibaldi)

주세페 파리니(Giuseppe Parini, 1729~1799)

주세페 프란체스코 롤리(Giuseppe Francesco Lolli, 재임 1763~1772)

주세페 피에르마리니(Giuseppe Piermarini, 1734~1808)

주세페 히메네스(Giuseppe Ximenes)

줄리아노 다 마이아노(Giuliano da Maiano, 1432~1490)

줄리아노 다 상갈로(Giuliano da Sangallo, 1443~1516)

줄리오 카치니(Giulio Caccini 혹은 Giulio Romano, 1550~1618)

지기스문도 디 코미티부스(Sigismondo di Comitibus)

지롤라모 리아리오(Girolamo Riario)

지롤라모 아마티(Girolamo Amati, 1649~1740)

지안 가스토네(Gian Gastone, 1723~1737)

지안 프란체스코 모로시니(Gian Fracesco Morosini, 1537~1596)

지오반니(Giovanni de' Medici, 1421~1463)

지오수에 카르두치(Giosue Carducci, 1835~1907)

ㅊ

차이코프스키(Peter Ilyich Tchaikovsky, 1840~1893)

찰스 1세(Charles I, 1600~1649, 재위 1625~1649)

찰스 2세(Charles II, 1630~1685, 재위 1660~1685)

찰스 다윈(Charles Darwin, 1809~1882)

찰스 버니(Charles Burney, 1726~1824)

찰스 에드워드 스튜어트(Charles Edward Stuart, 1720~1788)

체자레 노르디오(Cesare Nordio)

체자레 보르지아(Cesare Borgia, 1475~1507)

체칠리오(Cecilio)

첼리아(Celia)

치마로사(Domenico Cimarosa, 1749~1801)

ㅋ

카르딜로(Salvatore Cardillo, 1874~1947)

카를 피르미안 백작(Count Karl Joseph Firmian)

카를로 2세(d'Angio Carlo 2)

카를로 프란체스코 키아브라노(Carlo Francesco Chiabrano)

카를로 플라미노 라이베르티(cavalier Carlo Flaminio Raiberti)

카시안 이그나츠 프라이헤를 엔젠베르크(Kassian Ignaz Freiherr Enzenberg)

카예탄(Kajetan Hagenauer, 1746~1811)

카우니츠 백작(Count Joseph Clemens Kaunitz)

카테리나 성녀(Santa Caterina da Siena, 1347~1380)

카테리나(Caterina Sforza, 1463~1509)

카트린 데 메디치(Catherine de' Medici, 1519~1589)

카푸아(Eduardo di Capua, 1867~1917)

칼 로이터(Carl Georg Reutter, 1708~1772)

칼 야콥(Karl Jakob von Raunach auf Lichtentan)

칼차비기(Ranieri de' Calzabigi, 1714~1795)

캐서린 바를로우(Catherine Barlow)

코라디 디 곤차가(Corradi di Gonzaga, 통치 1328~1708)

코르넬리우스 스키피오(Cornelius Scipio)

코시모 일 베키오(Cosimo il Vecchio, 1389~1464)

콜로레도-멜츠 운트 발제 백작(Count Rudolf Wenzel Joseph Colloredo-Melz und Wallsee, 1706~1788)

쿠르티스(Ernesto de Curtis, 1875~1937)

크리스티나(Christina of Lorraine, 1565~1637)

클라우디오 몬테베르디(Claudio Monteverdi, 1567~1643)

클레멘스 7세 교황(Pope Clement VII, 1478~1534)

클레멘스 14세(Clemens XIV, 1769~1774)

키리노 가스파리니(Quirino Gasparini, 1721~1778)

키케로(Marcus Tullius Cicero, B.C.106~43)

ㅌ

타데오 가디(Taddeo Gaddi, 1300~1366)

테오도르 아도르노(Theodor Wiesengrund Adorno, 1903~1969)

테오도리크 대제(Teodoric the Great, 454~526)

토마스 팔라이올로고스(Thomas Palaiologos, 1409~1465)

토머스 린리(Thomas Linley, 1756~1778)

토스카나 대공 코시모 1세(Cosimo I, 1519-1574, 대공 1569~1574), 코시모의 동생 집안
  후손임

토스카나 대공 프란체스코 1세(Francesco I, 1541~1587)

토스티(Francesco Paolo Tosti, 1846~1916)

톰마소 트라예타(Tommaso Traetta, 1727~1779)

ㅍ

파리넬리(Farinelli, 1705~1782, 원명 Carlo Maria Broschi)

파이지엘로(Giovanni Paisiello, 1740~1816)

판 스비텐 남작(Baron Gottfried van Swieten, 1733~1803)

판돌포 페트루치(Pandolfo Petrucci, 1452~1512)

팔레스트리나(Giovanni Palestrina, 1525~1594)

페루치오 부조니(Ferruccio Busoni, 1866~1924)

페르골레시(Giovanni Battista Pergolesi, 1710~1736)

페르난데스 데 벨라스코(Juan Fernandez de Velasco, 5th Duke of Frias, 1550~1613, 통치 1592~1600)

페르디난도 1세 데 메디치(Ferdinando I de' Medici, Grand Duke of Tuscany, 1549~1609)

페르디난도(Ferdinando I di Borbone, 1751~1825)

페르디난드 2세(Ferdinand II, 1578-1637, 재위 1619~1637)

페르디난트 1세 공작(Ferdinand I of Parma, 1751~1802, 재위 1765~1802)

페트라루카(Francesco Petrarca, 1304~1374)

펠리치타 수아르디(Felicita Suardi)

프란체스코 다르코(Count Francesco d'Arco)

프란체스코 데 마요(Francesco de Majo, 1732~1770)

프란체스코 듀란테(Francesco Durante, 1684~1755)

프란체스코 라스카리스 디 카스텔라(Francesco Lascaris di Castellar)

프란체스코 스포르차(Francesco I Sforza)

프란체스코 테오도로 카론 데 브리안초네 백작(count Francesco Teodoro Carron De Brianzone)

프란체스코(San Francesco d'Assisi, 1188~1226)

프란츠 1세(Franz Stephan, Franz I, 1708~1765, 재위 1745~1765)

프란츠 리스트(Franz von Liszt, 1811~1886)

프란츠 스테판 폰 로트링겐(Franz Stephan von Lothringen)

프란츠 크사버 두세크(Franz Xaver Duschek, 1731~1799)

프랑수아 피에르 드 라 바렌느(Francois Pierre de la Varenne, 1618~1678)

프랑코 코렐리(Franco Corelli, 1921~)

프레데릭 3세(Frederick III, 1415~1493)

프로멘탈 알레비(Fromental-Elie Halevy, 1799~1862)

프리드리히 니체(Friedrich Nietzsche, 1844~1900)

플로리아니 프란체스코니(Floriano Francesconi)

피에로(Piero de' Medici, 1416~1469)

피에로(Piero de' Medici, 1472~1503)

피에르 루이지(Pier Luigi Farnese, 1503~1547)

피에트로 나르디니(Pietro Nardini, 1722~1793)

피에트로 로렌조니(Pietro Lolenzoni, 1721~1782)

피에트로 루지아티(Pietro Lugiati, 1724~1788)

피에트로 메타스타시오(Pietro Metastasio, 1698~1782)

피에트로 무시에티(Pietro Muschietti)

피에트로 베네데티(Pietro Benedetti)

피에트로 알피에리(Pietro Alfieri, 1801~1863)

피오리노 다 첼리노(Piorino da Cellino)

피우스 7세(Pius VII, 재위 1800~1823)

피우스 9세(Pope Pius IX, 재위 1846~1878)

피터 드러커(Peter F. Drucker, 1909~2005)

필리포 리피(Filippo Lippi, 1406~1469)

필리피노 리피(Filippino Lippi, 1457~1504)

ㅎ

한슬리크(Eduard Hanslick, 1825~1904)

헨리 퍼셀(Henry Purcell, 1659~1695)

헬름라이히 추 브룬펠트(Johann Chrysostomus Wenzel von Helmreich zu Brunnfeld)

호레이쇼 넬슨(Horatio Nelson, 1758~1805)

히에로니무스 폰 콜로레도 백작(Count Hieronymous von Colloredo, 1732~1812, 재위
1771~1803)

저자 소개

이재규는 1970년 서울대학교 상과대학 상학과를 졸업한 후 현대자동차에 근무했고 영진약품에서 이사를 역임했다. 1981년부터 대구대학교 경영학과 교수로 재직했으며, 2005년 동대학교의 총장을 역임했다. 대구은행, 한국전기초자, 화성산업, 영원무역 사외이사, TBC대구방송의 비상임이사, 태창철강 경영고문을 역임했고, 현재는 삼익THK의 사외이사로 있다.

이재규는 지금까지 60여권의 책을 쓰거나 번역했는데, 처음에는 대학에 근무하면서 쓴 교재가 주요 장르였고, 1992년 이후부터는 피터 드러커의 저서를 집중적으로 번역 소개했다. 최근에는 예술과 경영을 결합한 새로운 분야의 글을 쓰고 있다. 대학시절 매년 홍릉제에서 독창을 했고, 2008년 60권 저술과 60회 생일 및 교직 은퇴기념 독창회를 개최했으며 〈인생 1막과의 결별〉이라는 음반도 출시했다.

피터 드러커 관련 역서

〈프론티어스 오브 매니지먼트〉(청림출판, 근간)

〈창조하는 경영자〉(청림출판, 2008)

〈경제인의 종말〉(한국경제신문, 2008)

〈클래식 드러커〉(한국경제신문, 2007)

〈피터 드러커의 마지막 통찰〉(명진출판, 2007)

〈경영의 실제〉(한국경제신문, 2006)

〈기업가정신〉(한국경제신문, 2004)

〈경영의 지배〉(청림출판, 2003)

〈자기경영노트〉(한국경제신문, 2003)

〈단절의 시대〉(한국경제신문, 2003)

〈넥스트 소사이어티〉(한국경제신문, 2002)

〈미래경영〉(청림출판, 2002)

〈프로페셔널의 조건〉(청림출판, 2001)

〈변화 리더의 조건〉(청림출판, 2001)

〈이노베이터의 조건〉(청림출판, 2001)

〈미래의 공동체〉(피터 드러커 외, 21세기 북스, 2001)

〈자본주의 이후 사회의 지식근로자〉(한국경제신문, 2000)

〈21세기 지식경영〉(한국경제신문, 1999)

〈미래의 조직〉(피터 드러커 외, 한국경제신문, 1998)

〈미래의 결단〉(한국경제신문, 1995)

〈자본주의 이후의 사회〉(한국경제신문, 1993)

일반 역서

〈승자학〉(로버트 카플란, 생각의 나무, 2002)

〈2020년 기업의 운명〉(리처드 모얼리, 사과나무, 2001)

〈리더십 엔진〉(노엘 티시, 21세기 북스, 2000)

주요 저서

〈모차르트 읽는 CEO〉(21세기 북스, 2009)

〈CEO를 위한 클래식 에피소드〉(예솔, 2007)

〈노년의 탄생〉(사과나무, 2009)

〈청소년을 위한 피터 드러커〉(살림, 2009)

〈피터 드러커의 인생경영〉(명진출판, 2007)

〈역사에서 경영을 만나다〉(사과나무, 2006)

KI신서 2298

모차르트와 떠나는 이탈리아 여행

1판 1쇄 인쇄 2010년 3월 26일
1판 1쇄 발행 2010년 3월 31일

지은이 이재규 **펴낸이** 김영곤 **펴낸곳** (주)북이십일 21세기북스
기획·편집 최빈수 **표지·본문디자인** 02 **형입** 시제필 최창규
출판등록 2000년 5월 6일 제10-1965호
주소 (우413-756) 경기도 파주시 교하읍 문발리 파주출판단지 518-3
대표전화 031-955-2100 **팩스** 031-955-2151 **이메일** book21@book21.co.kr
홈페이지 www.book21.co.kr **커뮤니티** cafe.naver.com/21cbook

책값은 뒤표지에 있습니다.
ISBN 978-89-509-2248-1 13810